裏庭のドア、異世界に繋がる 1

異世界で
趣味だった料理を
仕事にしてみます

Presented by 芽生
illustration 花守

CONTENS

プロローグ

この街には今、話題の店がある。

その店は数か月前に突然「現れた」。

以前、そこがどんな店だったのか誰も覚えていない。宿屋だったと言う者もいれば金物屋だと言う者もいる。気が付いたらそこには新しい店があったのだ。

その店というのが「喫茶エニシ」である。店の壁は不思議な素材でできており、窓は濁りのないガラスが入っていて美しいレースのカーテンが目隠しになっている。温かみのある木の扉には美しい細工が入り、その店が特別であることを物語っていた。

街ではその店に関する噂が幾つもある。真偽不明なものもあるが共通して語られているのは、店主は異国の高貴な身分の方ではないかということ。美しい黒髪を持つ店主は、華美ではないが上質な衣服を纏(まと)い、その所作は洗練されている。何より経済的に余裕のある人ではないと、この店を維持することは難しいだろう。

喫茶エニシは決して高級店ではない。この街の一般的な大衆食堂とそれなりの店の間くらいの価格、少し背伸びしたら庶民でも利用できるくらいの価格設定なのだ。

店構えに食事、サービス含め、どう考えても採算が合わない。

きっと店主は金銭、そして心に余裕がある人なのだと人々は推察した。

またこの店はすべてにおいて洗練されていた。

店内には木製の落ち着いた温もりを感じさせる調度品が置かれ、中央に長いテーブルがある。カウンター席もあり、こちらでは調理をする店主の姿を見ることができる。椅子は木製でありながら、これまで座ったどの椅子よりも座り心地が良い。

席に着き、まず運ばれてくるのは、水が入った透明度の高い薄いグラス。繊細な薄いグラスはこれ一つでもそれなりの値段のはずだ。それをエニシでは庶民である客に出している。

驚くべきことに、そのグラスの中には氷が浮かんでいるのだ。グラスと同様に透明な氷を提供できるのは自らが優れた魔術師か、高価な最新の魔道具を手に入れられるだけの、身分の高い人物だからであろう。

このようなサービスは王都でも受けられないのではと人々は噂した。

何より高価で貴重なものを、自分達庶民に当たり前のように差し出す。そんな丁重な扱いを、人々は受けたことがなかったのだ。

そして、店には小さな黒い魔獣がいる。

店主と同じ、美しい黒い毛並みの魔獣は深い緑の瞳を持っていた。

緑の瞳を持つのは魔獣だけだ。

魔獣は賢く、その名の通り魔法を扱える高貴な存在だと言われている。

とすれば、この小さな魔獣にも高い魔力が秘められているはずだ。

それゆえ、女性でも安全に店を営むことができるのだろう。

街の者はこの特別な店の女主人に様々な想像を巡らせる。

ある者はなんらかの事情で祖国を追われた、高貴な御方であると言い、またある者は高名な魔術師ではと言う。若くは見えるが見識があることから、何百年も生きてきたエルフ族ではと思う者もいた。

だが、実際はどの想像も違う。

彼女、遠野恵真(とおのえま)の家には異世界へ続くドアがあるのだ。

恵真と裏庭のドア

久しぶりに見る祖母の家に恵真は安心感を抱いた。

こっくりとした色合いのブラウンの扉、黒い縁取りの窓、古いが手入れの行き届いた家は住んでいる祖母の人となりが、反映されているような温もりがある。

小さい頃、一時期住んでいた祖母の家は恵真にとって懐かしい場所でもあった。

急に祖母が長く家を空けることとなった——といっても病気ではない。友人と海外へのクルーズ旅行へ行くのだ。その間の家と飼い猫クロ（名前の通り黒い猫である）の世話を孫である恵真が任された。

父や兄の働く先は祖母の家から距離がある。母も同居している実母の世話や家事がある。

仕事を辞めたばかりの恵真には時間があった。何より家族で彼女だけが猫アレルギーではないのが世話を任された一番の理由である。

「久しぶりだね、クロ！」

合鍵でドアを開けた恵真は、一番にクロを捜す。祖母が出発したのが昨日。その日のうちに急いで荷物をまとめてきたのはクロが気になったからである。エサも水も十分にあるのはわかっているのだが、やはりその様子が気になるものだ。

「みゃーお」

クロはリビングでゆっくりと伸びをする。キッチンとリビングは一体になっており、この家で最も広いスペースだ。十人ほどが座れる大きなテーブルがキッチンの左に置かれている。

キッチンセットはL字型になっており、カウンターもL字型だ。柔らかい日差しの入る窓側には、ソファーとテーブルが置かれ、そこでゆっくりと過ごすこともできるだろう。

料理の好きな祖母は、よく親族が集まると腕を振るってくれていた。このキッチンからは、ここで過ごすすべての人が見える。料理をしながら、食べる人の顔が見られる配置なのだ。

窓際には飾り入りのドアがある。中庭に続くドアだ。祖母は庭を手入れするのも好きで、それも今回の恵真の仕事の一つなのだ。

家に合う木の家具が置かれたリビング兼キッチン、食器棚に仕舞われた白やアイボリーの器にサイズごとに並ぶグラス達。そして様々なスパイスや調味料の小瓶が並ぶケース。ドライフルーツや手作りのジャムが入った保存瓶。大小、大きさの違うよく使い込まれた鍋とフライパン。一人暮らしなのに大きなサイズの冷蔵庫。何気なくフックにかけられたエプロンやミトン。

年月は経っているが、丁寧に扱われてきた使いやすそうなキッチンである。

「おばあちゃんが帰ってくるまでちゃんと守らなきゃ」

「みゃう」

恵真はクロを抱き上げ、そう呟いた。

「うむ、掃除終了！」

「みゃーお」

「流石、おばあちゃん。どこも綺麗にしているんだよなぁ」

「みゃーお！」

なぜか得意そうにクロは鳴いてしっぽを揺らす。

新生活の始まりだからと、早朝から起きてみた恵真だが、祖母が不在にしてまだ一日目。普段から手入れがされているため、さしてやることも見つからない。

粗方の家事を終え中央に置かれたテーブルセットの椅子に座り、頬杖を付きながらぼんやりとする。初日ということで気合を入れた分だけ、拍子抜けした気分だ。

「せっかく役に立てると思ったんだけどな」

恵真が居場所のなさを感じたのはいつからだろう。実家を出て働き始めた頃は、懸命に毎日を過ごし、気付くことはなかった。しかし、年々経験を積み、周囲を見渡す余裕ができ始めた頃に感じたのは、ここは自分の居場所ではないのではという思いだ。

如才なく人々と会話をすることも、器用に笑顔を作ることもできない。何事にも誠実に向き合う恵真は、一方で器用さは持たないのだ。

会社という組織の中でいつの間にか自信を失い、それでもできることを精一杯に努めるが焦りはミスに繋がり、恵真を落ち込ませた。

そんな生活に疲れ、仕事を辞めて一か月、家族の勧めもあり地元に帰ってきた恵真を皆は温かく迎えた。誰も仕事を探せと急かすこともなく、ずっとこうして暮らしていたかのような穏やかな日々が続いた。

しかし、家族の温かさに触れるほど、恵真は自分にも何かできないだろうか、誰かの役に立ちたいという自らの思いにも気付いた。自分が祖母の家を管理することで家族の役に立ちたい。それがここに来た一つの理由なのだ。

「いけない。このまま落ち込むのは良くない兆候だ」

「みゃお」

憂鬱な思考を振り払うように、勢い良く立ち上がった恵真は冷蔵庫へと向かう。祖母の家の冷蔵庫は比較的新しいものだ。家具は古いものも手入れして使われているが、電化製品は旧型ではないので恵真にも扱いやすい。物作りが好きな祖母は料理も好きで、調理用具も十分に揃っていた。

恵真は冷蔵庫を開け、中身を確認する。長期の旅行であり、冷蔵庫に納められた食材は生鮮食品が少ない。

「こういうときは料理するのが一番だよね」

「みゃう」

「バターあるでしょ、卵ももちろんあるし牛乳もある……何がいいかな」

どうしようもなく落ち込むとき、やるせないとき、恵真は昔から料理をした。元々、祖母の影響か料理が好きであったし、集中ができて、作った料理が誰かに喜んでもらえることで、それまでの気持ちを振り払えるような思いになるのだ。

昔はよく真夜中にお菓子を作ったりしていたな、と恵真は数年前のことを懐かしく思い返す。二年前に部署が変わり、合わない仕事も懸命に覚えた。

いつの間にか恵真は料理を好きなことすら忘れていた。それまでは自炊以外にも、帰宅後クッキーを焼いたりパウンドケーキを焼いたり楽しんでいたのだが。

そんなことを思い起こしていた恵真の耳に声が届いた。

クロである。

みゃうみゃうと鳴き声を上げるクロは、恵真を招くようにしっぽを揺らし、裏庭のドアの前へと恵真を誘う。深い緑の瞳は何かを訴えているようにも見える。思えば、今日は朝からクロの様子がおかしかった。

何かそわそわとして、恵真に伝えたいことがありそうにチラチラと視線を投げかけていたのだ。食欲もあり、健康そうなため、気のせいかと恵真は思っていたのだが。

恵真はそんなクロに誘われるように、キッチンからリビングへと足を運んだ。

——そのときである。

裏庭へと続くドアが開いており、そこには二人の少年が立っていた。

「あ、えっと、怪しいものじゃないです！」

慌てたように恵真に弁解をする焦げ茶の髪をした少年と、その後ろに立つ薄茶のふわふわとした髪の少年は兄弟なのだろうか。二人は驚いたかのように恵真の姿を見つめた。

焦げ茶の瞳を持つ少年は日に焼けていて、活発な印象を与える。後ろの少年は柔らかそうな薄茶の髪に薄い青の瞳をしている。二人とも生成りのシャツに、半ズボンと似たような清潔な服装で靴だけが少し汚れていた。

「君達、この近くの子？」

「いや……、いえ！　街の外れに住んで……ます」

敬語は使い慣れないのだろう。緊張した様子でたどたどしく少年は話す。弟らしき少年は兄のシャツを握りながら、キョロキョロと珍しそうに部屋を見ている。

「どうしたの？　ウチに何か用があるの？」

恵真にも子どもの頃、こうして近所の家を訪ねた経験がある。あのときは確かバドミントンの羽根がそのお宅の庭に入ったのだ。ジャンケンの結果、負けた恵真が取りに行って謝った記憶がある。注意は受けたものの、正直に名乗り出たことを褒められ、くすぐったい思いでその家を後にしたものだ。

（さて、彼らは何を頼みに来たのだろう）

二人の緊張が少しでも解れるようにと、笑顔で恵真は尋ねた。

すると、真摯な眼差しで少年達は恵真を見る。

「……あの！　お願いがあってきました」

「俺達に仕事をください！」

「お、お願いします！」

小さな兄弟が頭を下げ、頼んでいる姿は真剣だ。そんな姿に困惑しつつも恵真は口を開いた。

「仕事って言われても……」

「なんでもやります！　他の店でも働いたことあるんだ！　掃除とか皿洗いとか……他にもなんでも汚れるような雑用とかも俺達頑張るから！」

「お願いします！」

戸惑う恵真だったが少年達の様子からは必死な思いが伝わる。

「えっと、他のところでもお手伝いをしてるの？」

「うん、ウチの暮らしが大変だから」

「ぼく達いつも働いて食べるものを貰ってるんだ」

どうやら街の人々は、この少年達の生活を助けるために簡易な手伝いをさせているらしい。少年達の生活を手助けするために店舗や家で何か手伝いをさせ、見返りとして食料を渡す。その考えを恵真は好もしく思った。ただ物を差し出すより、それは少年達の自信にも繋がるはずだ。

恵真は少年達を見て笑いかけた。

「わかった、あなた達に手伝ってもらおうかな」

少年二人の安堵する表情に、恵真もまた微笑みを浮かべるのだった。

さて、と恵真は考える。気軽に引き受けたものの少年達に何を頼めばいいのだろうか。それほど部屋も汚れていないため、恵真自身もすることがなく悩んでいたのだ。いわゆるお手伝いの延長線といったそれほど難しくないことがいいだろう。

「みゃーお」

ひと鳴きしたクロがてとてとキッチンへと向かう。その様子で恵真は思い出す。そういえば料理をしようとしていたのだ。ちょうどいい、先に少年達に渡す料理を作ろうと決めた。自分一人のために作るより、誰かのために作るほうが張り合いもあるというものだ。

入り口で立ち止まったままの二人に恵真は声をかける。

「ねぇ、こっちに来てくれる？」

「……はい！」

緊張した様子の二人が小走りに駆け寄ってきた。少年二人はこれからする手伝いに向け、真剣なのだろう。気合の入った表情は微笑ましい。家族思いの良い子達なのだろうと恵真は自然に表情も柔らかくなる。

「えっと、まず二人に渡す食事を先に作っちゃおうと思うの」

「え……作ってくれるんですか？」

驚いた様子からすると、今まで二人は調理したものを貰っていなかったのだろうか。恵真の実家の近所でも、親しい家の人とは惣菜のやりとりはあったものだ。もしかしたら、この辺りは農家も多いし野菜など、食材を貰っているのかもしれないと恵真は考える。

「そう、ダメかな？　他の人みたいに何か食材のほうがいいかな」

「あ……いえ！　作ってくれるなんて嬉しいです！」

「うん、きっとお母さん喜ぶね」

嬉しそうな兄弟の様子に、恵真は安心してキッチンに向かった。

（さて、何を作ろう、何を作ったらこの子達は喜んでくれるかな）

フックに引っ掛けてあったエプロンを着ける。レースとフリルがふんだんに使われた白いエプロン、これを祖母は使っていたのだろうか。

（こういうのを使っちゃうのがおばあちゃんの凄いとこなんだよな）

祖母は昔から自由なところがあり、自分の中に流行があるというのか、年齢や立場にこだわらない。人からどう思われるか、自分が幾つだからとかそういった考えはない。こんな祖母に憧れもある恵真だが、今回のクルーズ旅行を知らされたのがほんの十日前である。やはり自分は祖母のように大胆にはなれないとも感じた恵真であった
そんな恵真の足元でクロが纏わりつく。

「クロ、邪魔しちゃダメよ。あ、何もあげないよ」

「みゃうにゃ」

何もないのか、とでも言うようにてとてとキッチンを出たクロは、窓の方へと歩いていく。その様子をどこか強張（こわば）った表情で二人が見つめていた。

「あ、もしかして猫、嫌い？」

「いや、……いえ、初めて見ました」

「……そうなの？」

この辺りは猫を飼う人がいないのだろうか。もしかしたら、この子達の身近には恵真と同じように、家族にアレルギーを持つ者がいるのかもしれない。

何を作ろうと考える恵真はそこで大切なことに気付く。

二人はまだ、入り口付近でもじもじとしている。勝手口のように段差があるそこに立つ二人に恵真は来客用のスリッパを用意した。少しサイズが大きいが履けないことはないだろう。二人はきょとん

として、スリッパを見つめているため、恵真は履くように促す。

「はい。靴を脱いで、これを履いて上がってきてね」

「靴を？　は、はい。わかりました！」

慌てたように二人は靴を脱ぎ、スリッパを履いた。大きなスリッパを履いた二人は恵真の前に立つ。

「そういえば、まだ二人の名前を聞いていないよね。私は恵真、遠野恵真っていうの。よろしくね」

そう笑って話しかけると、びくりと肩を震わせ、少年二人は深々と頭を下げた。

「お……僕はアッシャーと言います。こっちは弟のテオです！」

「テオです！」

まだ幼い少年達だというのに、丁寧な挨拶に恵真は感心していた。家計のために近所の家に手伝いをさせてほしいと頼む姿もだが、ひたむきで素直である。そんな少年達の様子に、恵真はさらに気合が入る。誰かのために作るほうが、作り甲斐があるというものだ。

「二人は時間、どれくらいある？　それから、しょっぱいのと甘いのと、どっちがいいかな」

「……甘い料理ですか？」

「ううん、甘いお菓子とか。私、お菓子作るのも好きなの」

「え……そんな！　えっとなんでも構いません！　頂けるだけで嬉しいので！」

「うーん、じゃあ二人は今、お腹は空いてる？」

「…………いえ」

お菓子と聞いて、アッシャーもテオもだいぶ驚いた様子だ。食事になるほうが良いのかと恵真は思ったのだが、「なんでも嬉しい」と言うことは気を遣い、遠慮しているのかもしれない。先程の様子から見ても、礼儀正しく素直な良い子なのだと恵真には思えた。

だがどうやら二人とも、嘘は苦手らしい。「お腹が空いているか」という問いに二人は目を泳がせたのだ。育ち盛りの子どもはいつだってお腹が空いているものだ。恵真は自身の経験から勝手にそう判断し、まずは二人の軽食から作ることにした。とりあえず、二人をカウンターキッチン側の椅子に座るように促し、恵真は手を洗う。

「……水だ……！」

水道の水で手を洗うのをまじまじと見つめられて、恵真は何やら気恥ずかしい。今から恵真が作ろうとしているのは、そんなに難しいものではないのだ。期待外れにならなければいいのだけれど……そう思いながら調理を進める。

小麦粉、砂糖、卵に牛乳、ベーキングパウダー、バニラエッセンス、材料は祖母のキッチンにすべてあった。ボウルを用意し、小麦粉、砂糖を軽量し、ふるいで丁寧に振るう。ボウルに入った粉類にベーキングパウダーも計量して足し、粉の中央にくぼみを作る。そこに卵を割り入れ、牛乳を少し注ぐ。ゆっくりと泡立て器で混ぜ、さらに牛乳を加えていく。ダマにならないように、そして混ぜすぎないように。

「粉が真っ白だったね」

「あぁ。砂糖も白いし、たくさん入ってたな」

調理する姿をじっと見つめ、嬉しそうな二人に恵真は微笑んだ。恵真も小さな頃、祖母や母の料理する姿を見るのが好きだった。見慣れた材料が形を変えていくその姿も興味深かったし、その日にあった出来事などを話す穏やかな時間は、温かく安心感があった。そんな子ども時代を、二人の姿で思い出したのだ。

フライパンを熱し、温まったら火から下ろして、濡れた布巾の上に乗せる。温度を均一にし、ムラなく焼くためだ。この手間を惜しむと、綺麗なきつね色にはならないのだ。再びフライパンを弱火で熱し、混ぜた材料をおたまで掬い落とす。しばらくすると、表面がぷつぷつと泡立ってくるのでフライ返しで裏返す。裏側には均一な焼き色がついていた。

アッシャーとテオは、恵真が作る様子に目を輝かせている。

「すごい……きれいだね」

「あぁ……」

スッと竹串を刺すと何もついてこないので、もう良いだろうと恵真はホットケーキを皿に乗せる。最近は厚焼きやスフレタイプ、多様なものがあるが、恵真が作るのは祖母や母と同じ昔ながらのものだ。もう一つ焼き上げて、そちらも皿に乗せた。ふっくらときつね色に焼けたホットケーキを、恵真はフォークと共に二人の前に置いた。

「はい、どうぞ。ホットケーキです」

兄弟は目の前に出された皿に乗ったものをじっと見つめ、互いに顔を見合わせた。テオが恐る恐る尋ねてくる。

「これって、ぼく達が食べてもいいの?」

「うん、もちろん。そのために作ったんだもの」

「本当に、本当にいいんですか？　お店に出せるくらい綺麗なのに」

二人は戸惑ったようで、フォークに手を伸ばさずにいる。なんて謙虚な子ども達なのだろうと恵真はまた感心する。あり合わせの材料で作ったホットケーキを、店で出せるくらい綺麗だと褒めてくれたこともあり、恵真はその可愛さに顔がにやけてしまう。

「冷めないうちに食べてくれたら嬉しいな」

「……はい」

「ありがとうございます！」

フォークを手に持ち、テオがホットケーキを食べようとして恵真は気が付く。もしかして食べにくいのではないだろうか。切り分けてあげれば良かったのかもしれないと。

「あの、もし良かったら切り分けようか」

「あ、ありがとうございます」

少し恥ずかしそうにテオが皿を差し出す。恵真は放射線状に六等分して、テオにホットケーキを返し、隣のアッシャーにも尋ねた。

「じゃあ、アッシャーくんのも切り分けようか？」

「あ、俺は、えっと……」

困ったようにアッシャーは眉を下げ、恵真を見つめる。言うべきかどうか、迷っているような素振りだ。隣のテオは不思議そうにアッシャーを見つめたが、何かに気付いたのかフォークを持つ手を下ろした。まるで叱られたかのようにへにゃりと泣き出しそうな表情だ。

「ごめんなさい。ぼくだけ食べちゃって」

テオの言葉に恵真は驚く。このホットケーキは二人のために作ったものだ。この子達が食べて問題は何もない。不思議に思いつつも、恵真は二人に話しかける。

「え、いいんだよ。二人に食べて貰おうと思って作ったんだから」

「そうだ。テオは食べていいんだよ」

「でも……」

先程まで二人は、焼き上がったホットケーキに目を輝かせ、頬を染めていた。非常に和やかな空気だったのだが、アッシャーは困ったような表情で弟を見つめ、テオの薄い青色の瞳は涙で潤んでいる。

一体何が問題だったのだろうと恵真は考えて一つの可能性に気付く。

(テオ「は」っていうことは、アッシャー君は食べないつもりなのかな)

アッシャーは「テオは食べていい」と答えた。それは、自らは食べないということではないだろうか。

先程、恵真はまず二人に渡す食事を先に作ることを伝えた。そのあとで二人に空腹かの確認をしたところ、アッシャーは否定した。遠慮であり、おそらくは空腹であろうと、恵真はホットケーキを焼いた。それは二人に持たせる食事とは別のつもりだったのだ。

(二人はこれを手伝いのお礼だと思ったんだよね、きっと)

そのため自分だけホットケーキに手を付けようとしたことでテオは自身を責め、アッシャーは自分は食べずに家族に持ち帰ろうと考えているのだろう。

アッシャーはじっとホットケーキの皿を見つめ、膝に置かれた手はぎゅっと拳を握っている。テオは瞳に涙を湛(たた)えながらも、じっと兄の横顔を見つめている。恵真の思った通り、兄弟達は優しい心根の子ども達のようだ。

そんな二人に恵真は微笑みながらゆっくりと説明する。

「これはね、二人に食べて貰おうと作ったから」

「……はい」

「だから、温かいうちに二人で食べてくれたら嬉しいな」

「……はい」

膝に置かれたアッシャーの手がゆっくり開き、フォークに手が伸びる。そんな兄の様子を見ていたテオも再びフォークを握った。

その様子を見た恵真はほっと溜息をつき、二人に話しかける。

「ちゃんと二人が持って帰る分も作るから大丈夫だよ」

「え……じゃあ、これは？」

「二人がお腹空いてるかと思ったから作ったの。ちゃんと作るときに説明すれば良かったね。ごめんね、余計な気を遣わせちゃった。これは二人で食べていいんだよ」

「……あ、ありがとうございます！」

「凄いね、お兄ちゃん！」

家族に持ち帰るものがあることに安心したのか、今までの重い空気は吹き飛び、兄弟達は互いの顔を見て笑い合っていた。そんな二人の様子に恵真もつい頬が緩む。

ホットケーキをフォークに刺し、口に運んだテオが驚きの声を上げる。

「ふわふわしてる！　それにすっごく甘いよ！」

「そっか……凄い、凄いな」

そんなテオを見て、嬉しそうに微笑み、アッシャーは恵真をじっと見つめた。恵真は首を傾げ、アッシャーを見つめ返す。するとアッシャーは照れたように頬を染め、俯いてしまった。その様子に、恵真はあることに気付く。

「そうだよね。アッシャーくんのも切り分けたほうが食べやすいよね。今、切るね」

「あ、ありがとうございます」

皿を受け取った恵真は、二人に飲み物を渡してなかったことを思い出して尋ねる。

「あ、二人は何を飲む？　お茶がいい？　それともジュースがいいかな？」

そんな恵真に二人は戸惑い、焦ったように大きく手を振る。

「大丈夫です！　十分です」

「うん！　ぼくらまだ何も働いてないのに食べてるんだもの」

幼いというのに、本当に慎み深い兄弟だと恵真は思いながら、二人が気に病まないように水を渡すことにした。子どもでも持ちやすいように、六角形のグラスを選んだ恵真は冷凍庫から氷を出して入れる。氷の入ったグラスにそのまま蛇口を捻(ひね)り、水道水を入れた。祖母の家には浄水器などないのだが、自然に囲まれたこの地域は安全で美味しい水が飲める。

カラカラと涼やかな音を立てる、氷が入った水のグラスを二人の前に置いた。グラスの下にはレースのコースターを敷いた。これは祖母が作ったものだろう。大胆な行動が目立つ祖母だがこういった細やかさもあるのだ。

二人は恐る恐るグラスを手に持つ。両手でグラスを持つその姿が愛らしい。ごくりと一口飲むと二人は驚き、お互いの顔を見合わせた。

「冷たい！　それにこのお水もきれいでおいしいね」

「……うん、そうだな。凄い、凄いことばかりだ」

そんなに特別なことではないのだが……と恵真は思うが、子どもは純粋なのだろう。ホットケーキを口に入れ、また美味しい美味しいと言いながら食べる二人は、年相応の無邪気な顔をしている。恵真はその様子を見つめながら、久しくなかった穏やかで優しい時間を過ごすのだった。

「本当にそれでいいの？」

「うん、これで……これがいいです」

「これすっごくおいしかったから、きっとお母さんも喜ぶね」

他の料理を作って渡そうと思っていた恵真だが、兄弟に残りの生地を焼いていることを伝えると、そちらを食べずに持って帰りたいと二人が言ったのだ。そのうえ、弟のテオがグラスの中の氷も持ち帰って良いかと尋ねたため、なぜかそちらも持たせることになった。

「きっとお母さんは喜んでくれる」そう言って笑うテオが可愛らしく思え、恵真は否定せずに持たせることにしたのだ。正直、この子達の家でも手に入るとは思うのだが、きっとこの子達の母ならば気持ちを汲み取り、喜んでくれるだろう。

氷は解けても零れないように、ジャムの空き瓶に入れ、ホットケーキは可愛らしいイラストの描かれたお菓子の空き箱に瓶とともに入れた。恵真としては兄弟の自宅でも作れるような、簡単なものを渡すのは気が引けたのだが、手渡すとアッシャーは大切そうにその箱を抱えた。

「ちょっと待ってね」

「はい」

恵真は小さな花柄のメモ帳を一枚とり、ペンを走らせた。兄弟の母に簡単なメッセージを添えることにしたのだ。全く知らない人物から手料理を渡されても不安に思うだろうし、簡単な自己紹介と兄弟が手伝いをしてくれた感謝を綴る。

兄弟にはホットケーキの後片付けを手伝って貰った。これでは釣り合いがとれないと、二人はなかなか納得してくれなかったが、恵真としては新生活での新しい出会いが嬉しかった。

沈みかけた気持ちを戻すために料理をするつもりだったが、自分のために作っても、このように晴れやかな気持ちにはならなかっただろう。家族を想う兄弟との時間は、穏やかで柔らかだった。

「私、ここに来たばかりなの。まだまだ周りに知り合いが少ないから寂しくて。だから、もし二人とお母さんが良かったらまた私の手伝いをしてくれると嬉しいな」

「ほんとうに?」

「ありがとうございます! 俺達、今度はもっと頑張ります!」

こちらを見て礼を伝えたアッシャーは深くお辞儀をする。兄の様子を見てテオも、ぺこりと頭を下げた。そんな二人の礼儀正しさに恵真もついつい笑みが零れる。

「それじゃ、失礼します」

「失礼します」

「うん、また来てね」

挨拶を終え、裏庭へと続くドアから二人は出ていく。きちんと脱ぎそろえたスリッパも微笑ましい。

そんな兄弟を見送った恵真は、ほぅとため息をつく。

「可愛いお客さんだったなぁ、……また遊びに来てくれるといいな」

「みゃうみゃ」

恵真の独り言に返事をするように鳴いたクロはソファーの上で寛いでいる。そんなクロの頭を恵真は優しく撫でた。

ふと、カウンターキッチン側のテーブルを見るとハンカチが置かれたままだ。

アッシャーかテオが忘れていったのだろう。

まだ間に合うだろうかとハンカチを手に取った恵真は、裏庭に続くドアを開けた。


「……何、これ」

そこは恵真の見知らぬ土地だった。街並み、そこを歩く人々、その服装、風の香りに湿度、すべて

がここは異国なのだと恵真の五感に訴える。恵真の黒い髪を乾いた風が揺らした。

「え……何が起きてるの？」

恵真の質問に答える者はいない。

立ち尽くす恵真の後ろでクロが一声、みゃうと鳴いた。

「みゃーお」

リビングダイニングで朝を迎えた恵真の足元を、クロはくるくると回り、餌を催促する。

恵真の心境も体調もクロには関係がない。起きて腹が減ったから食事を要求する、それだけである。

「みゃーお、みゃーお、みゃーお」

「はい、はい、はい」

疲労の残る体を起こした恵真は、極めて健康的な生活を行うクロの朝食を用意する。

目の前に置かれた器を確認し、鼻を鳴らしてクロは食べ始めた。

役目を終えた恵真はため息を一つ吐く。

本当に昨日は大変だったのだ。


恵真が兄弟を追いかけ裏庭へと続くドアを開けると、そこには見知らぬ景色があった。

舗装されていない道路を歩く人々は、西洋の童話に出てくるようなクラシカルな装いをし、金や赤、緑の髪を持つ者もいる。馬の嘶き、乾いた風が運ぶ土埃の香り、すべてが恵真の覚えている祖母の裏庭とは違う。

（ここはどこ？）

「みゃ」

しばらくそのまま立ち尽くしていた恵真であったが、クロの鳴き声でハッとする。まだ、誰もこちらにいる恵真には気付いてはいないようだ。

慌てて足元にいるクロを抱き上げ、裏庭のドア（おそらくは）を閉め、ガチャリと鍵もかけ、その場にしゃがみ込む。

ドッドッと鳴る心臓の鼓動は自分の耳にまで聞こえてきそうだ。

「みゃあ」

きつく抱きしめてしまったのだろう。抗議するような鳴き声をあげたクロが腕から降りる。そのまま何事もないようにスタスタと歩き、窓側のソファーに飛び乗ったクロは、ごろんと丸くなり目を瞑る。

「え！　今の何？　見た？　見たよね!?」

クロは横目でちらりと恵真を見て、面倒くさそうな表情をしてまた目を瞑る。

部屋には先程と変わらず、柔らかい日差しが差し込み、その光を浴びて気持ち良さそうなクロがいる。

恵真はしゃがみ込んだまま考えた。

――もしや、私は疲れているのでは。

そうだ、疲れだ。心身の疲れから仕事を辞めたのだ。それゆえに見た幻覚や幻聴に違いない。そう思った恵真は立ち上がり、勢い良く窓のレースのカーテンを開けた。

「…………」

窓の外には先程見た景色と同じものがあった。いや、正確には先程とは少し距離は違うが。

「あああッ！」

開けた勢いより素早くカーテンを閉めた恵真は、裏庭のドアの前に重石代わりに一人掛けのソファーを引き摺ってきた。その上に家の中にある重そうなもの、しまい忘れた扇風機や米袋に料理本の束などをとりあえず置く。即席の簡易バリケードである。

レースのカーテンではこちらの様子が見えるかもしれないので、祖母のタンスから色とりどりの鮮やかなストールを取り出してきて窓に掛ける。薄暗くはなったが、これで向こうから見えることはないだろう。代わりに部屋の明かりを灯す。

あとは武器が必要だ。そう考えた恵真は玄関に行き、スリッパから靴に履き替える。安全に逃げるためにもスリッパではまずい。

そしてテーブルの上にフライパンとペットボトル飲料、缶詰を用意する。まずフライパンを両手で持ち、ぶんぶんと振ってみる。納得したようにうんうんと頷き左手だけにフライパンを持つ。

今度は右手にペットボトル飲料の飲み口を持ち、ぎゅっと握る。そしてダーツを投げるように裏庭のドアに向かって、シュッと素振りをしては再び納得したように再びうんうんと頷く。

「これで一応は戦えるわね」

こうして左手にフライパン、右手にペットボトルを握り、恵真はまだ見ぬ敵に備えたのだった。

そして、気付けば朝であった。

キッチン入り口側のメインテーブル上には、フライパンとペットボトルと缶詰がある。椅子に座り、テーブルに突っ伏した形で目覚めた恵真は、昨日のことを思い出す。

初めこそ緊張で外の様子を窺（うかが）いながら過ごしていたが、特に何も起こらないため段々と気が緩み、お腹も減った恵真はカップラーメンを準備した。それを食べると段々と瞼（まぶた）が重くなり、そして……気付けば朝だったのだ。

（なんだかんだ言って私もおばあちゃんの血が流れてるな）

ため息をついた恵真は、足を忍ばせて窓に近付き、そっと色鮮やかなストールをめくって外を確認する。昨日と変わらぬ景色がそこにあり、恵真は再び深いため息をついた。

「裏庭のドアが不思議な世界に繋がっている……」

夢見がちだった少女時代にも言ったことのない言葉を、恵真は二十九歳にして口にした。

「いや、待って……なんでよ……」

「みゃ」

そんな恵真の疑問に誰かが答えてくれるわけもなく、チロチロと皿を舐めながらクロが朝食の追加を催促する。

寝起きで働きの悪い頭をフル回転させて恵真は考える。

とりあえず、家の中は今のところ安全であろう。食料はある。武器（のようなもの）もある。裏庭のドアには鍵をかけ、簡易なバリケードで塞いでいる。

では、次に何をすべきか。そこで恵真はふと疑問が浮かんだ。

「裏口のドアが不思議な世界に繋がっている」先程、自分の口から出た言葉だが、本当にそうなのだろうかと。家の外は裏庭側しか確認していないのだ。この家ごと、あるいは町ごとどこかに飛ばされている可能性もある。

非現実的な想像なのだが、現在、恵真は非現実的な状況の真っ只中にいるのだ。

「よし、見てこよう！　クロはここで待っててね！」

「みゃおん！」

朝食の追加を貰えず、強く抗議するように鳴くクロを置いたまま、フライパンを握りしめて恵真は玄関へと向かう。

白い朝の光が差し込む玄関。時間帯はおそらく裏庭と同じだろう。肝心なのはその光景だ。鍵を開け、何があっても対応できるよう、ゆっくりじわじわと恵真はドアを開けた。

ドアの向こうは、恵真のよく知る祖母の家の玄関先だった。

沈丁花（じんちょうげ）の甘い香りが漂う、昨日までと何も変わらない祖母の家の周りの風景。

これで家、あるいは町全体がどこか知らない世界に飛ばされたわけではないことがほぼ確定した。

「でも……裏庭はどうなってるのかな」

こちらも誰かが答えてくれるわけもなく、フライパンを握りしめた恵真は覚悟を決め、裏庭へと向かった。やはり周りの風景は今までと変わらない。そして、庭は――

「凄い……！」

裏庭には畑があった。よく見ると端のほうには少し花も咲いている。庭の多くは畑となっていて、ラディッシュやスナップエンドウといった野菜の苗が植えられ、シソやハーブなどはプランターや鉢植えに植えられている。

恵真が小さい頃は畑ではなかったのだが、ここ数年で始めたのだろう。

プランターのちょうど食べ頃の苺に恵真は手を伸ばす。

「これは……これは良い！」

夏になったら、ここで育った野菜を使って料理をしよう。ここでの新たな楽しみができたと恵真は持ってきたフライパンをザル代わりにして苺やハーブを入れて、ホクホクして部屋へと戻るのだった。

🐾🐾🐾🐾

裏庭からキッチンへと戻った恵真は、リビングキッチンの惨状に、自分がなぜ外に出たのかを思い出した。

「いや、忘れてたわけじゃないし」

「……にゃ」

誰もいないのに言い訳じみたことを呟く恵真に、どこか呆れたようにクロが鳴く。

とりあえずフライパンに入れた苺やハーブを、ボウルに移しておいた。自分に流れる祖母の血を若干感じつつ、恵真は一つの結論に辿り着く。

やはり、裏庭のドアは見知らぬどこかへ繋がっている可能性が高い。

しかし、何かあったら玄関から家の外に逃げられるのだ。そのことは恵真を少し安心させた。

「考えても答えができないことは今すぐ答えを出す必要はないよね」

「みゃーお」

「ね、クロ。そうだよね！」

タイミング良くクロの同意を得られた（？）恵真は自身がまだ朝食を済ませていないことに気付き、冷蔵庫の中身で何が作れるかを考え出した。

そう、それは実にシンプルな現実逃避であった。

朝食はパン派かごはん派か？　これは家庭や生活スタイルによって分かれるところだが、恵真は今朝はパンにすることにした。自分のためだけに米を炊くのが、単に面倒だったからである。料理は好きだが自分のために作る際には手を抜けるなら抜く、それが恵真のスタイルだ。

恵真はキッチンに向かう。エプロンは今日、捜さなくていい――実は昨日から着けっぱなしだ。

冷蔵庫からキャベツを取り出し、少量千切りにして大きめの白い皿に盛る。続いて薄切りベーコンを二枚取り出して半分に切り、熱したフライパンでしっかりと焼く。ジュワッと音を立て、香ばしい香りがキッチンに満ちる。バチバチと油が跳ねるのをキッチンペーパーでこまめに拭き取り、出来上がったカリカリのベーコンをキャベツの乗った皿に盛る。

次はトースターにパンを二枚入れる。パンは昨日買った八枚切りのものだ。三分トースターで焼くくらいがちょうど良いだろう。

冷蔵庫から今度は卵二個を取り出した。先程のフライパンを綺麗に拭き取り、再び熱する。熱したフライパンにサラダ油を気持ち多めに入れ、全体に行き渡らせる。ボウルに卵を割り入れてしっかりとほぐし、塩胡椒を入れ、さらに混ぜる。フライパンに卵を入れ、バターも加えたら弱火にしてゆっくり混ぜる。とろとろのスクランブルエッグをベーコンの横に移した。パンも焼きあがったようだ。トーストを半分に切ってそれも皿に乗せる。

「できた！」

「みゃん」

ワンプレートのモーニングである。なかなかの手際の良さだと恵真は満足げに一人頷いた。パンに塗るのは祖母の手作りジャムにして、飲み物はカフェオレにしよう。と、そこでお湯を沸かし忘れたことに気付く。

（惜しい……実に惜しい）

心の中でなぜか悔しさを感じつつも気を取り直して、恵真はやかんに水を入れ火にかけようとした。

「みゃーお」

するとクロが鳴いた。なぜか自分を呼んでいる気がして、恵真はクロを目で追う。てとてとと裏庭のドアに向かい、こちらをちらりと見て再びクロが鳴いた。

「みゃうん」

「……何？　何かいるの？」

「みゃ！」

昨夜作った簡易なバリケードで塞がれたドア、その向こうに何かいるというのだろうか。料理をすることで遠ざかっていた、非現実的な現実が恵真の前に再び訪れた。

（落ち着け、私）

先程確認した外の様子を思い出し、恵真は自分自身に言い聞かせる。そもそも、ドアには鍵がかかっているし、すぐには開けられないように重石も置いているのだ。恵真はそっと、裏庭のドアへと近付いた。

外からは子どもの声がする。

「ベル、ないね」

「ならノックしてもいいんだよな……多分」

聞き覚えのあるこの声は、昨日訪れた兄弟達だろう。

「でも昨日、ぼくらノックしなかったね」

「……テオ、お前なんで今、それに気付くんだよ」

「え？」

「俺ら、昨日ノックなしでドア開けたんだろ？　どうしよう、すげぇ失礼なことしてんじゃん」

「んー。でも今日もしなかったら、もっと失礼になるんじゃないかな」

焦ったようなアッシャーの声とのんびりしたテオの声がする。

（良かった……あの子達だ）

昨日、知り合った兄弟であることに安心した恵真は声をかける。

「アッシャーくん、テオくん！　ちょっと待っててね。今、ドアを開けるから」

「え、は、はい！」

恵真は昨夜、急ピッチで拵(こしら)えた簡易バリケードを、ズズズッとドアの右側に押しやる。一人掛けのソファーの上に、しまい忘れた扇風機や米袋、料理本の束などをとりあえず乗せただけの簡易バリケードは思っていたよりは容易(たやす)く動いてしまう。

（え、これってあんまり意味がなかった？　……いや私が力持ちなのかもしれない！）

部屋の隅に簡易バリケード（であったもの）を動かした恵真は、このままではあまりにも雑然としていると思い、扇風機を下ろす。米袋と本はとりあえず、ソファーの上に置いておいた。メインテーブルにはペットボトル飲料と缶詰が置かれたままだ。幸い、フライパンは乗せていない。

だが、カーテンには色とりどりのストールがかかっている。鮮やかではあるが、何事かと兄弟は思うだろう。

（どうしよう……でも片付ける時間がないな。待たせるのも悪いし……）

そして鍵を開け、恵真は見知らぬ世界へと続く裏庭のドアを再び開いた。

「ごめんね、待ったでしょ」

「いえ。連絡もなく訪ねてしまい、すみません！」

「おはようございます」

二人とも理由は違うが、同じようにぺこりと頭を下げた。兄弟だけで来ているのに、きちんと挨拶ができている。そんな二人はやはり可愛らしい子達だと恵真は思った。

「どうしたの？　あ、昨日忘れたハンカチね？」

「え、あっ本当だ。テオのハンカチ忘れてた」

「本当だ、全然気付かなかった」

テオはポケットを小さな手でポンポン叩き、ハンカチがないのを確認している。忘れ物を取りに来たのではないのなら、一体どうしたのだろうと恵真が考えていると、アッシャーが昨日渡した箱を差し出した。

「あの！　昨日はありがとうございました！　母も本当に喜んでいて、本当は実際にこちらに来てお礼を伝えたいと言っていたんですが、今日も体調が悪く来れなくて申し訳ないって……これ、お返しします！」

昨日、渡した紙の箱を受け取ると、中には綺麗に洗われた瓶と小さく愛らしい野の花が入っていた。

「あのね、母さん喜んでたよ。『ほっとけーき』もおいしいって。あとね、あと氷もびっくりしてた」

「これを持ってきてくれたの？」

「はい！」

「良かったのよ、お家でそのまま使っても」

「え……」

なぜかアッシャーはショックを受けている。わざわざ持ってきてくれたのにその気持ちを考えず、失礼だったのかもしれない。恵真は慌てて話題を変えた。

「このお花、可愛いね。貰ってもいいの？」

瓶に入った野の花は楚々として可憐である。

「うん！　ぼくが摘んでいこうって言ったの。でもお兄ちゃんは失礼じゃないかって」

「だって、その辺に咲いてる野草だぞ……その、逆に悪いだろ」

「そんなことないよ、凄く可愛いよ。ありがとう」

「あ……いえ」

「ふふ。だって！」

照れたようなアッシャーと嬉しそうなテオ、そこで恵真は周囲の視線に気付く。通りを歩く人々がなぜかこちらをチラチラと見ているのだ。悪意ある視線ではないのだが、恵真は不安になる。まだ、このドアの向こうの世界を恵真はよく知らない。目の前にいる二人の少年しか、この世界の人間と接したことがないのだ。

（もっとこちらの世界を知らないといけないかも……）

知らないと対策を取ることもできないのだ。

「知る」ということは自分の身を守ることに繋がるだろう。

恵真は、目の前の兄弟からこの世界のことを聞こうと決意する。もちろん、子どもなので知っていることは限られているだろうが、その子どもが知っている常識でさえ、今の恵真は持っていないのだ。

短い時間だが、この子達が優しい気性なのがわかった。わざわざお礼と容器を返すために、足を運んでくれたのだ。そんな子達と接点を持つのは危険なことではないだろう。

「あの、もし良かったら部屋に入ってお話ししていかない？」

🐾🐾🐾🐾

口にした恵真は自分の言葉が不審者みたいだと思い、少し後悔する。

いや無論、決してやましいことなどないのだが。

そんな恵真の内心の葛藤とは裏腹に、兄弟達は嬉しそうにお互いの顔を見た。

「突然、訪ねてきたのにいいんですか？」

「いいの？」

「うん、ここにいるとなんだか皆が見てくるし……」

そんな恵真の言葉に、アッシャーがハッとした表情で辺りを見回す。その視線にこちらを見ていた人々は、気まずそうに眼を逸らした。

「わかりました。失礼します」

「失礼します！」

「うん、どうぞ入って」

二人を部屋に招き入れ、恵真はドアを閉めた。先程の発言も含め、現代日本の感覚を持つ恵真には自分自身の発言がなんだか不審者に思えて心が苦しい。重ねて言うが、決してやましいことなどはない。だが今まで築いてきた自身の中の常識が罪悪感を抱かせるのだ。

そう感じる恵真は極めて真面目で常識的とも言える。

二人を見るとなぜかキョロキョロしている。そこで恵真はハッと気付く。部屋がなんだか雑然としている……そう、昨日の籠城の名残が所々に置かれたままだった。

「ごめんね、ちょっと散らかってて……今、何か飲み物入れるね」

「え……あ、俺らまだ言ってないことがあって……うわ！」

クロが近付いてきてアッシャーが驚きの声を上げる。その様子に恵真は思い出す。

昨日二人は、初めて見たと言っていたではないか。恵真はアッシャーから預かった箱をテーブルの上に乗せて、クロを持ち上げ、腕に抱いた。

「言ってないこと？　他にも何か用事があったの？」

「はい！　その、俺達に何か手伝えることはないですか？」

アッシャーは姿勢を正して、こちらをキリッとした表情で見つめる。隣のテオも爪先までピシッと伸ばしてこちらを見ていた。

クロを抱えたまま、首を傾げた恵真は昨日の会話を思い出す。

（そうだ、昨日確か……）

『私、ここに来たばかりなの。まだまだ周りに知っている人が少ないから困っていて……。だから、もし二人とお母さんが良かったら、また私の手伝いをしてくれると嬉しいな』

『ほんとうに？』

『ありがとうございます！　俺達、今度はもっと頑張ります！』

昨日、恵真が近所の子が手伝いに来てくれたものと思って伝えたことだ。

だが『ここに来たばかり』で『知り合いが少ない』女性がわからないことを、この兄弟に聞いても
そんなに不自然ではないと恵真は気付く。

どうやらここに来ることは、親御さんも知っているようだ。

それなら二人に『この世界のことを知ることを手伝って貰う』のはどうだろう。この世界の金銭を、
恵真は持っていない（と思う）ので、どんな対価をあげれば良いのかは相談する必要があるだろう。

しかし、昨日のように食事をお礼として渡すことならば難しくはない。

「ありがとう！　私、まだこっちに来たばかりでわからないことがたくさんあって……もし二人が良
ければ今日はここのことを色々教えて貰っていいかな」

「はい！　俺達で良ければ」

「うん、なんでも聞いていいよ」

こうして、恵真は二人の可愛い協力者を得た。

少し散らかっているが、二人にはメインテーブルに添えられた椅子に座って貰った。
テーブルの上に置かれたペットボトル飲料や缶詰を、興味深そうに二人は見ている。おまけに朝食
まで置かれた状態だ。

「えっと……ごめんね。昨日、色々あってちょっと散らかっていて……」

部屋の片隅には季節外れの扇風機、一人掛けのソファー、その上には米が入った袋と本が何冊も置かれている。カーテンには色とりどりのストールが掛けられたままだ。

恵真としては、裏庭のドアが異世界に繋がるという非常事態だったわけだが、それを彼らに伝えるわけにもいかない。

（とりあえず、テーブルの上だけでも片付けなきゃ）

そこで恵真はふと、兄弟の視線に気付く。

（ごはんを見てる？　あ、もしかしたら朝ごはんはまだなのかも）

「朝、食べてきた？」

「いえ！　朝は食べないので」

「朝は食べないの……そっか」

こちらの世界がそうなのか、彼らの家計の事情でそうなっているのかはわからない。だが現代日本の常識が恵真の中で騒ぎ出す。

子どもはしっかりご飯を食べなければ、と。

自分が食べるつもりの食事だったが、まだ箸はつけていない。こちらの文化に、まだ明るくはない恵真だが、アレンジして出すのはそんなに失礼ではないと判断する。

抱えているクロを、窓際のソファーまで連れていった恵真は、エプロンに粘着式のクリーナーを丁寧に掛ける。クロはその様子をどこか不服そうに見て、兄弟は不思議そうに見る。

「ちょっと座って待っててね」

「はい」

兄弟は二人揃って返事をする。

とりあえず、後でこちらは片付ける必要があるだろう。

恵真はペットボトルと缶詰を抱えて、キッチンに片付ける。そしてメインテーブルに戻って、ワンプレートの朝食を持ってくる。

先程、パンを二枚焼いている。朝から食欲旺盛な数分前の自分を褒めながら、そのパンにバターを塗る。キャベツの千切りを乗せ、スクランブルエッグ、ベーコンを乗せた。上にケチャップとマヨネーズをかけて出来上がりだ。

もう一枚、同じ皿を用意して作った料理を乗せ、二人の前に運ぶ。

「これ、簡単なものなんだけど良かったら食べて」

すると、アッシャーは眉を下げてこちらを申し訳なさそうに見つめる。

何か苦手なものでもあっただろうかと、恵真は首を傾げた。

「え……でも……困ります。だって俺達、今日は何もしていないし……」

「うん。昨日も簡単なことしかしてないのに、おいしいご飯もらったから。今日はその分も働きにきたんだよ。ね、お兄ちゃん」

「え……そうだったの？」

「はい。ですからその……」

さっそく、恵真は文化の違いにぶつかってしまった。恵真としては手伝いのお礼として食事を渡すのはそこまで不平等に感じられないのだが。こういった感覚の違いは今後も出てくるのかもしれない。やはり、二人にここの常識を教えて貰う必要がある。そう思った恵真はそんな自分の考えに驚いた。今後もこの裏庭のドアの世界と、自分は関わっていくつもりなのだろうか。

（いや、このドアを塞いで誰も来られないようにすればそれでいいのかもしれない。そうしたら今まで通りの生活が続くだけなんだし……）

そう、あくまで現状の安全のために、向こうの世界を知ろうとしているだけだ、きっと。

俯き考えていた恵真に、アッシャーが声を掛ける。

「あの……トーノさま？」

「ん、遠野さま？　そんな呼び方しなくていいんだよ」

「あ、いえ、失礼に当たるので……」

再び文化の違いだ。恵真としてはこんな幼い子に、敬称付けで呼ばれるほうがずっと辛いのだが。

恵真は笑って二人に提案した。

「名前で呼んでいいよ。呼びにくかったら苗字でもいいし。うーん、恵真さんとか？」

「え……」

アッシャーが戸惑ったように恵真を見る。

「それに料理も食べてくれたら、私は嬉しいな。二人が迷惑じゃなかったら、だけどね」

「迷惑じゃないよ。ありがとうエマさん」

「ありがとうテオくん。アッシャーくんも良かったら、ね？」

「ありがとうございます……エマさん」

二人が皿に手を伸ばして、食べ始めたのを見た恵真は安心する。こちらが良かれと思ってしたことも、相手の負担になってしまっては意味がないのだ。

たとえ同じ世界に住んでいてもすれ違うことがある。

恵真はそれを痛感して、仕事を辞めたのだ。

兄弟はパンを美味しそうに頬張る。

テオが顔にケチャップを付けたのを、アッシャーが指で拭っている。

そんな二人の様子を見ていると不思議と恵真は幸福な気持ちになった。

「やっぱり、異国からいらした方なんですね」

「……どうしてそう思うの？」

「黒髪で黒い瞳の方はこの国では見ませんから」

「え、そうなの？」

食事を終えた二人に、『この世界を知ることを、二人に手伝って貰う代わりに何か料理を提供する』そんな提案をすると、とても驚かれた。恵真としては全く知らない世界の情報を知れるのは、価値があるのだが、二人からすると対価を貰うほどのことではないと言うのだ。

そのため二人は恵真の提案に戸惑っている。

昨日、二人に手伝って貰ったのは、それがこの地域の社会活動なのだという勘違いが恵真にあったためだ。本当の意味で子どもに労働をさせるのは、やはり、恵真の感覚では引っかかる。

それにこの国の常識は、恵真にとって非常に価値があった。

現に黒髪で黒い瞳であることで、一目で異国人だとわかるとは思ってもみなかったのだから。

「エマさんは魔道具士なんですか？」

「魔道具士？」

「昨日の氷もですが、こちらの部屋も昼とはいえ、かなり明るいので。魔法使いだと瞳が緑ですから違いますし……」

「うん、水もすぐ綺麗なのが出たし、凄かったよね。このお部屋にも、見たことない道具がいっぱいあるもん」

「こらテオ、あんまりじろじろ見たら失礼だぞ」

なんと言うことだ、と恵真は思う。どうやらドアの向こうの世界には、魔法があるらしい。おそらく魔法が使える人が魔法使い、魔法がかかった道具が魔道具といったところだろう。

そして魔法使いは瞳の色が緑だという。よって恵真は魔法使いではなく、魔道具士だと思われたらしい。

（凄い！　魔法があるなんて……！）

思わぬ情報に恵真の胸は高鳴る。

だが実際には、恵真は特になんの力もない成人女性である。

魔法はもちろん使えない。こちらの感覚で見ると魔法の道具に見えるものも、恵真自身が作ったわけではない。魔道具士だと思われて、作ってほしいと頼まれても恵真には何もできないのだ。

魔道具士だと思われたということは、あちらの世界で一般的な家庭には、魔道具はそこまで流通してはいないのだろう。

魔道具士だから家にたくさんの魔道具がある。

そのようなニュアンスを、彼らの話から恵真は受けた。

魔道具士ではないが、魔法の道具を持つ黒髪の異国人。

それが恵真の現状である。だがそんな人物は、こちらの世界の人々にどのように見えるのだろう。

そんな恵真の疑問に答えるようにテオが尋ねた。

「じゃあ、エマさんは外国のお貴族さまなの？」

「お貴族様……？」

「だって、魔道具がいっぱいあるし、お洋服も立派なものを着てるもの。魔道具士じゃなくても、お金持ちじゃなきゃ、こんなに魔道具買えないよ」

テオはきょとんとした顔をしている。

先祖代々、立派に庶民な恵真であるが、あちらの感覚ではそう見えるらしい。

魔法や魔道具など、ファンタジーの要素があることに胸躍らせた恵真だったが、貴族など生まれながらに階級がある世界なのは、暮らしにくそうだとも思う。

いや、もちろん住む予定はないし、今後関わっていくかもわからないのだが。

突然生じた異世界へと繋がるドアに、恵真は正直どう対処すべきか迷っていた。

ドアを完全に埋めてしまえば安全なのか、それともそんなことをすれば形を変えた災いが振りかかるのだろうかと、恵真の頭の中に恐れが浮かぶ。

「テオ、そんな風に色々聞くのは失礼になるだろ」

「いいのよ。こちらから色々この国のことを聞いたんだし」

「あ、ありがとうございます。でも、実際に貴族の方ですと、無礼だと言われて、罰せられることもあるので……」

「そう、怖いんだよ」

内緒ごとを告げるようにテオが教えてくれる。

「テオ！ ……じゃあ、言うなよ」

「だってエマさんは怖い人じゃないでしょ」

「それはそうなんだけどさ……」

なんとこんな小さい子達でも処罰されるという。

(恐るべしだわ、特権階級……)

やはり、この世界の常識を、二人から聞いておいたほうがいいと恵真は考える。

先祖代々庶民であり、こちらの常識を知らぬ恵真は、テオ以上に失礼なことをする自信があった。

この世界との今後の関係はさておき、知識は恵真を守ってくれるはずだ。

「えっと……私は……ここの家の管理を任されているの」

「管理……お一人でなさるんですか？」

「えぇ、ここは私の祖母の家で、祖母が留守の間、ここで過ごす予定なの。だからその間、二人に色々教わりたいなと思ってお願いしたのよ。二人にとっては当たり前のことでも、私にはそうじゃないから。だから、もし二人が良ければ、食事をそのお礼として渡したいって思ったの」

真実からは微妙に外れていない形で恵真は話した。

本当のことが話せないというのは勿論あるのだが、恵真は嘘が下手である。それも非常に。

事実から大きく離れた内容にすると、嘘をついていることが確実に相手にバレるだろう。

何よりこれから頼み事をする相手に嘘をつくのが、フェアではない気がしたのだ。

本心から二人に頼んだ恵真は、アッシャーをじっと見つめた。

一度下を向き、アッシャーは何かを決意したように、再び恵真の瞳を見る。

テオは兄と恵真を交互に見つめている。

「……わかりました。俺達で良ければ手伝います。どうぞよろしくお願いします」

「おねがいします」

「ありがとう！　これからよろしくね。じゃあ、私は二人にこの国のことを色々教えて貰って、その日のお礼に食事を三人分渡す。そんな形でいいかしら？　時間や回数はどうする？　二人の予定もあるわよね」

子どもとはいえ、二人にも都合や予定があるだろう。

そう考えた恵真に、アッシャーが言う。

「いいえ、ご都合に合わせます。俺達、基本は毎日働いてますし、空いた日に他の人に仕事を貰いに行けばいいんで」

「うん、働きに来たときに『明日は朝に』とか『次はこの日に』って頼まれることも多いよ」

しかし、それではこの子達の時間を不規則に拘束することになる。

自身の都合のいい時間に、子ども達を呼びつけるような真似を恵真はしたくなかった。

それにお互いに連絡を取る手段がない。決まった日程のほうがお互いに困らないだろう。

「えっと、この国でも一週間は七日かしら？」

恵真の言葉はなぜか彼らに伝わる。

これは自動的に、彼らにはその国の言葉に変換されているか、恵真が無自覚に、この世界の言葉を話しており、会話ができているのではないか。

そう恵真は推測していた。

昨日、二人に持たせた手紙もなぜか兄弟の母は読めたようだ。

おそらく文字も言語と同様だろう。

だが、この国独特の単位などがある場合、それはどうなるのだろう。

数字や暦の概念はやはり違うのだろうかと恵真は疑問に思う。

「……そうですね、この国では魔法暦が使われていて光・水・土・火・雷・氷・闇、この七つに分かれています。光の日から始まり闇の日を迎え、再び光の日になる。それで一つの週が終わることになります。それが大体、四回ほど繰り返されて一つの月が終わります。一月は三十日くらいかな。それが十二回で一つの年が終わることになるんです」

どうやら七日単位が週であることや、年月の日数はだいたい同じらしい。

ただ曜日の呼び方はまた違うようだ。

なら時間はどう数えているのだろう。一日は時間でどう分かれているのか。その辺りはまた確認し覚えていく必要があるかもしれない。

「じゃあ、七日のうち三日来るのを四回でどうかな？　えっと、今日って何日で何の日かわかる？」

「……今は花の女神の月です。今日は花の女神の月、十四日の水の日です」

「十四日の水の日。じゃあ、今日から一日置きに来てもらうのはどうかな？　週に三日、それを一月くらい続けて貰うの。それとも、今日から、何日か続けて来て貰うほうがいいかな？」

連日来てもらい、数日ほどで簡単に情報をまとめることもできるのだが、それは気が引けた。

兄弟達は毎日、その日の糧を得るために働いている。

おおよそ一日置きに、必ず食事が手に入るようにすれば、彼らの負担が少しでも減るかもしれない。

そんな考えが恵真の中に浮かんだのだ。

もちろん、それが自身の勝手な思いであることもわかっている。だから、二人にどちらかを選んで貰うことにしたのだ。

アッシャーは少し迷うような素振りを見せたが、答えを出すのに時間はかからなかった。

「……週のうちに三日、こちらに来る形でお願いします！　そうして貰えたら助かります」

「うん、じゃあよろしくね。お母さんにもお話ししてね」

「はい！　ありがとうございます！　よろしくお願いします」

こうして、週に三日この家に可愛い兄弟が訪れることとなったのだ。

冒険者リアムと兵士バート

討伐依頼を達成し、数日振りにマルティアの街へと戻ったリアムは、夕暮れ時の大通りを歩いていた。屋台からの食欲をそそる香りに、呼び込みの声、それを買いに来る人々で賑わう街。そんな活気ある通りを歩くリアムは、誰かの呼び声に立ち止まる。

自らを呼ぶその声に、リアムは聞き覚えがあった。

向こうから手をブンブン振って、笑顔で駆け寄ってくる兵士がいる。

赤茶の髪をした親しみの湧く顔立ちの男は、兵士というのに威圧感はまるでない。男は自分より背の高いリアムを見上げて、笑顔で話しかけた。

「久しぶりっすね！　リアムさん」

「バート……」

ニコニコしながら近付いてきたバートに、紺碧の髪をかき上げたリアムは、軽くため息をつく。

「あ、それはないっすよ！　せっかく会えたのに」

「悪い。だが、俺は冒険者だからな。距離を取った方がお前にとってもいいだろう」

「まぁ、そうなんですけど。でも、リアムさん冒険者としてもランク高いし、結局オレみたいなヒラ兵士からすると先輩感があるっていうか。まぁ、兄貴分っすかね」

リアムの生まれは貴族階級であり、それを考えるとバートの話し方はだいぶフランクと言える。

だが、リアムは冒険者でもある。

実は、一般的なこの国の感覚では、冒険者と軍の関係は良好とは言えない。

冒険者側は平民が多く、実力がすべてだ。多くは生まれついた身分では手に入らなかったものを、己の腕で手にしようと冒険者の道を選んでいる。彼らは自らの力で道を切り開き、その力に誇りを持っているのだ。

一方、軍の者達は下位の兵士達を除けば、貴族が多くを占める。彼らは血筋に誇りを持ち、騎士として武器を手にする。また、下位の兵士達の多くは、冒険者の道を選ばず軍に入った者達だ。

そのため、兵士であること自体に誇りを持っている。

つまり軍と冒険者は、そもそもの価値観が反する関係にあるのだ。

もちろん、有事の際には軍部もギルドも協力体制を作るのだが、折り合いはあまり良くないのが現状である。

バートは子爵家の三男である。しかし、彼の母は平民であり、育った環境からも考えや気性は平民寄りであった。

そのため、平民にも気軽に接するため、街の人々は彼を慕っている。

無論、本来は民を守るのが兵士としての務めであり、人々を気にかけるのは職務の一部である。

だが、一部の兵士は平民を軽んじ、居丈高な態度を取る彼らには、街の人々も距離を置く。

そんな事情もあり、リアムとしては放っておいてくれても構わないのだが、なぜか懐かれ、こうして見かける度にバートは声を掛けてくるのだ。

「仕事はもう終わったんすか？」

「あぁ。五日間の討伐を終えて、こっちに戻ってきたんだ」

「じゃあ、ギルド帰りっすね。あ！　それ、誰にお土産っすか？　ギルドの子じゃないっすよね。んー、あ！　武器屋のエレナちゃんっすか？　それとも、雑貨屋のルーナちゃん？」

「それはお前が気に入ってる子達だろう。これは土産じゃない。ギルドの帰りにパンを買ってきたんだ。しばらく留守にしていたからな」

軽口を叩くのはバートの通常営業なので、リアムは適当に流す。

バートも気にした素振りもなく、リアムが手にした袋を見た。

「あぁ、あの子達っすか……。本来は、国がなんとかしなきゃいけないんすけどね」

「おい、バート」

「あ！　えっと！　あの、なんでもないっす！」

「……ここは大通りだからな。誰が聞いているかわからないだろう」

「ハイっす。気をつけます」

孤児であれば教会が一応、一部の者を保護をしている。だが、親が働けない場合や親が子の養育を放棄した場合、子どもは日々の生活に困る。

結果、そういった環境の子ども達は、犯罪に手を染めてしまう。

平民の生活に、国の補償などはないのだ。

それはこの国が抱える問題でもあるのだが、王族や貴族への発言は侮辱罪が適用され、公然と批判すると罰せられる可能性がある。ましてや、バートは国に仕える立場なのだ。

「あの子ら、きっと喜びますね」

「あぁ。もうそろそろこの辺を通ると思うんだが」

リアムがアッシャーとテオに出会ったとき、二人は街の料理店の店員とトラブルになっていた。

店員を宥め、銀貨を渡したリアムは二人を連れてそこを離れた。歩きながら何があったかを尋ねると、働いたがその分の日当を貰えなかったらしい。

おまけに日当は店で余った賄いだと言う。子どもを利用するやり方に、リアムはうんざりした。

そんな人間ならば銀貨を渡さなければ良かったと、少し後悔しつつ兄弟に持っていた携帯食を渡して見送ったのだ。

その日以来、リアムは街で会う度に彼らに声を掛け、食べ物を渡している。

深い理由があるわけではないのだが、顔見知りになった兄弟が気になるのだ。

どこかの店で働いて帰る場合、彼らは必ずこの大通りを使う。大きな通りであれば、彼らの稼ぎや食事を盗まれる危険性が低いからだ。

「あ、リアムさん！　あの子達っす！　ここっすよー！」

「あぁ。アッシャー、テオ！　久しぶりだな」

「リアムさん！」

「食事は食べたか？　今日も仕事だったんだろう」

こちらを見た二人は、笑顔で駆け寄ってきた。

数日ぶりに見る二人は和やかな雰囲気がある。

いつも、どこか疲れたような表情を浮かべた彼ら。そのたびに、不甲斐ない思いに駆られるリアムにとって、それは初めて見る子どもらしい表情だった。

「あのね、ぼく達昨日も今日もちゃんとご飯食べられたんだ」

「そうか、それは良かった。誰かに良い仕事を紹介して貰えたのか？」

まだ幼い兄弟ではギルドには所属できず、直に店を訪ねる形になる。

そのため、不当な仕事を回されると二人から聞いていたのだが、誰か仕事を世話してくれた人がいたらしい。

平民だとしたら、その者もあまり余裕はないだろう。

しかし、自分が不在の時にも兄弟を案じてくれた者がいたことに、リアムは安堵する。

不在の間を誰かに頼んでも良いのだが、生活に困る者達は他にもいる。

公平であるべき兵士であるバートには頼めず、気に掛けながら討伐へと出かけたのだ。

「ううん、自分達で探したんだよ。また来てもいいって！」

「偶然行ったところなんだけど、この二日間お世話になったんだ」

「自分達で？　そうか……店員はどんな人だ？」

大人でも職にあぶれるこの時代に、十分に働けない幼い子ども達を雇うのは、彼らの境遇に心を寄せてくれたか、安い労働力として利用する人間だ。

けれど、後者ですらまだましかもしれない。

初めは優しく接して彼らを利用したり、騙して連れ去る可能性だってあり得る。

子どもや女性を連れ去る事件も、残念ながらこの国にはあるのだ。

そんなリアムの懸念は顔に出ていたようで、アッシャーたちは笑顔で話しかけてくる。

「大丈夫！　リアムさんが思ってるような人じゃないよ！」

「うん！　すっごく優しいんだよ！」

「……おいおい、二日間でそんなに信じていいのか？」

兄弟達の様子にリアムは驚く。

短期間で彼らの信頼を得るとは、どのような人物なのだろう。二人を案じたリアムは眉間に皺を寄せた。

「あ、リアムさん、嫉妬っすね！　大丈夫っすよ！　リアムさんへのオレ達の信頼は、揺るぎないものっすから！」

すっかり、その店の者を信頼する兄弟と、リアムの不安をよそにつまらぬ冗談を言うバート。

リアムは深いため息をつく。謎の人物について、きちんと二人から話を聞かなければと思うリアムであった。

川に面した路地は涼しい風が通り、過ごしやすい。ちょうど昼も過ぎ、人々は仕事に戻ったのか人通りは少ない。

そんな路地の木陰の下は、人に聞かれたくない話をするのにも適している。

「それは怪しいな」

「そりゃ、怪しいっすね」

「そんなことないってば！」

「うん、優しかったよ。あとね、可愛いよ」

「テオ！　……そうだな、確かに綺麗だった！」

件の人物について、人目を避けて四人は話す。

どこに誰がいるかわからない大通りで、話すわけにはいかないと兄弟が強く主張したのだ。

主にその店主の安全性のために。

兄弟曰く、その店主は黒髪の美しい女性で、突然訪れた兄弟にも親切に接してくれたらしい。

「黒髪黒目の異国の美人……ないっすよ。それならオレが知らないわけないっすもん」

「……まぁ、バートが知るかはさておき目立つだろうな。そんな女性がいたら」

「まだ来たばかりだって言ってた！」

「俺達以外に、まだこの国の人に会ってないって言ってた！」

黒髪の女性に関する伝承が残るこの国では、黒髪の人物を特別視する傾向にある。

他国には黒髪を持つ者も稀にいるようだが、黒髪黒目となると伝承通りなのだ。

リアムの紺碧の髪も、黒髪に近いことから縁起が良いと喜ばれるくらいだ。

そんな女性がこの国にいるとしたら、騒動になってしまうだろう。

街の噂になっていないことからも、その女性がまだ他の者と接触をしていないのは事実のはずだ。

だが、二人の話から聞くその女性は、不思議な点が多かった。

「魔道具に囲まれた部屋に住んで、魔獣に守られている異国の女性か……」

「で、もしかしたら貴族なんじゃないかっていうんすよね」

「うん。でも、ぼく達にご飯作ってくれたよ」

「それに魔道具も砂糖も粉も、俺達の食事に使ってくれたんだ」

「そりゃ、貴族じゃないっすね！　貴族はそんなことしないっす。自分に利益がない限り、あいつらは動かないもんすよ」

自身が貴族の血を引いているバートは、堂々と断言する。

兵士でありながら、公然と貴族批判をするバートに、人通りが少ない川沿いの路地へ移動して、本当に良かったとリアムは思う。

だがそもそも、なぜ冒険者であるリアムの方が、気を揉まねばならないのかと再びため息をつく。

「で、その女性は二人にこれからも来てほしいと言うんだな」

「うん、まだこっちのことをよく知らないからって。その帰りにはご飯持って帰っていいんだって！」

「週のうち三日通うのを四回程、大体一月くらい来てほしいって言われてるんだ。そうなれば、俺ら食事の心配も少なくなるだろ？　だから、ありがたい話なんだけど……」

その話が事実であれば、確かに彼らの日々の不安も負担も軽くなるだろうとリアムは思う。

だが嬉しそうに話す二人に、バートは釘を刺すかのように確認する。

「で、この国の常識を教えるだけで、そこらの店より豪華な食事が食べられるっていうんすよね。怪しいっす。だって、そんなのお金出せば簡単に調べられるんすから。魔道具がたくさんあるような家に住んでるんすよね、その人」

「それは……そうだけど」

アッシャーはバートの言葉に落ち込み、自信をなくしたように俯く。

バートの言う通り、確かにわざわざ、兄弟に頼まなくても良いだろう。

条件の良い話に、何か裏があるのではと思うのは自然なことだ。

同時にその人物から受けた印象や違和感、そういったものが最終的に自らの身を助けることが多いことをリアムもバートも経験上知っていた。

リアムは俯くアッシャーに尋ねる。

「アッシャーはどう感じたんだ」

「え？」

リアムの言葉にアッシャーが顔を上げた。

「実際に会って、アッシャーはどんな印象を受けたんだ？　その人に接して、どう思ってその仕事を引き受けた？」

「俺は……俺は、嬉しかった」

「嬉しい……。まぁ、そうっすよね。条件が良い仕事っすもん」

「いや、そうだけど。なんていうかそうじゃなくって……」

自分の気持ちを上手く表せないのか、ポツポツと言葉を、自分自身の心の中で確かめるようにアッシャーは話し出す。

「初めてなんだよね、あんな人。俺らのこと、助けてくれる人は今までにももちろんいて、だからなんとか暮らしていけてる。リアムさんだってそうだし、凄く感謝してるんだ。……あ、バートもね」

「……別に気遣わなくっていいっすよ」

頬をかき、バートが照れたように眼をキョロキョロさせる。

リアムの知らないところで、彼もまた二人を気にかけてくれていたのだろう。

リアムと目が合うと気まずそうにバートは眼を逸らした。

「でもあの人、俺達を助けるつもりとかはないんじゃないかな」

「へ？　どういうことっすか？」

その答えはリアムもバートも予想していなかった。

今まで、彼らに仕事や食事を与えていた者は、彼らを心配しているか、利用するかどちらかだった。

そして前者の中には、リアムやバートも含まれている。

彼ら二人もまた兄弟を案じ、ほんの少し、彼らの背中を支えてあげたいと思っていたのだ。

荒れた小さな手を動かし、自分の中から答えを掬い上げるように、アッシャーは言葉を探す。

「なんていうか……凄く普通なんだ」

「普通？」

「うん、普通。家に来た親戚の子みたいに、ご飯を作って貰って、それを食べて……一緒に後片付けもした。で、帰ったんだ。母さんの分も貰ってさ、持って帰ったら母さんが泣いて……俺もテオも泣いた。……でも、凄く嬉しくてさ」

リアムは、なぜ二人が彼女を信頼したのかを理解した。

そしてそれは、二人を取り巻く状況を知る、自分やバートではできなかっただろうと。

この国の常識を知らず、兄弟に対して偏りのない視点を持つ人物であったからこそ、できたことだ。

彼女はトーノ・エマというらしいが、街の普通の子どもとして、二人を扱ってくれたのだ。

彼らが働く理由や背景を知らず、先入観がないからこそ、そのままのアッシャーとテオを受け入れたのだろう。

「その人、俺達が手伝ってくれたら、嬉しいってそう言ってくれたんだ。そんなこと、今までなかったから。そう言って貰えて俺も嬉しくて……」

そう言ったアッシャーの顔は、今までリアム達が見てきたどれよりも穏やかだった。

弟のテオを守り、母の代わりに家族の生活を担うこの少年の顔は常にどこか張り詰めていた。

今、浮かべている表情は、街を歩く普通の子どもと変わらないものである。

子どもが子どもらしく普通でいられる。

そんな生活が、彼にとっては手の届かないものだったのだ。

「アッシャーの気持ちはわかった。だが、実際にその女性は気になる点が多い。それに黒髪黒目であることはこの国では特別な意味を持つ。それは二人も知っているだろう？」

「でも、俺達、あの人と約束したんだ」

「そうだよ、リアムさん。ぼく達、もう行くって言っちゃったよ」

「あぁ、それは止めない。ただ俺からも頼みたいことがあるんだ」

「頼みたいこと？」

「俺もその人に会わせてほしい」

🐾🐾🐾🐾

「リアムさん、二人が会うのを止めなくっていいんすかね。なんか面倒なことに巻き込まれてもいけないし。もしかしたら、とんでもない悪人であの子らが傷付くかもしれないじゃないっすか」

家へと帰っていく兄弟の後姿を見ながら、バートが赤茶の髪をわしゃわしゃ掻きながら、リアムに尋ねる。リアムもまた、兄弟の姿を見送りながら、バートの問いかけに肩を竦めた。

「仕方ないだろ。無理に引き留めるより、俺の目からもどんな人物か見たほうがいい。面倒なことにも傷付くことにも巻き込まれないようにな」

「……っ！　リアムさんのそういうところ好きっすよ。よしっ！　オレも付いていきます！　もし何かある人物ならオレも力になりますよ！」

「そうか……ありがとな」

やはり、バートもアッシャー達のことを気にかけているらしい。

何かあった場合、武力では兄弟を守れる自信はあるリアムだが、異国の高位の人物だった場合は武力以外の力が必要になる。

兵士であるバートにも動いてもらう必要があるだろう。

「黒髪の美人……楽しみっすね」

バートの呟きにリアムはこの日、何度目かのため息をつくのであった。

🐾🐾🐾🐾

早朝から目覚めた恵真は、落ち着かず部屋でバタバタとしている。

今日のことを考え、深夜まで準備をしていた。アッシャーとテオが来るのだし、何か作っておきたかったのだ。

その後、ベッドに入ったのだが、兄弟が訪ねてくるのを楽しみに思う気持ちと、見知らぬ訪問者への不安で、結局早く目が覚めて今に至る。

とりあえず部屋を綺麗に片付け、キッチンも清潔にした。テーブルクロスもせっかくなのでレースに替えてみた。その上にはアッシャー達が摘んできた小さな花を飾った。清潔な白のレースに小瓶に入った野の花がよく映える。

せっかくなのでとクロも念入りにブラッシングしたおかげでいつも以上に艶(つや)が出ている。

恵真自身は白いブラウスを着て、長い髪を結い、バレッタで髪を留めた。さらにはもし何かあった時、すぐ逃げられるようにスリッパではなくスニーカーに履き替えてもいた。

「どうしよう。でも仕方ないよね？　だって約束しちゃったし！　あぁ、でも怖い人だったらどうすればいい？　逃げる？　玄関に向かって、ダッシュすれば逃げ切れるかな？」

「みゃ」

相談する相手もおらず、持ち上げたクロに恵真は尋ねた。不安な恵真に、昨日からしつこく話しかけられ、クロはげんなりした様子で、前脚で恵真の頬をむにっと押しのける。

恵真の緊張はピークに達している。

あともう少しで兄弟が訪れる予定なのだ。恵真の見知らぬ人物を連れて。

上手く断るべきだったのだと今になって恵真は思う。

昨日、兄弟が訪ねてきて、明日来るときには同行者がいてもいいかと聞かれた。笑顔で自らの信頼できる人物を紹介する、絶対に大丈夫だという二人を前に、断ることができなくなってしまったのだ。

この状況を誰かに相談したいと、恵真は心から思った。

（でも「祖母の家の管理を頼まれて家に行ったら、裏庭のドアが不思議な世界に繋がっていました！」なんて一体誰に言ったらいいの。失う、今だって大して何も持ってないけれど、きっと色々と失ってしまう！）

恵真だって、自分の身に起きていることが現実だとは思えないのだ。他人が信じてくれるとは思えない。

今、この状況で頼れるのは自分自身の判断のみだ。

ならば、と恵真は覚悟を決めた。

「とりあえず言葉は通じるんだし、わからないことや間違えたことはすべて『外国から来たから』で押し切ろう。で、無難に話を合わせて乗り切って、帰って貰えばこっちのものよね」

裏庭のドアには鍵も付いている。いっそ居留守を使うとか、祖母の家を出るという判断を恵真が選ばなかったのは、彼女の人の良さゆえであろう。

何より恵真は兄弟と約束したのだ。

あの可愛い兄弟との約束を破ることは恵真にはできなかった。

無難に卒なく相手をすれば、最悪の事態にはならない、恵真はそう判断した。

そう、少なくとも玄関に向かって、ダッシュして逃げることにはならないはずだ。

コンコン、と裏庭のドアが叩かれる音がした。

すぅと息を吸い込み、ドアへと向かった恵真はゆっくりとそのノブを廻した。


「はぁ、緊張するっすねぇ」

「その割には顔がにやけているよ、バート。もう一度言うけど、失礼なことはしないでね」

「大丈夫っす。あ、でも手土産とか花束、持ってきた方が良かったっすかね」

「バート、実際どんな背景がある方かわからないんだ。失礼のないようにな」

緊張の様子もなく、バートが軽口をたたく様子に、アッシャーとテオが呆れたような目を向ける。

そんな二人を気にすることのないバートを、リアムは窘(たしな)める。

四人は今、アッシャーたちが知り合ったという黒髪の女性に会おうとしている。

兄弟二人に仕事を与えたいという女性が、どんな人物か知るためだ。

二人によると今日の訪問に関しても、女性は承諾してくれたらしい。

生活レベルからも、高位であることが推測される女性が、平民の子ども達の突然の申し出を受け入れてくれたのだ。通常はなかなか考えられないことでもあり、一層その女性がどんな人物か、リアムは気になる。

「ほら、こっち。ここだよ」

「へぇ、こりゃ立派な家っすね」

「あぁ、いつから建っていたんだろう。あまりこの辺りは通らないからな」

深い色のブラウンの扉、黒い縁取りの窓には透明なガラスが入っている。

あれだけ濁りのないガラスを、窓などに使える余裕がその家主にはあるのだろう。

そんな家に一人暮らしというのは、些(いささ)か不用心だとも思える。

そこは魔獣がいることもあり、対応できるのだろうかと少し違和感を抱きつつ、リアムはその家を見つめる。

数段の階段を上り、四人はドアの前に立った。

少し緊張した様子でアッシャーがドアをノックする。

「はい、今開けますね」

ドアの向こうからは、女性の声がした。

カチャリと鍵を外す音が聞こえ、ドアがゆっくりと開く。

「アッシャーくん、テオくん。いらっしゃい」

「エマさん、おはようございます。急なお願いですみません」

「エマさんおはようございます！　今日もよろしくお願いします」

自らドアを開けた女性は、にこやかに二人を迎えた。

アッシャーもテオも、その女性を見て笑顔で挨拶をする。

そんな二人をよそに、リアムとバートは驚きで目を瞠る。

兄弟の言っていた通りの姿の女性が、そこにはいた。

おそらく異国人であろうその女性は、胸まである長い黒髪を輝く装飾品で束ね、無造作に流している。影を作る長い睫毛の奥には、深い黒の瞳が優しく兄弟を見つめていた。

その表情は柔和で慈しみがあり、兄弟を温かく迎えていることが一目でわかる。

リアムとバートは彼女の眼差しに、おそらくは自分たちの不安が杞憂に終わるだろうと悟った。

「突然、訪れて申し訳ない。私は冒険者のリアムと言います。アッシャーたちがお世話になったようで感謝しています。二人からあなたの話を聞き、私たちで力になれることがあればと伺いました」

リアムは軽く微笑みながら簡単な挨拶をし、目でバートにも挨拶を促す。

ぼんやりと女性を見つめていたバートは、その視線にハッとしたように自らも挨拶をする。

「あ、あのバート・ウィルソンっす。生まれはここじゃないんすけど、この街で働いてます。二人とは顔見知りで。なんかこう、力になれれば……って思ったんす」

相手の状況がわからないため、バートが兵士であることは今回伏せている。そのため、私服姿のバートは街の気立てのいい青年にしか見えないだろう。

しかし、バートは苗字を名乗ってしまった。

一般市民には苗字がないのがこの国では通常だ。

普通の街の青年でありながら苗字持ち、それはこの国ではあり得ない。

リアムは笑みを浮かべながら、あとで必ずバートを叱ろうと思っていた。

二人の挨拶を聞いた女性は数度瞬きをし、少し緊張しているようにも見える。

さて、どう出るだろうとリアムは表情には出さず、彼女の様子を窺(うかが)った。

「はじめまして。私は遠野恵真と言います。まだ、こちらに来て間もないので……お話を聞いていただけるのは心強く思います。どうぞ、中にお入りください」

緊張しつつも胸に手を当て微笑みを浮かべ、こちらを見ているその様子にリアムは確信する。

この女性はやはり、兄弟に嘘をついてはいないのだろう。

だが、そうであれば一層慎重に、彼女の話を聞かねばならない。

この国で、黒髪黒目の女性が与えるであろう影響を考え、リアムは一人思いあぐねるのだった。

部屋に足を踏み入れ、リアムは何気なく室内を観察する。

貴族の邸宅としては決して広くはない室内。落ち着いた温もりを感じる調度品は華美ではないが、品質の良さが一目でわかるものだ。リビングとキッチンらしき場所が一体となった、珍しい形の部屋であるが、異国の様式なのであろう。

大きなメインテーブルの上には、窓と同様に白く繊細なレースが掛けられている。

レースの上には、ガラスの小瓶に入った楚々とした野草が飾られていた。

一見すると、この家の内装にはアンバランスにも思えるが、家主の清楚さに不思議と調和している。

「うわ、凄いっすね。『一般』の人の家なのに家具も魔導具も立派っすね！　まるで魔道具士かお貴族さまっすね」

「あ、ありがとうございます」

「ねぇ、バートは帰ってもいいんだよ？」

「バート、じろじろ見るのは失礼なんだよ？」

さりげなく観察していたリアムとは反対に、不躾（ぶしつけ）にキョロキョロとバートは辺りを見回している。

そんなバートにアッシャーは釘を刺し、テオは素直な意見を発する。

おそらくバートは敢えてこういった態度を取っているのだろう。

こうした青年を演じることで、聞きづらいことも尋ねやすくなるからだ。

ソファーにはアッシャーたちに聞いていた通り、黒い小さな獣がいる。

冒険者であるリアムも知らない黒い獣は赤い首輪をして、ソファーでゆったりと微睡（まどろ）んでいた。

その艶やかな黒い毛並みと首輪の赤の対比は美しい。

だが、目を瞑っているために瞳の色はわからない。

この小さい愛らしい動物が魔獣なのだろうかとリアムは首を傾げる。

「どうぞ、こちらに座ってください。飲み物は何がいいですか？　コーヒー、お茶、うーん、アッシャー君にはギュウニュウ……えっと、ミルクとかジュースがいいかな？」

「……ご自身で入れてくださるんですか？」

「はい、私が入れますよ？」

リアムの問い掛けに、黒髪の女性はそう言うと不思議そうに答える。

やはり、女性は一人で暮らしているようで、侍女やメイドがいるようには見えない。異国では女性の自立が進んでいるのだろうか。

女性一人で住むのは不用心ではあるが、そこは魔道具や魔獣で対応できるのであろう。

そのとき、リアムは自身の斜め後ろから強い視線を感じた。

振り返りながらリアムは自らの慢心を後悔した。

不用心だったのは自分の方だ。黒髪の女性や部屋に気を取られ、危機への確認が足りていなかったのだと。

振り向いたリアムをじっとその緑の瞳は見つめていた。

「どうしたんすか？　リアムさん」

「いや……やはり、魔獣なんだな」

「うわっ、本当っすね。目が緑色っす！　こんな深い緑はなかなか見ないっすね」

「あ、猫は大丈夫ですか？　綺麗な瞳をしてますよね。この子、祖母のなんですが、私が世話をしてるんですよ」

「そうでしたか。それは凄いことですね」

「え、あ、ありがとうございます」

ソファーの上で寛いでいた小さな魔獣は、深い緑色の瞳でじっとリアムを見つめている。

それはまるでリアムを値踏みしているかのように感じられた。

リアムはただ黙ってその瞳を見つめ返す。

魔獣はリアムを数秒見つめた後、フッと興味を失ったように目を瞑った。

その様子に、内心リアムは胸を撫でおろす。

それを見ていたバートは、何も問題がなかったことを確認すると、安心したのか恵真に話しかけた。

「あ、オレはお茶がいいっす！　ミルクたっぷりでお願いします！」

「……僕は大丈夫です」

「……ぼくも」

初めて訪れたのにもかかわらず、無遠慮なバートと気を遣う幼い兄弟達。そんな様子を穏やかな表情で黒髪の女性は見つめている。

この国の高位の人物であれば、バートの無礼さに早々に機嫌を損ねるだろう。

いや、そもそも身分が高い人物であれば、不用意に屋敷にリアムたちを招き入れはしないはずなのだが。

振る舞いも身に着けているものも、高貴な身分を隠せてはいない。

この女性は一体どんな人物なのだろうとリアムは内心で推測する。

「じゃあ、バートさんにはミルクティーにしますね。うーん、もしよければ二人もそれにしない？甘いしミルクも入っているから、二人でも飲みやすいと思うの。私もそれを飲むし、ね？」

「はい。ありがとうございます！」

幼い兄弟二人が、気を遣っているのを汲み取り、女性が提案をした。

アッシャーが返事をしたのを確認すると、女性はそのままキッチンへと足を運ぶ。

その様子はどこか楽しげにも見える。

女性は白い縦長のクローゼットに手を伸ばす。ずっしりとした重厚な造りと滑らかな表面から、職人の技術が光る意匠であるが、厨房には不似合いでもある。

だが、女性がそのクローゼットから何かを取り出す姿を見たリアムは、己の目を疑った。

クローゼットを開くと、中は光で照らされており、食材が整然と並べられて入っていたのだ。

その中から白い箱を取り出すと、女性はパタリとそのドアを閉めた。

おそらく、異国の魔道具であろうそのクローゼットは、食糧庫、それも冷蔵機能を備えたものであるらしい。この大きさで、冷蔵するだけの魔力を備えた魔道具が、一体いかほどの値打ちになるのかと考えるとリアムは震える思いがした。

そんなリアムの気持ちを知らない女性は、楽しそうに説明をしてくれる。

「ロイヤルミルクティーにしますね。これって本当は、その国にはないらしいんですけど、まろやかだし、アッシャー君たちでも飲みやすくなるんじゃないかな」

「凄いっすね、料理人みたいっすね！」

「バート！　言葉に気をつけろ」

「あ、すいません！　変な意味じゃないんすよ！」

手を左右にブンブン振りながらバートが否定するが、高貴な身分の方に使用人のようだと言うのは十分問題がある。

リアムが一体どうフォローするか頭を悩ませていると、女性が驚くべき反応を見せた。

「いえ！　料理人なんてそんな凄いものじゃないですよ！　あくまでも趣味の範囲というか……昔からこういうの好きなんです。最近はしなくなっていたんですけど……うん、でもやっぱりこういうことが私は好きなんだなって思うようになりました」

バートの発言を無礼と咎めることもなく、なぜか嬉しそうに笑っている。その姿を見たリアムはどのように発言するかを決めた。

「……そうなのですね。いや、バートが失礼致しました。御自身が好きだと思えることに挑戦できる、そういった環境や御心が素晴らしいですね」

使用人である料理人を、職人として評価しているのであろう彼女の発言。リアムは驚きつつ、その行為を肯定した。バートの発言へのフォローも兼ねてはいたが、それは他ならぬリアム自身の本心でもあった。

「いえいえ！　そんな大層なことではなくって……なんというか、自分に限界が来たことで気付かされたというか……アッシャー君達が来てくれたおかげでもあるんです」

「俺達が、ですか？」

心当たりがないのか、アッシャーもテオもお互いの顔を見て、不思議そうな表情を浮かべる。

「うん、二人が来て、私が作ったものを美味しいって言ってくれて……。作ったものを、誰かが喜んでくれるのって嬉しいなって、そう思えたの」

恵真は二人に微笑みかける。予想もしていなかった恵真の言葉に、照れくさそうにはにかむ二人。

その様子を見ていたリアムは、先日の兄弟の言葉を思い出す。

黒髪の異国の女性、トーノ・エマ。彼女がまるで親戚の子に接するかのように、優しく二人を見守る姿はリアムの眼に、自然で好もしいものに映るのであった。

厨房に立った黒髪の女性トーノ・エマは、小鍋でふつふつと何かを温めている。

先程の冷蔵魔道具から取り出した箱に入っていたのは、ミルクのようだ。

そこでリアムは気付く。彼女が鍋を温めているその黒い箱状のものも魔道具なのではないかと。

おそらく、こちらは加熱する魔道具、かまどの代わりとなるものだろう。

小型で炎も小さいが、小鍋の液体はふつふつと沸いている。

炎を圧縮して放つような仕組みがなされており、小さな炎でも火力があるように見える。

それをあのような小さな箱に納められる魔道具士がいることも、それだけの魔道具を手元に置いて、気軽に使う人物がいることも、リアムの想像を超えていた。

「はっぱをその中に入れるの？」

「うん、普通はお湯なんだけどね。ミルクで煮出すのがロイヤルミルクティーなの」

「……あの、その茶葉って紅茶ってやつっすかね」

「はい。あ、でもそんな高価なものじゃないんですけど」

一般的に民が飲む茶葉は、ランクの低い薬草やゴヤという低木樹の葉を煎じたもので、これがこの国では広く流通している。貴族など高位の者は、紅茶や黒茶など他国で採れる茶葉を楽しむ。

つまり高価でない紅茶など、この国にはないのだ。

惜しげもなく茶葉を入れ、軽く煮立たせた後はしばらく置くらしい。

女性は食器棚から器を用意し始めた。

「すごくきれいなお皿とコップだね！」

「カップっていうんだよ、多分。でもこんなに綺麗なんだな」

「いや、こんな綺麗なティーカップ、そんじょそこらにないっすよ……」

「そうだな……それをどうやら俺達に出すらしい」

滑らかな陶器の皿とカップは対になっており、花々と鳥が繊細な筆致と美しい彩色で描かれている。

それを五客用意した、ということはおそらくここにいる全員がそれを使うのであろう。

美しいカップに『ロイヤルミルクティー』が注がれていくのをリアムは呆然と見つめている。

冒険者と無礼な青年と少年二人、その四人のために数々の魔道具を使いお茶を入れた、黒い魔獣を従えた美しい黒髪の女性トーノ・エマ。

不思議な茶会が、今開かれようとしていた。


ミルクティーの甘く柔らかい香りが、恵真の緊張をほんの少しほどく。

紅茶を注いだカップをそっと彼らの前に置き、恵真は四人に微笑んで勧めた。

「どうぞ、お口に合うといいんですが」

「お手を煩わせて申し訳ありません。ご当主自ら入れてくださるなんて恐縮です」

「いやー！　いい香りっすねぇ」

（トウシュ？　あぁ、当主かな。私は違うんだけど……でもわざわざ訂正するのも角が立つのかも）

今回、無難に穏便に過ごすことを恵真は心がけているのだ。

些細なことで相手の心証を悪くすることもないだろうと考える。

幸い、恵真にはここまでの時間を無難に穏便に過ごせてきたという自負がある。

ならば、余計な口は挟まずにおいた方がいいと判断した。

「い、頂きます」

「いただきます。……甘い！　お兄ちゃん、このお茶甘いよ」

「うん、お砂糖とミルクが入ってるから甘いのよ。美味しい？　もう少し甘めが好みなら、お砂糖を自由に足して飲んでみて」

砂糖が入った瓶をこちらへと差し出す恵真を、ちらりと見たバートがぽつりと呟く。

「うん、砂糖をオレ達に出すのも驚きなんすけど、自由に入れろときたか」

「バート！」

想像を超えた数々の出来事に気が緩んだのか、ぼそっと本音を溢(こぼ)したバートをリアムが強く窘める。

流石(さすが)のバートも、その発言の不用意さに気付き慌てている。

そんな中、恵真が口を開いた。

「あ、ごめんなさい。私が入れれば良かったですね。そのほうが早いですし。お二人はどのくらい入れますか？」

そう言って恵真は瓶の蓋を開け、スプーンで砂糖を掬(すく)おうとする。

それを慌ててリアムが止める。

「いえ、大丈夫です。恐らくですがバートはそのような意味で申してはないかと……なぁ、バート？」

「……リアムさんの言う通りっす。オレらは美味しく頂いてるんで、砂糖は大丈夫じゃないかなって思ったんすよ！」

「そうですか、良かった……」

ホッと安心したように微笑む恵真に、バートは困惑したような表情を浮かべる。

リアムはバートと恵真を交互に見つめ、そっとため息をつく。

一方、恵真は安心したと同時にあることに気付く。

(……それにしてもこちらの人も『いただきます』っていうのね。日にちの数え方もそうだけれど、日本と似た文化を持っているのかな。それなら、ちょっと安心できるな)

アッシャーたちが連れてきた二人の青年は、一人は非常に丁重な態度な生真面目そうな青年であり、もう一人は大変気さくな青年のようだ。

初めてこちらの世界の大人に会うということで、緊張していた恵真であったが、思っていた以上に好感が持てる青年達で少し気が楽になっていた。

こちらの様子を警戒していたのか、チラチラと目を向けてきたクロも、今はソファーの上で寛いでいる。

緊張で始まった茶会だが、家族以外の人にも自分が作った料理を食べて貰えた。そのことに恵真は久しく感じなかったときめきを感じた。

前回、アッシャー達が食事を摂ってくれたときと同じように、恵真にとって過ごしやすい時間だったのだ。

「ちょっと、待っててくださいね。実は他にも用意しているものがあるんです」

そう言って席を立とうとする恵真を、やんわりとリアムが引き留める。

「ありがとうございます。……ですが、そのようにお手を煩わせるのは申し訳なく思います。何かこちらでできることはありませんか？」

そんなリアムの気遣いだが、屈託のない笑顔で恵真は断る。

「いえいえ！　すぐ持ってきますので！　皆さん、どうぞ気にせず座って待っててください」

「……お心遣い感謝いたします」

リアムの返事に笑顔を返す恵真は、用意していたものをキッチンに取りに向かう。

昨夜、恵真が作ったのは苺のタルトだ。祖母が植えた苺が実っていたので、せっかくなら鮮度のいい果実を活かしたいと思い、タルトに仕上げたのだ。

祖母の家の冷蔵庫には生鮮食品があまりなかったため、生クリームやバターなどは玄関から出て近所のスーパーで買ってきた。

その時に、買った菓子にするか、手作りにするか恵真は悩んだ。

だが、先日のアッシャーたちの様子を思い出し、恵真自身で作ることに決めた。

自分で作ったものを食べて、喜んで貰える——それは恵真が忘れかけていた喜びだった。

そんな思いもあり、新鮮で艶やかに色付いた苺と生クリームで飾ったタルトは、会心の出来栄えとなったのだ。

「どうぞ、タルトも召し上がってください。庭で育った苺をタルトにしたんです」

真っ白な皿に、赤い果実をたっぷりと使った焼き菓子が載っている。

綺麗な焼き色をつけた生地の上、白いクリームと赤い果実が並んでいた。

瑞々(みずみず)しい果実と白いデコレーションの対比が美しい。

きっとアッシャーやテオは喜んでくれるだろうと恵真は微笑む。

しかし、目の前の四人は困惑していた。

このように手が込んだ美しい菓子を、わざわざ自分達の訪問のために、彼女が用意してくれたことかずにいた。

が信じられなかったのだ。

この時間を無難に穏便に過ごす、その目標は自らの言動で、早々に失敗していることに恵真は気付かずにいた。

恵真が差し出した皿に乗ったタルトを、じっと見ているだけの四人。彼らは互いに目を合わせ、何やらアイコンタクトを取っている。

そこで恵真は、はたと気付く。

張り切って作ったものの、青年二人は甘味が苦手なこともあるのではないか。

そう、用意する前に兄弟に確認しておくべきだったのだ。

先程、バートが砂糖に関して言及したのも、甘味が苦手だったからなのかもしれないと恵真には思えてくる。

「タルト……というのですね」

「はい！　あ、もしかして甘いもの苦手だったりします？　そしたら、無理なさらないでくださいね！　私、皆さんのお好みも考えずに用意してしまって……」

夜中のテンションで張り切って作ってしまったため、そんな配慮は抜けていた。

そもそも、アッシャーとテオがホットケーキを思った以上に喜んでくれたのがきっかけだ。恵真はまたその笑顔が見たかったのだ。

甘酸っぱい苺のタルトと、渋みのないロイヤルミルクティー、きっとアッシャー達の口にも合うはずだと恵真は思う。

（ちゃんと確認するべきだったな……というか、シンプルにストレートティーにすれば良かった。ミルクティーも甘くして飲むものよね。さっき、あの二人はお砂糖要らないって言ってたし、甘いものが苦手だったらどうしよう……）

もういっそ、青年二人の口に合わずとも、アッシャーとテオが喜んでくれたら、それでいいのではないか。無難でも穏やかでもない考えが、恵真の頭に浮かんできた。

そんな恵真にリアムが話しかける。

「……とんでもないことです。こうして我々をお招き頂いた上、このように丁重にお迎え頂き、本当に光栄なことだと思っております。皆、そのご厚意に恐縮しておるだけです」

「いえ、あの、こちらこそ光栄なことで……」

丁寧を通り越し、いささか過剰な態度を取る青年リアムに戸惑いつつ、恵真も丁寧な返事をする。

だが、どうやら甘味が苦手なわけではないらしい。

安心した恵真はアッシャー達が、じっとタルトを見つめていることに気付く。

「二人とも食べてみて？　二人が来ると思ったら、楽しみになっちゃって……ちょっと頑張ってみたのよ」

そんな言葉に弾かれたように、アッシャーは恵真を見つめた。

「僕達のために作ってくれたんですか……？」

「うん、二人ともこの前のホットケーキを凄く喜んでくれたから。また甘いものがいいかなって。どうぞ、食べてみて」

「お兄ちゃん……」

「……食べよう。こう言ってくださるんだから、食べないほうが失礼になるはずだ」

「うん」

そんな兄弟に恵真はケーキをサーブする。

ティーセットと同じ柄の皿に、フレッシュな赤い苺のタルトは良く映えた。

小さなフォークを添えて、四人の前に用意する。

兄弟は恐る恐るタルトにフォークを入れ、そっと口に運んだ。

「……うわっ、美味しい！　凄いなこれは！」

「すごい、すごいね！　お兄ちゃん。甘くってふわふわなのにサクサクしてる」

タルトを口にすると、その味に驚いたようにアッシャーとテオは確認し合う。

そんな光景に恵真の頬も緩む。

二人のこの顔が見たくて作ったのだ。

夢中になって食べる二人に恵真は目を細めた。

「んみゃうみゃー」

ソファーでまったりと寛いでいたクロが、伸びをしながら長く鳴く。

アッシャーとテオが食べるのを見つめていた恵真だったが、その鳴き声に客人が他にもいたことを思い出す。見ると青年二人はタルトに手を伸ばしていない。

そんな二人に恵真は手を伸ばしやすいようにと声を掛ける。

「どうぞお二人も召し上がってください」

「ありがとうございます。それでは……」

「凄いっすね……ピッカピカっす。こんなお菓子『お貴族さま』でなけりゃ食べられないっすよねぇ、『この国』では」

「バート！　口を慎め！」

大胆かつ、とてつもなく無遠慮に恵真の身元を探るバートの発言をリアムが叱責する。自分より高位の者に対しての発言としては無礼だと判断したからだ。だが、そんな探りを入れられた当人はきょとんとした表情を浮かべている。

「ありがとうございます！　これ、私が作ったんです」

「……そうなのですね。お気遣いに感謝いたします」

にこやかに笑みを返し、リアムが答える中、再び無遠慮にバートが口を挟む。

「作った？　……あぁ。使用人が、ってことっすよね」

「バート！　どうしてお前はさっきから余計なことを……」

そんなバートの問いに、小首をかしげながら恵真は答えた。

「いえ、昨日の夜に私が作りました。アッシャー君たちが来るから張り切っちゃって……。苺も庭で作られたもので新鮮なんですよ」

「……は？」

「アッシャー達が来るからと作られたのですか？」

それを受け、二人は先程の彼女の発言を思い返す。

「庭で育った果実をタルトにした」通常、これは自身の使用人が作ったことを表す。

高位の者が手ずから何かを作ることなどない。

なぜならその必要がないのだ。雇用された者の功績は雇用している彼らの評価に繋がる。

有益な人材を、自らの名誉や価値のために使う。

それが身分の高い者の常であった。

しかしトーノ・エマと名乗るこの女性は、数日前に出会った子ども達のために、これほどの菓子を自ら用意したというのだ。夢中で食べる兄弟を、笑顔で見つめる彼女からは、何の作為も感じられない。そもそも、この行為には彼女のメリットはないだろう。

そんな恵真の様子に、バートも毒気を抜かれたようで、大人しくフォークを手に取る。

「……旨いっすね。本当に自分で作ったんっすか？」

「はい、私、唯一の趣味っていうか……最近、忙しくってできなかったので、こうして皆さんに召し上がって頂けて嬉しいです」

そう言って穏やかに微笑む恵真に、流石のバートも気まずそうに謝罪する。

「さっきは悪かったっす。でも本当にこの国じゃ、お貴族さまでなけりゃ食べられないんっすよ。これがこの街の……この国スタンテールの常識でもあるんっす」

「……そうなんですね」

「茶会の席で相応しくない話をお聞かせして申し訳ない」

困ったように微笑み、リアムは兄弟を見る。

大人たちの会話にも気付かず、二人はタルトを頬張り、ニコニコと笑っていた。

「あの子達のように、日々の生活にも事欠く人々がいるのも、この国の事実なんです」

「……あの子達が」

困惑したように兄弟を見つめる恵真と名乗る女性の態度は、リアムとバートの目にも真摯に映る。

やはり、自分達の不安は杞憂だったのであろうと二人は考えた。

女性がどのような事情でこの国を訪れたのかは不明だ。だが、高位地位に属する女性にもかかわらず、彼女は良心的で良識を弁えた人物なのであろう。

そうでなければ、何のメリットもなく高価な菓子を兄弟や自分達に振舞わない。その考えに至った二人はお互いアイコンタクトを送り、頷き合う。

すると突然、恵真がリアムとバートに真剣な眼差しを向け、身を正した。

その様子にハッとした二人もまた身を正し、彼女の発言を待った。

それは高位な身分に属する者に接することを常とした、二人の無意識の反応である。

「私、やってみたいことができたんです。お二人とも私に協力して頂けませんか？」

そう言って、他国の高位女性と見られる恵真は二人に頭を下げたのだ。

二人は息を呑み、その姿を見た。

頭を上げてほしいと頼むことが瞬間遅れたのは、驚きのせいである。

だが、いかに善人であっても、高位な人物の行動に民は振り回されるのが常だ。

そのことを二人はこれから、身をもって学ぶこととなる。


昼下がりの陽がレースのカーテンから差し込む。

繊細で上質なレース生地、それをカーテンにするあたりに、この家の持ち主の裕福さ、またセンスの良さが窺い知れる。

香り高い紅茶と甘酸っぱいタルトに夢中になっているアッシャーとテオとは違い、バートとリアムは表情には出さないものの、かなり緊張感を抱いている。

彼女トーノ・エマはお忍びで来ている異国の高位女性なのだろう。

そんな彼女にバートとリアムは、これから何かしらの頼み事をされるらしい。

高位の者の頼み、それは命令に近いものであることが多い。先方はそれが断られるとは思っておらず、断ることで問題に繋がる可能性もある。

彼女と僅かながらも接して、自分達が知る貴族の女性より穏やかで柔軟だと彼らは感じた。

そんな彼女から二人に求められた協力。会話の中で遠回しにでもそのような意図が滲(にじ)み出ていたなら、リアムもバートも気付くだろう。貴族は特有の遠回しな言い方で、察することを求めるのだ。

しかし、彼女との会話でそのような印象は受けなかった。

『私、やってみたいことができたんです。お二人とも私に協力して頂けませんか？』

そう言った後、トーノ・エマは顔を赤くし、自身の白い手をぎゅっと握ってこちらを窺っている。

やがて、勇気を振り絞ったように彼女が話し出した。

「私、この国の生まれではないんです。他の国から来ていまして……」

それは、バートとリアムからすると周知の事実である。

「なので、この国の知識や常識に疎いところがあるといいますか……」

こちらもまたバートたちは把握している。短い時間しか過ごしていないが、彼女の言動はこちらの感覚ではあり得ないものだ。数々の魔道具らしきもの、小さな魔獣、そして黒い髪と瞳は十分に常識から外れている。

「体調を崩し、実家へと戻っていたところを、この祖母の家の管理を任されたんです。その、色々事情がありまして……」

「……そうなのですね」

その様子から話しにくい内容なのであることが察せられた。

リアムは肯定も否定もしない無難な言葉を挟み、静かに彼女の言葉の続きを待つ。流石のバートも着地点の見えない会話に些か顔が強張っている。

「色々ある中で、私、自分の好きなことも忘れていて。でもアッシャー君達と知り合って、また思い出すことができたんです。そして、今日リアムさんたちのお話を聞いて……やりたいことが見つかったんです」

椅子に座ってこちらを見ているアッシャーとテオに彼女は微笑む。それを見た二人もまたにこりと笑う。

そんな三人とは異なり、リアムは硬い表情で尋ねる。

「我々に協力してほしいこととはそちらに関係することなのでしょうか」

「はい！」

先程は自分自身の手を握り俯きながら恥ずかし気に話をしていた。そんなトーノ・エマは顔をぱぁっと明るくし、リアムの顔を見た。その様子にリアムは少し驚いたが、表情には表さず彼女の返事を静かに待つ。

「私、ここで食事を提供したいんです！　あの……お店を開きたいんです！」

予想もしていなかった内容に、リアムとバートは黙り込む。

通常、この国では貴族が直接的に商売をすることは少ない。

領地を治める中で経営に携わる者もいるが、あくまで領地の発展のためである。国への貢献が認められ、爵位を与えられた豪商などもいるが、これもまた別枠であろう。

貴族女性が働く場合、自らより高位の女性の侍女になることや家庭教師になることはある。

だが平民のような労働を、貴族女性がすることはない。

二人は彼女が言う『店を持ちたい』という意味を考える。

貴族女性の中には、気に入った者を引き立てて社交で使うことがある。そういった者が恵真の元にいるのか、あるいはリアム達に人材を紹介してほしいのだろうか。

突然のことに頭の整理が追い付かず、短い間だが黙り込む二人。

そんな沈黙を破ったのは彼女の方だった。

「あ、大丈夫です！　材料を手に入れる伝手(つて)はあるんです」

「そうなのですか。それでは、我々はどのようなことを協力すればよろしいのでしょうか。料理人の手配ならばギルドを介することができますが……」

確かに彼女が出した紅茶も高品質なもので味も優れている。

なるほど、彼女には質の良い商品を手に入れられる伝手があるようだ。

であれば、彼女が望む協力とは料理人の手配なのであろうとリアムは考えた。ギルドはもちろん知人を介して、腕の良い料理人を探すことはリアムにもできぬことではない。

「いえ、料理は私がします」

リアムの問いに、穏やかな笑顔を湛えて恵真は言う。

その笑顔は、はにかみながらも嬉しそうに見えるものだ。

「は……」

「本気っすか……」

今度はリアムもバートも驚きの表情を隠せない。

彼女は店の経営をしたいのではなく、店で自身が働くつもりでいるのだ。

それが彼女のやりたいことで、そのための協力をリアム達に頼んでいる。

そう理解したリアムは驚愕した。

高位の立場にいる女性がわざわざ自ら望んで、重労働をしようとしているのだ。

「あの、え、自分で料理して、それを店で出して……つまりはここで店を経営するってことっすよね？」

バートが慌てて確認を取る。

「はい、そうしたいなって思っています」

その発言にバートの表情がさらに驚きに染まり、リアムは失礼とは思いながらもため息が出そうになる。先程、彼女はこの国の知識や常識に疎いと言ったがそんな話ではない。

そもそも、料理店の経営者が自ら腕を振るう必要はない。平民相手の小さな店で、そうでもしなければ運営できないという話ではないのだ。

調理は汚れることも多く、やけどなどケガにも繋がるうえ、体力も使う。

そのため、現在のスタンテールでは男性が多く働く職場である。

だが、彼女は貴族女性でありながら家事ができる。自らの手で行えるようになったのは、周囲に世話する者がいなくなったためであろう。

そんな彼女の身の上を想像すると、リアムは心が痛む。

「きっと人気になるよ！」

「うん、お茶も料理も美味しいもん」

「ふふ、ありがとう」

そう言って、アッシャーとテオと楽しそうに笑う彼女の姿を見たリアムとバートは、アイコンタクトを取る。ゆっくりと頷くリアムに、バートが悲痛な顔をして肩を落とす。

そんな二人の思いに気付かない恵真が声を掛けてくる。

その眼差しは真剣であり、まっすぐなものであった。

「この国で私が料理店をしていくために、皆さん、ご協力して頂けますか？」

期待に頬を染め、目を輝かせる異国の高位女性、トーノ・エマ。

そんなトーノ・エマの貴族らしからぬ、直接的かつ風変わりな頼み事を、戸惑いつつも、リアム達は引き受けたのだった。

マルティアの街の夕暮れ、大通りから外れた細い通りを四人は歩く。

この時間帯、大通りは帰途を急ぐ者や屋台で食事をする者も多く、最も賑わう。黒髪黒眼の女性の恵真の屋敷からの帰りでもあり、その話を他人に聞かれてはまずい。敢えて、少し遠回りになるこの道を選んだ。

先程の話を思い出したリアムは、深いため息をつく。

「ため息つくくらいなら、引き受けなきゃいいじゃないっすか。リアムさん」

そんなバートをリアムは軽く睨（にら）む。

「お前ならどうやって断るんだ、バート？　それに彼女の頼みはそれほど、無理難題でもない。彼女が店をやりたいから、そのサポートをしてほしい。それだけだろう」

貴族令嬢の我儘(わがまま)として考えると、自身の店を持ちたいというのはめずらしいことではある。

しかし、室内の魔道具を見る限りでは資金はあるだろうし、食材の入手先まで確保している。

祖母の家を店舗として確保している点を考えると、まったく計画性がないわけでもない。

もちろん、当人がその腕を振るいたい――その点においては極めて異例ではあるが。

「じゃあ、なんでリアムさんはため息ついたんすか」

深いため息の原因の一つは、先程のバートとトーノ・エマのやり取りのせいでもある。

異国の高位貴族であることが、ほぼ確実である彼女へのバートの不躾な態度。そして、それを一向に気に留めず、にこやかに応じるトーノ・エマ。

そんな二人の会話に、リアムは神経を擦り減らしていた。

だが、その原因であるバートには、どうやら自覚がないらしい。

おそらく、ここにトーノ・エマがいても、同じリアクションをとるのだろうとリアムは思う。

常識人は苦労をするものなのだと、再びため息をつきたくなる。

「彼女自身の人となりはさておき、彼女を取り巻く要素に面倒事の匂いがするからだ」

「ですよね、オレもそう思うんすよ」

リアムの言葉にバートも同意を示す。

「でも、結局はお貴族様の道楽っていうか……憐れんで施しを与えるだけなんじゃないんですかね」

彼女からそういった貴族特有の傲慢さをリアムは感じなかった。

おそらく厳しいことを言っているバートも同じであろう。

だが、バートの貴族嫌いは徹底している。特に貴族女性に対する彼の印象は非常に悪い。

それは彼女達の多くが、バートの言及する通りの女性であること、また彼の生育環境にも大きな理由がある。

そのことを知るリアムはバートを見て、肩を竦めた。

「それって、悪いことなの?」

帰り際に恵真から貰った手土産を、両手で守るように抱えたアッシャーが尋ねる。

横にいるテオも小首を傾げた。

「そう感じるのは生活に余裕があるからだよ。施しによって、俺達みたいなのは生きられてる。大人の考えはわかんないけど、俺達にはありがたいよ」

アッシャーの言葉に、バートはハッと息を飲み込む。

「二人だって、俺らに食事を分けてくれてるだろ。でなきゃ、俺達は犯罪に手を染めてた。じゃなきゃ生きていけないから。俺、二人には感謝してるんだ」

アッシャーの言葉はバートの考えを非難するものではなかった。

だからこそ、バートは言葉に窮する。

実際にバート自身が数日前に語っていたのだ。

「本来は国がなんとかすべき」だと。

それは、国の公金を受け取る貴族も含まれる。

であれば、たとえ道楽であろうと、自ら何かしようと動く彼女を非難できることではないとバートは気付いたのだ。

　気まずそうに赤茶の髪を掻くバートを、不思議そうな表情で兄弟達は見つめている。

「どうしたの、バート？　前も言ったけど、俺、本当に二人には感謝してるよ」

「うん。バートもリアムさんも、いつも気にかけてくれるもんね」

　そう言ってバートを見上げる二人の言葉には、彼らへの信頼が滲む。

「……それは、でもできることしかやってやれないわけで……。あぁ、……結局はオレも同じなんすね。道楽だの施しだの言える立場じゃなかったっす」

　赤く染まった顔を隠すようにバートは手を当てる。

　そんな様子を見たリアムは、笑いつつ声を掛けた。

「バート、お前でも反省したりするんだな」

「リアムさん、笑うことないじゃないっすか。オレだって、たまには反省することだってあるんす」

「そうか。だがそんなに反省することもない。どちらかが間違っているとか、そういうことでもないだろう」

　リアムはバートの肩を軽くパンと叩く。

　バートからすると少し強かったようで、顔を痛そうに顰めたが、そんな様子を見たアッシャーとテオはくすくすと笑う。

「貴族は教会に献金をし、それは街の孤児や炊き出しに使われる。その多くは自らの権威や教会の影響力を高めるためだから、バートの言う通り、自らのための行為だ」

貴族たちも領地を管理する中で、教会の運営する孤児院などの状況を把握しているだろうが、それはあくまで書類上のものだ。

実際に彼らが孤児や貧しき者に、その時間や富を大幅には割くことはなく、またその状況を顧みることはない。それは一向に減らないこの国の困窮する人々を見れば明らかである。

だが、一方で献金によって孤児院の運営や炊き出しが行われ、彼らの日々の生活はかろうじて繋がっている。

「アッシャーの言う通り、それで日々の生活が成り立つ者もいる。簡単に善悪で決められるものでもないだろう。……貴族へのバートの思いもわかる。けれど、彼女を高位の女性として、立場で判断しては同じことだ」

実際に、身分制度から生まれる不条理や横暴も、日常的に目の当たりにする。

「でも！　エマさんは優しいよ！」

「うん、優しいと思うな！」

「あー、二人ともすっかり手懐けられてるじゃないっすか！　というか、いつの間にそんな親し気な呼び方なんっすか！　ダメっすよ？　本人を前にそう呼んだら」

すっかり調子を取り戻したバートは、兄弟の頭をぐしぐしと乱暴に撫でる。

「だって、そう呼んでいいって言われたんだよ」

「はあっ？　……本当っすか？　トーノ・エマ、この場合どっちが家名なんっすかね。国によって違うんすけど……まさか、家名じゃないほうってことはないっすよね！」

平民であり、厳しい環境に身を置く少年に貴族女性が名を呼ぶことを許す。

そんなことがあるのだろうかとバートは耳を疑う。

「わかんない。でも、本人が良いって言うんだから、どっちでもいいんじゃない？」

「いや！　違うんすよ！　家名でも十分凄いんすけど。名前は普通、よっぽど親しくないと呼べないんすよ！」

少し前まで、恵真に無礼な態度を取っていたバートが、彼女のアッシャーとテオへの対応に激しく動揺している。

そんな姿にリアムは胸のつかえが少し下りる。

「確かに二人の言う通り、彼女は親切な人物なんだろう。だが、彼女は複雑な事情を抱えている」

彼女、トーノ・エマは兄弟達の言う通りの人物であることをリアムもバートも納得した。

無論、今日の印象のみで判断することはできない。

けれど、彼女は利用する目的で兄弟に近付いたわけではないだろうと思えた。

そもそも、彼らの出会いは偶然だったのだから。

だが、彼女の外見的特徴や現在の状況から推測される事柄。

今後、どう彼女と関わっていくべきか、頭を悩ませるリアムだった。

数日後、恵真の元には先日と同じ四人の訪問者がいた。

昨夜、つらつらと自分を顧みた恵真であったが、四人と会う頃には、自然と決意が固まっていた。

夜中に一人考えることは大抵、有意義ではないものだ。

しかし、その揺らぐ感情を含め、恵真は自身の正直な思いを巡らせた。

そうすることで思いはより一層、恵真の中で具体的で確固としたものになったのだ。

窓から入る日差しが心地良い。

今日は少し暖かいので、冷たい飲み物が良いだろうとアイスティーを用意する。

沸騰したお湯を、細長いガラスのティーポットに注ぎ、中で茶葉をジャンピングさせる。

茶葉を下に押し下げたあと、少し蒸らす。

その後、氷をフチまで入れた細めのグラスに、一気に紅茶を注ぐ。

あとは好みで、ハチミツやミルクを入れて貰えば良いだろう。

アイスティーをテーブルに置き、四人に勧めた恵真は気になっていたことをバートに尋ねる。

「あの、届け出とかいるんでしょうか？　あと許可証とか、その公的な手続きみたいな……」

そんな恵真の質問にバートはこともなげに答える。

「あぁー、いらないっすね。そんなのが必要なら、その辺で屋台やってる奴ら、全員しょっ引かなきゃならないっす。大丈夫っすよ、トーノさまがいつ好きに始めても、なんの問題もないっす。あ、なんなら今日からやっちゃいます？」

「いえ！　準備が必要ですし！」

急なバートの発言に驚き、恵真はブンブンと大きく手を振って断る。

そう、何事にも準備が必要だと慎重な恵真は考える。

そんな恵真の様子にバートは不思議そうに首を傾げる。

「そっすか？　いや、お貴族様がそう決めたら、できちゃうんすけどね、簡単に」

「バート、軽率な言動は慎めよ」

低めのリアムの声が、さらに低くなったことに気付いたバートが肩を竦める。

アッシャーもテオも困ったように、バートを横目で見る。

恵真だけがわからず、周りの様子に戸惑っている。

そもそもバートは、特に恵真に対して敵意があるわけではない。

だが、ついつい貴族に対する思いが態度となって出てしまうのだ。

そんな空気を変えようとしたのか、リアムが恵真に尋ねる。

「食事を提供する店とのことですが、雇用に関してはどのようなご希望がありますか？」

「えっと……料理は一人でやってみようかと思っています。恥ずかしいことなんですが、私、こちらのお金を持ち合わせていないんです」

その場の空気を変えようとしたリアムの発言であったが、恵真の回答で部屋は沈黙に包まれた。

高位の立場である貴族女性が一人、貨幣も持たずに国を追われた。

その事実に皆、衝撃を受ける。

彼女が店を開くのは道楽ではなく、必要に迫られたうえでの判断であったのだ。

だが、その驚きを表に出すのは、傷付いた彼女を更に追い詰めることだろう。

現に今も、彼女は不安気な様子だ。内心の動揺を隠し、リアムが言葉を続ける。

「問題ありません。ですが、物資を提供する形でも雇用が可能ですよ。張り紙などして募集をかけることもできますが、ギルドを通した方が安全性が高まりますね」

恵真の暮らす現代日本と比べると、おおらかで寛容と言うべきか、法の整備が行き届かないと言うべきか。しかし、複雑な事情を抱える恵真にとっては都合が良いとも言える。

恵真には他にも気になることがあった。

「ありがとうございます！　あの！　雇用年齢に制限とかってあるのでしょうか」

「特にはありませんね。ただ、あまり高齢だと働き手として不向きですし、トーノ様は女性ですから同性の雇用をお勧めします。女性で腕が立つ者もいますよ。もちろん、この屋敷にはあなたを十分に守れる者がいますが……」

そう言ったリアムは、ちらりと壁に目を向ける。

壁に備え付けられた戸棚の上に、クロがまったりと寛ぎながら、訪問者たちを眺めている。

そこは、何かあればすぐにこちらに飛びかかることが可能で、かつ全員を視界に入れることができる場所であった。

もちろん、恵真を傷付ける気など毛頭ないリアムであるが、いつでも襲いかかれる優位な場所に魔獣がいることに落ち着かない思いになる。

そんなリアムに気付かない恵真は、質問を続ける。

「あの、下は何歳から雇えるんでしょうか？　お金以外の報酬だったりとか、法律で決められてたりしますか？」

恵真の質問に、リアムは顎に指を置きながら考えている。

「あぁ、この国では子どもでも働き手として認められます。ギルドも十三歳から加入できますし、それ未満の子どもでも、実家の手伝いや小遣い稼ぎ程度の労働をする者もおりますよ」

リアムの返答に恵真が口を開こうとする前に、アイスティーにハチミツを注ぎながら、バートが答えた。

「でも、そんなに多くはないっすねー」

細長いスプーンで氷を回せば、カラカラと涼し気な音を立てる。

その向かいにはアッシャーとテオが行儀良く座り、グラスを時折眺めつつ、アイスティーを飲んでいた。おっかなびっくり、冷たいグラスに触れながら、ちびちび飲む様子が愛らしい。

恵真はそろそろ、彼らに菓子を出すべきかと考えつつ、バートに尋ねる。

「どうしてですか？」

「単純に働き手として考えたら、大人を雇った方がいいからっすよ」

そんなバートの言葉に、アッシャーは俯く。テオはちらりとそんな兄を見て、こくりとアイスティーを一口飲む。

その様子を見た恵真は、配慮のない自身の発言を反省する。

せめて、ここで過ごす少しの時間、彼らに笑顔でいてほしいと恵真は思っていた。

無論、それが自身のエゴであることも承知している。

だがそのうえで、こうして知り合った二人を放っておくことも、割り切れるだけの器用さも、恵真は持ち合わせていないのだ。

そしてそれはここ数日、彼女が考えていたこととも重なる。

膝に置いた手をぎゅっと握り、リアムとバートを恵真は見つめる。

恵真は今日、告げようとしていた自身の考えを思い切って口にした。

「この間、考えたんです。私、やっぱり二人に働いてもらいたいんです」

「っ！」

「いや、オレやリアムさんには仕事が……」

恵真の言葉にリアムもバートも驚く。

それは突然の申し出であったし、彼らの想定の範囲外であった。

けれど、彼女は異国の高位貴族であろう女性である。

たとえ、国を追われた状態にあっても尚、彼女は尊重するべき存在だ。

断り方によっては問題が生じるかもしれないのだ。

そんな危惧を抱き、戸惑う彼らに、恵真はその黒い瞳を輝かせ、言葉を続ける。

「アッシャー君とテオ君に、私がこれから開くお店で働いてもらいたいんです！」

そんな恵真の言葉に、リアムとバートはさらに驚きを深くする。

「は？」

「こっちの二人なんすか？」

急に名を呼ばれたアッシャーとテオも、目を大きく開いたまま、固まっている。

穏やかな昼下がり、アイスティーの溶けた氷がグラスとぶつかり、カランと響く音がやけに大きく部屋に響いた。

四人の驚きや動揺に気付いているのか、いないのか、恵真は引き締まった表情でリアムとバートに説明する。

「私の事情を知っていますし、安心して一緒にいられる二人です」

「それはそうですが……」

「確かにそうなんすけど……いいんすか？」

戸惑った様子のリアムに怪訝な顔をしたバート。

そんな二人の様子と言葉に、恵真は自分が大切なことを忘れているのに気付く。

焦ったようにくるりと方向を変え、今度はアッシャーとテオの方を向く。二人はと言えば、突然の恵真の申し出に目を大きく開き、ぱちぱちと瞬きをしていた。

「二人の都合も聞かずにごめんね。二人には最初の約束通り、色々と教えてほしいの。その一か月が終わった後、もし二人が良ければ私のお手伝いをしてくれないかな」

懸命に説明をする恵真だが、その発言に周りの四人は戸惑い、彼女を見つめる。

ここ数日間、恵真が悩みつつ、出した答えがこれだ。

裏庭のドアの向こうに広がる世界、それは紛れもない現実で、そこにはアッシャー達が暮らしている。この世界の子どもの暮らしを変えられるだけの力など、恵真にはない。

だが、知り合った二人の少年を放っておける程、無関心でもいられなかった。

二人に店で働いてもらう。その目的は支援ではなく、アッシャーとテオの力を恵真も必要としているためだ。

「ここでの食事は勿論、ご家族にも用意します。賃金に関しては、お店が始まってからになっちゃうとは思うんだけど……ちゃんと払います！　すぐには払えなくってごめんね」

そう言って恵真は頭を下げたが、彼女の行動は彼らの常識の範囲外である。

バートはリアムの傍に近付くと、そっと耳打ちする。

「なんか違う方向に反省してるみたいっすね」

「あぁ、雇用する期間が長く安定することは、アッシャー達にとっては良いんだが……」

恵真はというと必死にアッシャーとテオに「これは勝手な希望だから断ってもいい」と何度も言って聞かせている。困惑するリアム達と同様、二人もどうして良いかわからず恵真を見つめている。

「単純に働き手として考えたら大人を雇った方がいい」先程バートが言ったことは事実である。

子どもや老人は、体力を考えると労働力としては心もとない。

そのため、ギルドなどでも割の良い仕事は成人男性が主力だ。

子供や老人は拘束時間が長いが、見返りの少ない仕事など、割の良くないものしか回っては来ないのだ。ギルドを通せない年齢や条件の者達は、さらに条件の悪い仕事となる。

そんな中で、突然降って湧いた仕事に、アッシャーとテオがたじろぐのも無理はなかった。

「いや、私は良い考えだと思います。アッシャー達にとっても悪い話ではありませんし」

想像もしていなかったため、うろたえる兄弟の代わりにリアムが意見を言う。

そんなリアムの言葉に、アッシャーが慌てて声を上げた。

「あ、あの！　嬉しいです！　そうしてくださると助かります！」

今までアッシャーとテオは仕事を得ていたが、それは雇用する側の都合でどのようにも変わった。二人がきちんと働いても、約束の報酬が得られないこともしばしばあった。

何よりバートの言う通り、子どもを雇用するメリットは少ない。それにもかかわらず、恵真はアッシャーとテオを選んでくれたのだ。

「びっくりしただけで……すみません。お店で使っていただけるのは嬉しいですし、食事が毎日手に入るのも凄く安心します。でもいいんですか？　僕達で……そのマナーとか知らないし」

アッシャーとしても、安全な仕事が得られるのはありがたいのだが、今までの仕事の違いを考えると不安がある。何より、自分達に良くしてくれる恵真に恥をかかせたくないと思うのだ。

少し不安になるアッシャーに、リアムが優しく声を掛ける。

「いや、そこは問題ないだろう。アッシャーもテオもご家族がきちんとしているんだろうな。もちろん貴族相手ではまだまだ問題があるが……街の平民相手ならばなんの問題はないよ」

そんなリアムの言葉に、少し照れくさそうにしながらも兄弟は嬉しそうに笑う。

リアムの言う通り、彼ら兄弟は不遇な環境に身を置きながらも、それを感じさせないだけのマナーを身に付けていた。

身を包むものは決して質の良いものとは言えないが、清潔であることがわかる。また普段の言葉遣いは街の少年と変わらないが、恵真を前にした言葉にもそつがない。

おそらくは、彼らの親はそれなりの身分にあったか、その周りで勤めていた経験があるのだろう。それが今まで幼いながらも、彼らが仕事を得られた理由であり、大人たちが扱いやすく安価な労働力として使った理由でもある。

その状況を苦々しく思いつつも、二人の様子を見守っていたリアムは、今回の恵真の話に肯定的であった。

「いや、女性と子どもだけなんて危ないっすよ！　そもそも、トーノさまは目立つんすから！」

バートの意見も、いつもの貴族に対しての敵愾心から来るものではない。

むしろ、本気で彼らのことを案じているからこそ出たものだろう。その言葉からは、アッシャーとテオはもちろん、どうやら恵真のことも心配していることが伝わる。

そんな自分を興味深そうにリアムが見ていることに、バートは気付く。

「なんすか、リアムさん！」

「いや、俺は何も言っていない」

「目が！　目が十分に語ってるんすよ！」

「そうか、目を見ただけで心が通じ合えるほど、俺はバートと親しくなっているんだな。いや、気が付かなかったな」

「リアムさん！」

今までのバートの恵真への態度に、心の中で何度もため息をついてきたリアムは、ここぞとばかりに揶揄(からか)う。

だが、バートが懸念していること、それはすでに解決済みの問題である。

貴族女性が一人で住んでも問題ない理由がそこにあった。

その理由をリアムはここにいる全員に伝えた。

「前回、こちらを訪れたときには気付きませんでしたが、この扉には高度な防衛魔法が掛けられていますね」

「は？　ぼうえいまほう？」

リアムの言葉に四人は驚きの声を上げる。

その中で一番驚いたのは恵真である。彼女の顔にもその驚きが表れていた。

しかし、リアムはその驚きを違う形で解釈した。

この扉の防衛魔法を恵真は隠しており、それが気付かれたことへの驚きと解釈したのだ。

現にその防衛魔法は、扉の装飾に巧妙に隠されている。

「敵意や害意を持つ者は、ここを通ることすらできない。安全な者だけがこの扉を通ることができます。ですから、トーノ様はこちらに店舗を構えることをお選びになったのでしょう」

今、リアムが話したことは恵真にとってはすべてが初耳である。

だが、このドアが本当に悪意ある人物を通さないというのなら、ここでの安全は確保される。

これは恵真にとってかなりの朗報である。

「本当っすね。扉に彫られた装飾の中に、魔法文字が隠れてるっす……。これ、扉だけで凄い値が付くんじゃないんすかね」

扉の前に立ったバートが両手を付け、顔を間近に付けて確認をしている。

その声が、興奮で震えていることからも事実なのであろう。

そうであるならば、恵真やアッシャー達がここで過ごすことも比較的安全だと言える。

恵真はアッシャーとテオの前にしゃがみ、二人と目線を合わせた。

「あらためて、二人にここで働くお願いをしていいかしら」

恵真の言葉に少し緊張した面持ちだが、しっかりと恵真の眼を見つめながらアッシャーが言った。

同じようにテオも恵真を見る。

「はい、よろしくお願いします！」

「ぼくもよろしくお願いします！」

「二人ともこちらこそよろしくね」

そうして目を合わせる三人から自然と笑い声が零れた。

白いレースを通した柔らかな光が三人を包む。

それは、これから始まる彼らの日々を祝福するかのような優しい光だった。

「じゃあ、二人を雇用する条件としてトーノさまは一日三食を提供すると。昼食はここで食べて、その日の夕食と次の日の朝食も持たせるんすね」

「はい！」

アッシャー達に渡す報酬は、食事あるいは食材での提供となった。

こちらの貨幣を持たない恵真の事情もあったが、兄弟がそれを強く望んだのだ。日々の糧を確保できることが今の彼らには一番重要である。

実のところ、一食でも金額的には十分に二人を雇うに値することを、バートとリアムは恵真に教えた。兄弟と親しい二人だが、この国の知識が乏しい恵真にも公平な立場で説明したのだ。

ギルド加入前の子どもの労働力を考えると、この街での適正価格であった。

実際、恵真の作る料理はこの辺りの店で提供されるものより、質の良い食材が使われている。

それを価格に見直すと、過分とも考えられることも伝えた。

だが、恵真はそれに納得しなかった。恵真の常識では、子どもが三食摂ることは成長の上で絶対に必要なことなのだ。

「オレはちゃんと平等に！　って考えて、この街の常識を教えてるのに！　全然受け入れないじゃないっすか……。トーノさま、意外と頑固っすね」

若干呆れたように言うバートだが、その表情や声は先日より優しい。

典型的な貴族とはかけ離れた恵真に、バートもその態度を軟化させたようだ。

「トーノ様、本当にこの条件で問題ないのですね」

「はい。私も二人に料理を食べて貰えるのは嬉しいですから」

念のため、確認を取るリアムに恵真は微笑みながら答える。

バートもリアムも兄弟を案じてはいるが、何も知らない恵真にも平等な観点で説明をしてくれる。

そんな二人の誠実な対応を心強く思う。

一方、恵真には気になっていることがあった。

「その『遠野さま』っていうのは変えられませんかね。せめて、遠野さんとか」

実際には極めて平凡な市民である恵真は、敬称を付けて呼ばれるのは落ち着かない。

そんな恵真の言葉にリアムもバートは即答する。

「ムリっすね」

「それは難しいことかと……」

バートにははっきりと、リアムにはやんわりと断られる。

「でも、アッシャー君達はエマさんって呼んでくれてますし……」

「二人は子どもですから」

そんなアッシャー達はソファーの上に座っている。

ソファーに座るのが初めてなのか、感触を楽しむように少し体を揺らしたり、手で座面を押したりと楽しそうである。　大まかな事柄は話し合ったため、あとはリアムとバートが兄弟の代わりに話を進めていた。

それだけ兄弟にとって、リアムとバートは信用に足りる存在なのだろう。

「もし良ければ少し休憩にしませんか？　お茶、新しく入れますね」

二人を見て軽く微笑むと席を立ち、恵真はキッチンへと歩き出す。

「流石トーマさま！　気が利いてるっすね！」

「バート……。トーノ様、色々と申し訳なく思います」

先程は、話し合いに集中できるようアイスティーのみを出した。

しかし、話もある程度はまとまり、ここで一旦休憩を兼ねて用意した菓子を出そうと恵真は考えた。

湯を沸かし、再びアイスティーを入れる準備をする。

その間に、冷蔵庫の中で冷やしていた菓子を取り出した。

今回作ったのは昔懐かしい牛乳プリンだ。ぎりぎり固まるくらいの柔らかさにした牛乳プリンに、荒くつぶした苺を使った甘酸っぱいソースを合わせる。どちらも甘さは控えめに作ってあり、好みで上にコンデンスミルクをかけて貰おうと思っている。

恵真はバットで冷やした牛乳プリンをグラスへと移した。

そのあとに茶葉をティーポットに入れ、熱湯を注ぐ。茶葉を蒸らしている間に牛乳プリンに苺のソースをかけていく。

アイスティーがまだできていないため、先に牛乳プリンを持って行った方がいいと恵真は思った。

そこでアッシャーとテオに声を掛ける。

「アッシャー君、テオ君、お手伝いをお願いしてもいい？」

「はい！　今すぐ！」

そんな言葉に、ソファーの二人が立ち上がり、恵真の元に小走りに近付いてきた。

じっと恵真を見つめるアッシャーとテオ、どこか張り切った様子がその表情からも伝わってくる。

今後ここで働ける、その意識からか、二人は仕事をすでに始めているかのようだ。

ならば、と恵真は二人に合わせることとした。

トレーに牛乳プリンのグラスを乗せ、アッシャーに渡す。テオにはコンデンスミルクやスプーンを乗せたプレートを渡した。

「あちらのお客様のところへ持って行ってくれる？」

「はい！」

元気良く返事をした二人は、リアムたちの元へと向かっていく。

恐る恐る歩く姿からは、溢さないように丁寧にそっと、そんな気持ちが伝わってくる。

「えっと、どうぞ！」

そう言ってテーブルにグラスを置くアッシャー、その表情は緊張と同時に誇らしさが見える。そんなアッシャーにテオが声を掛ける。

「お兄ちゃん、スプーンを先に置いてからだよ」

「そうだな、先にそっちを用意したほうがいいだろう」

テオとリアムの言葉に、ほんの少ししょげるアッシャー。

それに気付いたバートが声を掛ける。

「まぁ、いいんじゃないっすか。まだ、店は始まってないし、オレ達は客じゃないんすから。ほら、アッシャー！　テオ！　こっちにも持ってきてほしいんすけど」

「はい！」

氷を入れたグラスに熱い紅茶を注ぎながら、恵真はそのやり取りを微笑ましく思う。

お互いに素性もよく知らない仲ではあるが、彼らの間にはお互いへの信頼が見える。

短い間しか過ごしていない彼らの人となりは会話の端々に窺え、恵真は彼らに親しみを覚えていくのだった。


「旨いっす！　ふるふるの白いのに甘酸っぱさを残したソース、敢えて甘さを控えてこっちのソースで調節するのも細やかな心遣いっすね。何より、この触感を残した果実のゴロゴロっとしたサイズ、心憎いっす」

「あ、ありがとうございます！　わかってくれます？」

「わかるっすよ！　絶妙なバランスっす。焼き菓子も旨かったっすけど、こっちもいいっすね！

……タルトでしたっけ。あれはサクッとした生地と濃厚なクリームに瑞々しい果実、それぞれ違う触感と風味が良かったっすねー」

「あぁ！　それもわかってくれます？」

「もちろんっす」

思いもよらぬバートの称賛に、恵真は喜びを隠せない。そんな盛り上がる二人と同様、アッシャーとテオにも牛乳プリンは好評のようだ。

「柔らかくって甘くておいしいね」

「あぁ、冷たい菓子なんて初めてだ！」

スプーンで掬いながら口に運ぶ二人、テオの口元には赤いソースが付いている。テオの口元を恵真がハンカチでそっと拭うと、アッシャーが笑い、テオは照れた。

二人を見て微笑みながら、恵真は以前より気になっていたことを口にする。

「アッシャー君たちの親御さんにも、ご挨拶しなきゃいけないわね。きっと心配するし、これからのことを話さなきゃ……」

「それはなりません」

「え？」

突然かけられたリアムの言葉に恵真は首を傾げる。

これから兄弟を預かることになるのだ。

恵真としては、きちんと保護者へと説明をするつもりであった。

「トーノ様はこのドアの外へ一歩たりとも出てはなりません」

それは初めてリアムから向けられた強い言葉である。

断言したリアムだが、そこには恵真を案じる様相がある。

その意図がわからず、恵真は戸惑うのだった。

🐾🐾🐾🐾

街外れのディグル地域、ここには逆境に置かれた人々が多く住む。

木造の集合住宅は以前は安宿であった。老朽化で宿としては使えなくなった場所、そこに今は理由を持つ人々が暮らしている。

小さな窓が一つあるその部屋は、簡素で古びてはいるが清潔である。

その部屋の隅に置かれたベッドには、華奢（きゃしゃ）な体型の女性がいた。

アッシャーとテオの母、ハンナである。

彼女の手には紙袋がある。見た目より重さがあるそれは、アッシャーが帰り際に恵真から受け取ったものだ。

「エヴァンスさま、息子たちがご迷惑をおかけしました。本来であれば、私が先方に伺わなければならないところを……申し訳なく思っております」

ハンナの言葉にエヴァンス、冒険者リアム・エヴァンスはアッシャー達に声を掛ける。

「少し話があるから、二人は先に食事を摂るといい。夕食を貰って来たんだろう」

「うん！　ありがとう。リアムさん！」

「テオ、一緒に準備しよう」

そう言ったアッシャーは、ハンナの手から紙袋を受け取り、食事の支度をするため、テオと共同の炊事場へ向かう。そんな二人を見送ると、ハンナはリアムを不安気に見つめた。

「エヴァンスさま、彼女はどのような方でしたか？」

「……難しい質問だな」

リアムの返答に、ハンナは慌てたように言葉を重ねる。

「いえ、私のようなものが、その方の背景を探るつもりはございません。ですが……」

「いや、会ったこともないのだ。親として危惧するのは当然のことだ。……実はあちらはここに伺って話をするつもりだったらしいんだ」

「え、こちらにですか！」

「あぁ、どうしても仕事に関しての説明を、親であるあなたにしたかったらしい。説得するのに苦労したよ。代わりに俺が説明して、許可を貰うと約束してなんとか納得してもらったが」

そのときの様子を思い出したのか、少し笑いながらリアムは答える。

一方、ハンナの表情は驚きに染まった。

ハンナがリアムから聞いたアッシャーたちの雇用条件は破格のものだ。

体を壊し、長時間働けないようになったハンナは内職をしている。

しかし、それだけでは到底暮らしていけない。そんな家計を支えてくれているのは息子二人である。

この状況はハンナの心を深く苛（さいな）んでいた。

「対価として食事を提供するのは話したな。時間に関しては午前中から、必ず日が暮れる前には帰宅することが条件だそうだ。あと古いもので良ければ衣類が何着か用意できるので、それを仕事着にしてはどうかと提案された。どうだ、何か気になる点はあるか？」

「そのお話は本当なのでしょうか。いえ、決して、エヴァンスさまを疑うわけではございません。ですが、あちらからすれば息子たちを雇う利がないように思えるのです」

ハンナが気になる点と言えば、条件が良すぎることだ。

ギルドに加入できない年齢の子どもを、こんな良い条件で雇ってくれることは他にはないであろう。だが、相手側にアッシャーたちをその条件で雇う、それだけの利点がないことがハンナは気がかりであった。

「……風変わりだな」

「え？」

「先程、聞いただろう。どのような人物かと。勿論、俺も会ったばかりで確実なことは言えないが」

ハンナの不安は顔に出ていたのだろう。リアムが雇用主となる女性、その人物像について語りだした。

「風変わりで世間知らず、おまけに人が好い。ここでの生活に疎いところはあるが、当面の生活に困るような暮らし振りではなかった。アッシャーやテオを気に入っていることや、この土地に明るくないことが二人の雇用のきっかけだろう。それ以外の意図は感じられなかったよ」

そんなリアムの言葉に、ハンナは胸を撫でおろす。

そうであるならば、一家にとってまたとはない良い話である。

ベッドの横に小さな窓が一つある。ハンナは毎日、その部屋のベッドの中から暮れていく空と共に兄弟の帰りを待つ。それはハンナにとって、気が気でない心持ちで過ごす時間である。

無事、二人が戻ってくるときには安堵と共に、不甲斐なさに打ちひしがれる。

「それは……私達にとっては願ってもないお話です。まさか、そんな良いお話を頂けるなんて思っておりませんでした」

そう言ってハンナはそっと目尻を拭う。

「二人は言葉遣いや所作も整っているから、ある程度の年齢になれば、今よりも安定した生活になるだろう。そういったものが身に付いている者は意外と少ないんだ。出会いは偶然のものだが、それを活かせたのは君の二人への教育だ」

思いもかけぬリアムの言葉に、ハンナはほろほろと涙を溢した。至らぬ自分を責め、子ども達に心の中で幾度となく謝罪してきた。

せめてと、かつて自らが受けた教育の一部を、彼らにも身に付けさせた。

それが実際に、息子たちの身を助けることとなるとは、ハンナは思ってもみなかったのだ。

ハンナは涙を拭き、リアムへの謝罪の言葉を口にする。

「みっともないところをお見せ致しました。エヴァンスさまにもなんとお礼を言っていいかわかりません」

そう言ってベッドの上で居住まいを正すハンナを、リアムは片手を上げる仕草で止める。

「気にすることはないよ、これも縁だ」

鷹揚に笑いながら、リアムは扉の向こうに声をかける。

「そろそろ入っていいぞ、二人とも」

そんなリアムの言葉に、そっと扉が開き、アッシャーとテオが顔を覗かせる。

どうやら、部屋に入るタイミングを失っていたらしい。

テオが扉を押さえて、アッシャーが両手に皿を持って入ってくる。

皿の上にはパンに何か挟んだものが乗っていた。

「これね！　バゲットサンドっていうんだよ」

「バゲットサンド？」

初めて聞く響きに、テオの言葉をハンナは繰り返す。

そんな母にアッシャーは得意げに言う。

「そう、エマさんが作ったんだ。凄いだろ！　でっかいパンに野菜や肉が挟んであるんだ！　で、こっちはハチミツが塗ってあるから、明日の朝に食べればいいって……俺もちょっと手伝ったんだ」

「うん、野菜ちぎってたね！」

「テオ！　でも、エマさんは上手だって言ってくれてたろ？」

喜ぶ二人の姿は、今は亡き夫ゲイルがいた頃のようだ。

その光景を見たハンナは再び、涙を溢すのだった。

今日は日差しも心地良く、穏やかな天候である。

店の準備は着々と進んでいた。清潔なテーブルクロス、皿にカトラリー、そういったものは初めから祖母の家には十分あった。食材は恵真の近所で入手が可能なので、その点も困ることはないだろう。あとは店名やどんなメニューを出すかだが、これも恵真の中ではもう形になっている。

そんな恵真にリアムから手紙が渡された。

手紙には恵真への謝意が丁寧に綴られている。その文字は以前、ホットケーキのお礼に見た手紙と同じ文字だった。

なぜ、こちらの文字が読めるのだろうと恵真は思う。もしくはこちらの文字を恵真が書けているのかもしれない。言葉も通じていることから後者の可能性が高いだろう。

そもそも、恵真には裏庭のドアが異世界に繋がった理由すらわからないのだ。言葉が通じるのも文字が読めるのも、良かったと思うばかりである。もし読めなければ、再びフライパンとペットボトルで戦う準備をしなければならなかっただろう。

「二人のお母さんにも納得して頂けたようで良かった。リアムさん、ありがとうございます」

「いえ、私から言い出したことですので」

そう、あの日リアムは恵真がドアの外に行くことに反対した。

バートやアッシャー達も同様であった。

それに関して、恵真は一つ思い当たることがあった。

「外に出てはいけないのは、私の外見に関わっていますか？」

「はい。御存じでしたか」

「以前、アッシャー君達に聞いたんです。黒髪で黒い瞳だと、他国から来たことがすぐにわかるってしまうって」

恵真の言葉にリアムは頷く。

確かに異国から来た者だとすぐわかるのであれば、多少目を引くかもしれない。

だが、それはそこまで案ずるようなことなのだろうかと恵真は思う。

「ですが、それだけではありません」

恵真の疑問は表情にも出ていたのだろう。

リアムはそれ以外にも理由があるという。

「この国やその周辺国には、黒髪の女性にまつわる様々な伝承があります。ある地域では婚姻が殺到し、ある地域では数々の権限が与えられ、ある地域では神聖視され祀られる。場合によっては決して傷付かないように、一生家から出られないでしょうね……」

予想もしていなかったリアムの言葉に恵真は固まる。

「へ？」

「つまり、トーノ様にとって、この扉の向こうは安全ではありません」

「本当、よく無事にこの国に渡って来られたっすよね。トーノさま、目立ちますもん」

リアムの言葉に、バートもうんうんと頷いている。

それはもう目立つとか、そういった次元の話ではないのではないかと恵真は青ざめた。

その物騒な内容にもしかすると、揶揄っているのではとの考えも浮かぶ。

しかし、そんなことを考えた自分に罪悪感を抱くほど、リアムは真剣かつ、険しい表情である。

「ですが、ここはかなり安全と言えます。おそらく、トーノさまは防衛の魔道具をお持ちなのでしょう。また、ドアには防衛魔法がかかっていますから、敵は入れません。そのうえ、ここにはトーノさまをお守りする心強い味方がおります」

困惑した恵真の表情を見たリアムが、表情を和らげ、安心させるように言う。

その表情を見た恵真にもその心強い味方が誰であるか思いつく。

「リアムさん達ですね！」

確かに見知らぬ場所で知人ができたのは、恵真にとって心強いことである。

そんな思いを込めて恵真は、リアム達に目を向ける。

だが、恵真の言葉にリアムは首を横に振る。

「過分な評価を頂いて恐縮です。ですが、その方は私達よりずっと頼りになるはずです」

そう言ったリアムは、恵真の足元に視線を落とす。

リアムの眼差しの先には、ちょこんと座るクロがいた。

「……クロですね」

「はい、緑の瞳を持つのは魔獣だけ。それだけ深い緑の瞳を持つ魔獣など見たことがありません。クロさまがいれば安心ですね」

そう言ってにこりと微笑むリアムに、恵真は言葉を失う。真面目で誠実な印象を抱いていたリアムからの言葉を、目をしぱしぱと瞬かせ、恵真は小さく口の中で繰り返す。

「……魔獣……クロさま……」

「初めて見たときは驚いたし、怖かったよな」

「うん、見た目は可愛いけど、魔獣だもんね」

「アッシャー達の話を聞いたとき、なんかの間違いかと思ったんすよね。だって、黒髪黒目の女性が魔獣を引き連れて訪れたなんて、事件っすもん」

だが、恵真以外の三人は、リアムの言葉になんの疑問も抱いた様子はない。

それどころか、それに同意しているのだ。もちろん、魔法や魔道具があるのだし、魔獣がいても不思議はない。だが、恵真は思う。

（いや、クロは猫でしょう）

黒いしっとりとした毛並み、長いしっぽ、そして深い緑の瞳は、どこをどう見ても立派で愛らしい黒猫である。

だが、ここで暮らす人々がクロを魔獣だと思うのであれば、無謀な行為に出ないはずだ。

それはそれで恵真や兄弟の身を守る存在になる。

ならば、敢えてその誤解を解く必要はないのだろうかと恵真は悩む。

それ以上に気がかりなのは、恵真が黒髪黒目であることだ。

ここでは、思っていた以上に大きな意味を持つらしい。

リアムが言った状況は、どれも彼女の望むものではない。

恵真がその慎重さ故に、ドアの外に出なかったことが幸いしたとも言える。

すぐに恵真は解決策を思いつく。

黒髪が問題であるなら、それを隠してしまえば良いのだ。

幸い、祖母は洒落た帽子やウィッグをたくさん持っている。

黒目はともかく、黒髪であることは隠せるだろう。

そのことをリアム達に話すと、なぜかリアムとバートは微妙な表情を浮かべた。

「あの、それ多分ムリっす……実はもう噂になってるんすよね。黒髪の女性を見たって」

「私も先程、バートから伝え聞いております。トーノ様に心当たりは？」

「え？　私、言われた通り、ドアの向こうに出てないですよ。……あ」

「……あ？」

視線が恵真に集まる。

四人からの視線に恵真は視線を泳がせた。

恵真には一つ心当たりがあるのだ。

「あの、外には出てないんですけど……多分見られちゃってますね、通りを歩く人に」

そう、恵真はまだ一歩も裏庭へのドアの先に足を踏み出したことはない。

だが、アッシャー達が二回目に訪れたときに、道行く人に姿を見られていた。

そのときの状況を伝えると、バートがその赤茶の髪を掻く。

「もしかしたらクロさまの姿も見られてるんじゃないっすかね。噂にもなりますよ、そりゃ。オレだったら会うやつ、皆に話しまくりますもん！」

「す、すみません……」

「いえ、謝罪などなさらないでください。ですが……そうなると、当面の問題はアッシャー達の安全ですね」

リアムの言葉に、恵真の顔が青ざめる。

ここへ通うことが二人の身を危うくするのでは、本末転倒ではないか。

黒髪黒目であることの影響力を知っていたならば、二人にここで働いてもらうという選択はしなかったであろう。困惑したように恵真たちを見つめるアッシャーとテオ、二人の安全をどう確保すれば良いのかと恵真は迷う。

しかし、そんな恵真にリアムは鷹揚に笑う。

「ご安心ください。二人が働くと決まったときから、その点を想定しておりました。当面の間、彼らのことは私にお任せください」

「ですが、それではご迷惑が掛かりますし」

「では、他に方法がありますか？」

躊躇（ちゅうちょ）する恵真にリアムが尋ねる。

リアムの言う通り、恵真には他に打つ手が見当たらない。

けれど、自分で決めたことであるのに他人を頼ってもいいのだろうか。

恵真のそんな考えは、あっさりとバートにも否定される。

「そうっすよ。っていうか、迷惑ならもう掛かってますし。オレやリアムさんも手伝える範囲でしか手伝う気はないっすから。トーノさまはどーんと構えてりゃいいんすよ」

「我々は力を貸すとお約束しましたから」

なんのことはないという様子のバートとリアムの姿に、恵真の心は軽くなる。恵真が二人に協力を頼んだ時点で、その姿や状況など、恵真本人が気付かない点も考慮し、話を引き受けてくれていたのだ。

改めて、リアムとバートへの感謝を深める恵真であった。


「で、店の名前はどうするんすか？　結構、大事っすよね」

バートの問いに、恵真は少し自信ありげな様子である。

そう、彼女はここ数日、頭を捻って店に相応しい名前を見つけていたのだ。

近くにいたクロを抱え上げ、恵真は自身が決めた店の名を堂々披露する。

「店の名前は『黒猫亭』です！」

だが、四人からの反応は少ない。

それぞれ目を合わせ、どう答えようか迷っているようだ。

やがて、リアムが口を開く。

「トーノさま、その『クロネコ』とはもしや、クロさまと関連があるのでしょうか」

「はい！　クロがお店の看板猫になるかなって。招き猫ですね」

恵真の言葉に、アッシャーやテオも不思議そうな顔をする。

「カンバンネコ？」

「マネキネコ？」

「店の名前に魔獣に関連する言葉を使うなんて、トーノさま、センスないっすね」

最後のバートの言葉が決定打となり、恵真は数日間温めていた名前を泣く泣く諦めるのだった。


リアムがその男と会うのはひと月ぶりであろうか。

アッシュブロンドの髪、体に合う上質な服に身を包む男はリアムを前に顔をしかめる。

「久々にお役目を申し付かったと思えば、平民の子どもの護衛とは……。もちろん私は参りませんよ、他の者を行かせます」

額（ひたい）を押さえてそう溢す男に、リアムは笑いながら頷く。

「あぁ、もちろん当家の優秀な使用人にそんなことを頼むつもりはないよ。あの子たちの安全が守られるならばそれでいいんだ」

「そもそも、そんなことをあなたさまが考慮する必要などありませんのに……」

そう口にしたものの、男の語尾は小さくなっていく。

ほんの少し関わっただけの、身分の異なる少年を目に掛ける。

彼の主（あるじ）がそのような人物であるからこそ、彼、コンラッドはここに存在している。

かつてコンラッドは路頭に迷う少年であった。

それを同じく少年であったリアムが見つけ、自身の使用人にしたのだ。

以来、コンラッドの主はリアム・エヴァンスただ一人である。

現在、エヴァンス家の当主はリアムの父ヘンリーであるが、彼もコンラッドをリアムの従者として認め、こうして息子の様子を時折見てくるように告げるのだ。

コンラッドにとって、リアムの役に立つのは本懐である。そのため、今日も赴いたのだ。

「問題はそのトーノ・エマという女性です。この国に黒髪黒目の女性が現れた。その事実が知れ渡れば我が国は勿論、周辺地域が揺れます。与える影響を考えると、エヴァンス家で保護する判断も御一考の余地があるかと」

そんなコンラッドの主張を聞いたリアムは眉根を寄せ、ぽつりと言葉を漏らす。

「保護、とは聞こえがいいな」

「……ですが、教会や王家に奪われれば危険です。彼らは彼女の外見や存在を利用するでしょう」

王家に対して不敬とも言える発言を、リアムは咎めない。

コンラッドの意見は以前、リアムが恵真に説明したことと同じである。

だからこそ、彼女は現在の住居を離れるべきではないとリアムは考えていた。

「彼女が滞在している場所には、防衛魔法がかけられたドアがある」

「は？　……そこは一般の住居ですよね」

コンラッドの驚きは当然のことである。防衛魔法はこの国ではもはや過去のものだ。それは失われた魔法術の一つ、現在残っているのは王室や遺跡に幾つかあるばかりなのだ。

「それだけじゃない。おそらく幻影魔法もかけられているから、そもそも害意があるものは店に辿り着けないだろうな。おまけに見たこともない魔道具が部屋中にあるんだ」

「……そんなことがあり得るのですか？」

「凄いだろ？　防衛魔法に幻影魔法の重ね掛け、魔術士垂涎のドアだよ。な、それ以上に安全な場所なんて、王家ですら用意できやしないだろう」

リアムの言葉にコンラッドは驚愕の色を隠せない。

そして、それは黒髪黒目のその女性の重要性を際立たせる。

「それほどまで守られているのであれば、やはり彼女の存在は特別なものでは」

「……その可能性は否定できない。だが、教会や国の求めている力かはわからんだろう。俺が見た限り、彼女は特別な力など持っているように見えないな」

トーノ・エマという女性は、その言動や容姿こそ非凡ではあるが、リアムが接して感じたのはむしろ真逆の印象だ。アッシャーやテオにも身分の垣根なく接し、バートの軽口にも腹を立てることもない。

極めて温厚で寛容な人物なのだ。

「いずれにせよ、あのドアを出ない限り、彼女の安全は保障される。コンラッド、彼女の現状を父にも報告しておいてほしい」

「どう動くおつもりですか？」

主の今後を問う忠実な従者の言葉、だがリアムはその精悍な顔になんの感情も見せない。

「動く気はないよ。政にも宗教にも彼女が利用されないように見守るだけだ」

「……そのお方はどのような女性なのですか」

アッシュブロンドの髪が風に乱れ、コンラッドの不安な表情を露わにする。

リアムの忠実な侍従は、黒髪の女性と関わる立場となった主を案じているのだろう。

コンラッドの言葉にリアムは少し表情を和らげた。

「美しい黒髪黒目を持つ、極めて善良な一人の女性だ。平穏に過ごすことを望むだろう」

リアムの推測はおおよそ正しい。

恵真は極めて善良な人物である。

だが、彼女の外見、そして何より彼女が振舞う料理によって、今後マルティアの街が変化を遂げることを今はまだ、誰も知らずにいた。

「今日、リアムさんはいらっしゃらないんですね」

そう言いつつ、恵真が提供したのは本日の料理である。

今日はマルティアの街の人の好みを知るために、幾つか試作品を用意した。

あいにく、リアムは予定が入っているらしい。

恵真としてはできればリアムにも、同席してほしかったのだが。

「あ、トーノさま！　オレだけじゃなぁ、って顔してるっすね」

「ち、違います！　アッシャー君とテオ君のことをお願いしたんで、そのことを聞きたかったんです」

そう、恵真が気にしていたのは先日話したアッシャー達の安全についてである。

詳細をリアムから聞いていないため、恵真は気掛かりだったのだ。

そんな恵真の前で座っているバートが、手をブンブンと振る。

「大丈夫っすよ！　リアムさんに任せれば問題ないっす。あの人、生まれは侯爵家で……まぁ、オレの嫌いな貴族なんすけど、でもそこを出て冒険者として名を上げて、ギルドから指名依頼も来るんすよ。今日もそんな感じじゃないっすかね？　ま、心配いらないっすよ」

「はぁ、そんな凄い人だったんですね……」

「まぁ、そうっすねぇ」

なぜか自分が誉められたように誇らし気なバートだが、ふいにアッシャーとテオを指差し、恵真に訊ねる。

「で、なんでアッシャーとテオはお揃いの服を着てるんすか？　ん、よく見ると女性用っすね」

そう言ってバートはカウンターの椅子から下りると、ずんずんと二人の元へと近付く。

無遠慮にシャツを摘まれたアッシャーが抵抗する。

「おい！　やめろよ、触るなよ」

「ほー、しかも中々に質が良い……こりゃ、トーノさまからっすか？」

バートの言う通り、その服はかつて恵真が着ていたものである。

恵真がかつて、この家に住んでいたときのものが、まだ仕舞われていたのだ。

そのうち、何枚かあったポロシャツをアッシャー達に用意した。

経年劣化も特になく、状態は良いが、一つ問題がある。

シャツは女性用と男性用でボタンの掛け合わせが異なるのだ。

今のバートのように、目ざとい者はすぐ気付くだろう。

「アッシャー君、テオ君。どの色が好き？　好きなのを指差して」

「え？　はい！」

そこで恵真が用意したのはスカーフだ。

色とりどりのスカーフの中、二人は各々に色を選ぶ。

アッシャーは赤を、テオは青を指差した。

恵真は青いスカーフを取り、テオの襟元にふんわりと巻く。すると、ちょうど襟元が隠れ、同時に少し華やかさが加わり、洒落た印象になる。

「ほー、考えたっすねぇ」

「ネクタイだと畏まりすぎるし、これだと可愛い雰囲気で二人に似合いますよね。それに襟元って汚れが目立ったりするのでいいかなって……アッシャー君もおいで」

「は、はい！」

少し緊張した面持ちのアッシャーに、赤いスカーフを恵真が巻いている。

その姿をテオがニコニコと見守る。

「お兄ちゃん、格好良いね！　お店の人みたい！」

「からかうなよ！　……それに！　俺達はこれからお店の人になるんだからな」

「……そっか、そうだね」

二人の会話の純真さに恵真は心打たれる。

しかし、用意していたのはこれだけではないのだ。

「スリッパだと転んじゃうから、うち履きを買っておいたの！　サイズはどうかな？　履いてみてくれる？」

古い木の床だが、スリッパでは転びやすいだろう。恵真はあらかじめ、二人の靴のサイズを測り、室内用に靴を買っておいたのだ。

「お客様にはそうだなー。念入りに土を払って貰おうかな。この前みたいに」

初めて出会ったときは緊張で失念していたが、二度目にリアムとバートが訪れたときには、靴の土を落として室内に上がって貰った。

マルティアの街の人々に、室内で靴を履き替える習慣はないはずだ。

床が汚れないように、汚れを払うことで恵真はよしとする。

「で、ズボンは私物になっちゃうから、汚れ防止にエプロンを作ろうと思うの。あとでサイズを確認させてね」

「作る？　……まさかなんすけど、トーノさまが、っすか？」

そう尋ねるバートに、恵真は満面の笑顔で言う。

「はい、まだ時間もあるし、生地もミシンもあるんでダダダーって作っちゃうつもりです。シンプルに黒にしようかな、うん。汚れも目立ちにくいですし、きっと今の格好に似合いますよね！」

「はぁ……そうっすね。うん、きっと似合うっすね」

「ミシン」というのは魔道具だろうとバートは思う。

雑用をすることを嬉々として語る恵真は、バートには不可思議だが、興味深い存在だ。

そして、バートにはもう一つ強く惹(ひ)かれるものがある。

「ま、それよりも試作品っすよね！」

バートはキッチンのカウンターテーブルへと向かうと、椅子に腰を落ろす。

対面式のカウンターキッチンには、恵真が用意した試作品が何皿か置かれている。

大きめに切られたパンや副菜らしき野菜、そしてメインであろう二皿。

これが、バートが気になっているものである。

使われている素材はどこでも手に入る食材に見える。

「どうぞ、召し上がってください！　アッシャー君達も食べてみて。皆の正直な意見を聞かせてほしいの」

「ありがとうございます！」

「じゃあ、着替えたほうが……」

「汚れたら他のもあるから大丈夫よ」

そんな会話をする横で、バートがさっそく料理を口にする。

それに気付いた恵真が声を掛けた。

「どうですか？　この味、街の皆さんの好みに合いますか」

「………」

「え、美味しくなかったですか？」

「バート、どうしたの？」

スプーンを持ったバートは黙って皿を見つめ、何かを思案している。

先程までのバートの気さくさとは異なる姿に、兄弟は戸惑う。

恵真もそんなバートの様子を、不安な思いで見つめるのだった。

「おいしい！　これもおいしいね！」

「この前のバゲットと一緒に食べるのもいいぞ」

「本当だ！　パンにしみて、じゅわってしておいしいね」

用意した試作品を、アッシャーとテオは夢中になって食べている。

二人の様子を嬉しく思う恵真だが、バートの態度が気がかりであった。

先程、皿の料理に手を付けたきりバートは黙り込んでいる。とはいえ料理を食べる手を休めることはないので、口に合わなかったわけではないようだ。

黙って一皿を空にしたバートが、ようやく口を開く。

「こっちも食べてみてもいいっすか？」

「は、はい！　もちろんです！」

急に口を開いたバートに驚きつつ、恵真は次の皿を説明し始める。

「これはポトフです。こっちもさっきの料理と同じ煮込み料理です。当面の間、煮込み料理をメインにしたプレートを出そうかなって思っていて……仕込みの時間はかかりますが、開店した後はお客様をお待たせしないで済みますし」

「……」

「あの、バートさん？」

恵真の説明を聞いているのかいないのか、黙々とバートはスプーンを口に運ぶ。

そしてバートは二つめの皿も空にした。

ということは、やはり口に合わなかったわけではないのだろう。

そんなバートの様子にアッシャーが首を傾げる。

「どうしたの、バート！　これ、めちゃくちゃ旨いのに！」

「……そうなんすよ」

「へ？　じゃあ、なんで黙ってたんだよ。てっきり、気に入らないかと思うじゃん」

不思議そうにアッシャーが尋ねると、バートは深いため息をつく。

「……驚いて言葉が見つからなかったんすよ」

「え？」

「……トーノさま、ちゃんと経営する視点があったんすね。アッシャー達の服もそうっすけど……いやぁ、色々お膳立てしなきゃならないと思ってたんで、正直驚きっす」

そう言うと、バートはまだ食べているアッシャーの皿を見る。

それは、バートが最初に食べた料理だ。豆や野菜、ひき肉を煮込んだ料理は、具沢山で添えられたパンともバランスがいいだろう。

そしてもう一皿、こちらは大きめに刻んだ野菜と肉が入った料理だ。

これもまた、固めのパンを浸して食べるのにちょうどいい。

いずれも庶民に親しみのある食材で、季節を問わず手に入れられる。

もちろん、そういった食材は価格も控えめで、コストパフォーマンスもいいはずだ。

恵真の言う通り、時間がかかる煮込み料理だが、一度作ってしまえば提供までの時間はかからない。

正直、バートは恵真がそこまで具体的に、調理や提供の時間を考慮して計画できるとは思っていなかった。それもバートが驚いた理由の一つであった。

だが、バートが最も驚いたことは他にある。

「……これ、どっちにも香辛料が使われてるっすね」

「はい……」

バートの問いに恵真は素直に答える。

今回、恵真が作ったのは大豆のチリコンカンとポトフだ。

煮込み料理でバゲットにも合うだろうと選んだ二品である。

これに副菜を添えて、ワンプレートミールとして出すことを考えているのだが、バートの言う通りどちらにも香辛料が使われている。

「そうっすか……いいと思うっす」

「本当ですか!?」

「味は抜群にいいし、香りも食欲をそそるっす。煮込み料理は時間がかかるっすから、家庭ではあんまり作らないんすよ。まぁ、簡単なスープくらいっすね。それに一つのプレートにまとめると運びやすいし、いい考えだと思うっす」

「あ、ありがとうございます」

恵真は、料理を口にした後、黙って食べていたバートからの言葉に安堵する。

であれば、先程のバートの言葉の意味はなんだったのであろうと、恵真はバートに尋ねた。

「んー、どんな香辛料を使ってるのか気になったんすよ」

「えっと、豆を煮込んだ方にはチリパウダーとクミン、野菜を大きく切ったほうはオレガノ、ローズマリー、……あとどちらにもローリエと胡椒が入っています。乾燥した香草も使ってますが、裏庭で香草を育てているので、そういうのも使えたらなって思ってるんです」

「そっすか、そうなんすね……」

今、この国の貴族の中では香辛料が流行っている。

他国から輸入された希少な香辛料を使うのが、貴族のステータスになりつつあった。

しかし彼女は芋や豆に使い、その料理を庶民に提供しようとしているのだ。

それを聞いたバートは笑いが込み上げてくる
「ふ、ふはは、それって最高にスパイス効いてるっすね」

「あ、ありがとうございます」

アッシャーたちが食べるため、そこまで多く香辛料やハーブを入れてはいないのだが、どうやらバートも気に入ったらしい。

店で提供する料理として、三人に認められたことに胸を撫で下ろした恵真であった。

🐾 🐾 🐾 🐾

「……で、これをいくらで出すんすか？」

「……どのくらいならいいでしょうか？」

「あー、異国のお貴族様だと庶民の金銭感覚はわかんないっすよねー」

「ははは」

貴族ではないのだが異国であることは間違いないので、恵真は笑って誤魔化す。

確かに恵真には、この国の貨幣価値がさっぱりわからない。

そのため、どのくらいの金額をつければいいのかも見当がつかないのだ。

「んー、これだけ香辛料が使われてるんすから、値段も強気でいいと思うんすけど。……そうなるとちょっと庶民の足は遠ざかっちゃうかもしれないっすね」

「だ、ダメですよ！　庶民のお店なんですから！」

庶民の足が遠のくと言われた恵真が、慌ててバートの案を否定する。

そんな恵真にバートがコインを一枚取り出して見せる。

「これがこの国で一番金額の低い貨幣、一ギルっす。銅貨とも呼ぶんすけど、これが百枚で銀貨、一ダル。一ダルが十枚で金貨、一ディルになるんす。で、それより上もあるんすけど、まぁ関係ないっすね。金貨ですらまず平民は見たことがないっす。平民で扱うのは貴族相手の商人くらいっすよ。庶民の食事は一食三十から四十ギル以下っすね」

「そうなんですね……あの、パン一個っていくらですか」

「んー、まぁ大体庶民が買うのは五ギルから七ギルくらいっすかね」

それを聞いた恵真は、日本の金銭に置き換えて考えてみる。

パンが一つ百二十から二百十円前後と仮定すると、一ギルは二十五から三十円くらいということだ。

だとすると銀貨は三千円、金貨だと三万円くらいだろうか。

あくまで恵真が置き換えた感覚であり、こちらの感覚と一致するとは限らない。

しかし、実際に貨幣を扱うことを考えれば、曖昧でも感覚を掴んでおく必要がある。

平民の一食が三十ギルならば、それに近い金額が良いのだろうかと恵真が提案するが、即座にバートが否定する。

「これだけの味と材料、店の雰囲気や置かれた調度品。場所が場所なら銀貨何枚も取れる料理っすよ。トーノさまはもっと自信持っていいっす」

「バートさん……」

ふいにバートから掛けられた称賛に驚く。

アッシャーやテオからも恵真に言葉が掛けられた。

「うん、エマさんのごはんどれもおいしいよ」

「きっと、皆も喜んでくれるよ」

二人のまっすぐな言葉に恵真の目頭が熱くなる。

誰かに認められる――それがこんなに心に沁みるのかと恵真は思う。

アッシャー達と出会ったことで恵真を取り巻く環境は勿論、心にも小さな変化が起きていた。

「よし！　じゃあ、もうちょい値段上げていきましょうか」

「う、そうなんですけど……」

「トーノさま、ほんと何気に頑固っすね……」

そんなとき、重いノックが部屋に響く。

窓際のソファーに座っていた兄弟が訪問者を教える。

「あ！　リアムさんだ」

「エマさん、リアムさんが来たみたい！」

二人の声を聞いたバートがポンと手を打つ。

「よし、ここはリアムさんにも話を聞きましょう！　冷静な判断をしてくれるはずっす」

「そうですね」

「うん、リアムさんなら、大丈夫だよ！」

「きっといい意見をくれるね！　俺、ドアを開けてくる！」

確かに、リアムなら冷静で客観的な意見をくれそうだと恵真も思い、同意する。

アッシャーたちもリアムに厚い信頼を寄せているらしい。

「……そっすね、リアムさんは頼りになるんすけど……オレも役に立つんすよ？」

恵真と兄弟の様子にほんの少し拗ねるバートであった。

🐾🐾🐾🐾

「私はバートの意見に賛同します」

「そ、そんな……リアムさんまで……」

「っしゃあー！　ですよね？　ですよね？　リアムさーん！　大好きっす！」

静かで冷静なリアムの言葉に、恵真とバートの声が重なる。

発言をしたリアムは表情を崩さない。

恵真は、おずおずと口を開く。

「じゃあ、二十五ギルではどうでしょう」

「却下っす！　なんで平均より下げるんすか！　言ったでしょ、平均は三十から四十ギルだって。これに材料費とか諸経費がかかるんすよ？　場所が場所なら銀貨取れる料理なんすからね。自信もってどんといくっす！」

「……そう言ってくださるのは嬉しいんですけど……」

恵真としては、平日のランチタイムに使う金額として考えたのだが、どうやらこちらの感覚だと安価すぎるようだ。

無論、恵真も材料費や光熱費などは考慮し、思いついた価格である。

確かにいずれはアッシャーたちにも、料理ではなく金銭を渡せるようにしたい。

しかし、同時に気軽に足を運んでもらえる店にしたいという思いもある。

矛盾はするがどちらも恵真の本心だ。

「トーノ様のお考えは、こちらに来る方のことを配慮なさったものかと思います。確かに価格を抑えれば喜ばれるでしょう」

「でしたら、どうして価格を抑えてはならないのですか」

「それは、周りの店舗で働く者達のためです」

リアムの言葉に、恵真はハッとした表情を浮かべる。

バートは少し眉をしかめ、アッシャー達兄弟は不思議そうな顔である。

「トーノ様がこの価格でこのクオリティーの料理を提供したら、その評判は広がることでしょう。勿論、だからと言って、誰もがここに来ることができるわけではありません。……ドアには防衛魔法がかかっていますから。ですが、その評判を聞いた者は他の店と比較します。そうすれば、自然と他の店の評価が下がるでしょう。それはトーノ様が望む形ではないのでは」

リアムの言葉に恵真は返す言葉がなかった。

善意と少々の自信のなさから決めた価格、それが見ず知らずの他人の迷惑となってしまう。

そこに恵真は気が付かなかったのだ。

「それはそれで、商業では競争として必要でもあるんすけどね」

「だが、他店に真似できると思うか」

そう尋ねられたバートが肩を竦める

「……ムリっすね」。

香辛料は流行し始めて日が浅く、また貴族や豪商しか口にすることはないだろう。

他店では入手することも困難で、その存在すら知らぬ者の方が多い。

たとえ、希少な香辛料を使う店が近隣にあり、評判となっても彼らには対抗するすべすらないのだ。

これでは競争にはなりえないだろう。

リアムの言う通り、おそらく恵真の店は評価され、評判となるはずだ。

そういった点を踏まえて、恵真の店での価格設定も考えなければならない。

恵真は少々、落ち込んでいる様子である。

そんな恵真にリアムが声を掛けた。

その声は存外優しいものだ。

「私は、トーノ様の良いものを手に入りやすい価格で提供したいという思いを、否定するつもりはありません。それは、他者を思う心から生まれたものでしょうから。だからこそ、他店より高めに価格を設定するのも、その思いを生かした経営には必要だと考えます」

そう言って、リアムはアッシャーとテオを見る。

柔らかそうな生地で作られたシャツ、巻かれたスカーフも質が良い生地なのか、ふんわりとした肌触りが見てとれる。古着と聞いていたが、元の質や保存状態が良い。

古着を使うのは、彼らの心理的負担を軽くする目的であろう。

やはり、トーノ・エマは善良な人物である。

おそらく、この認識に間違いはないとリアムは思う。

だがその半面、この国の常識に疎いのはアンバランスでもある。

そんな彼女が利用されないように、リアムは敢えて、ネガティブな視点からの意見を言った。

実際、それは恵真にはなかったものだ。

自分やバートが、そういったアンバランスさを補えばいいとリアムは考えている。

黒髪黒目である彼女が置かれた立場もまた、危ういものだ。

彼女の希望をできるだけ叶え、同時にこのドアの内側に存在を留めておく必要があるだろう。

「……ありがとうございます」

「え？」

彼女の状況へと思考を巡らせていたリアムに、小さく声が掛けられる。

「リアムさんもバートさんも、私にはない視点で意見をくれました。お二人が言ったように周りの方にご迷惑を掛けていたら、私は凄く落ち込んだと思います。きっと、適当に好きなようにやらせといた方がずっと楽です。でも、お二人はちゃんと真摯に向き合ってくれて意見を言ってくれたんですよね……ありがとうございます、本当に」

そう言って恵真は二人に軽く頭を下げた。顔を上げた彼女は嬉しそうに二人を見て、笑みを湛えている。

恵真の表情が明るくなったことに、アッシャーとテオも安堵の表情を覗かせた。

そんな中、バートが小声でリアムに話しかける。

「リアムさん……、オレ、ちょっと良心が痛むっす。オレはただただ、利益追求のため言ったのに……」

「まぁ、その視点も必要ではあるから、気に病む必要はないだろう……だがそうか、お前にも良心があったのか」

「ひどいっす！　無給で協力しているオレにそれはひどいっす！」

確かに無給で恵真に協力しているバートだが、代わりにここに来るたびに食事をし、かつ十分な量を持ち帰ってもいる。それを知るリアムはバートの言葉に耳を貸さず、恵真に視線を向けた。

「香辛料に余裕があるのでしたら、その販売を考えてみても良いかと思います。開店準備など当面の資金にそちらを充てることができますから。冒険者ギルドを通し、私が販売すれば過度に怪しまれる恐れはないかと思います」

「リアムさん、優秀な冒険者っすもんね。確かに当分は経営面で、トーノさまの金銭面の不安はなくなるかもしれないっす」

恵真の厨房の香辛料やハーブは現状、不足はない。

働いてきた頃の預貯金を、恵真は開店資金に充てるつもりでいた。

だが、この国スタンテールの貨幣を得られるに越したことはない。

恵真はリアムの提案に頷く。

「はい。香辛料で良ければ、いくらかご用意できます」

「では今後、私がギルドへと持ち込みましょう」

当面の運営資金の不安もなくなり、恵真は安堵する。

「そういえば……その、こちらの店名ですが……」

リアムの言葉に、恵真以外の三人には微妙な緊張感が走る。

前回、恵真が決めた店名を全員で否定してしまった。

それには理由があるのだが、がっかりした恵真の姿に気が引け、理由も言えずにいる。

「はい！　新しいのを考えましたよ」

「本当ですか、それは良かった……」

恵真の言葉にリアムは勿論、皆どこか安心した様子だ。

「前の名前も可愛いと思うんですけどね……。どこかの誰かには、センスないって言われちゃったんですけど」

そう言った恵真はちらりとバートを横目で見る。

その一言に前回「センスがない」と言ったバートが、慌てて説明する。

「ち、違うんすよ！　魔獣に関連した名前を付けるのは、この街ではあまり好まれないんすよ！」

「え、どうしてですか」

「魔獣は賢いし希少な存在なんで、一時期それに関連する名をつけるのが流行ったらしいんす」

現代で言うと、ライオンなどの猛獣の名を付けるようなものだろうか。

だが、それの何が問題なのだろうと恵真は不思議に思う。

恵真の表情を見たバートが続けて説明をする。

「流行りに流行ったんすが……その結果、期待外れの店も多かったらしく、殆ど潰れちゃって……」

「あぁ、名前が立派だと期待もしちゃいますもんね」

「そう！　それ以降、魔獣に関連した名前を付けるのが廃れたんすよ。だから今でもイメージが悪く好まれないんすよね」

「なるほど……」

それが皆が反対した理由かと、恵真は納得する。

同時にやはり、皆が率直な意見を恵真に言ってくれていたのだと気付く。

マルティアの街の常識を知らぬ恵真には、なんとも心強い。

「ですが、それはあくまで店の名前の話です。クロさまがいらっしゃることは、店を特別な店だと印象付けます。もちろん、そのクロさまを従魔としているトーノ様にも、人々は敬意を払います。ご安心ください」

「そ、そうなんですね」

「クロさま、可愛いもんね」

「初めはちょっと怖かったけどな」

みゃう、と誇らしげにクロが一声鳴いた。

猫一匹、それは安心できる状況なのかと恵真は思うのだが、リアムはもちろん、アッシャーやテオもにこやかに言うので、そういうものなのかと素直に受け入れた。

バートがそんな恵真に尋ねた。

「で、店の名前ってどんなのなんすか？」

バートの言葉に、恵真はなぜか少し照れたような表情を浮かべ、視線を泳がせる。

「そ、そうですね。皆さんにも少し関係のある名前なんですけど……」

「オレらにも関係があるんすか？　え、なんすかね……」

「ぼくたちに？　エマさん、なぁに？」

「なんだろ、思いつかないな…」

皆、それぞれに口にするが、思い当たることがないらしい。

恵真は顔を少し赤らめながらも、胸元に両手をぎゅっと握り四人を見る。

「その、皆さんと出会えたことは『縁（えん）』だと思うんです。初めにアッシャー君やテオ君に出会えて、料理を好きだったことを思い出せた。そのあと、アッシャー君達がリアムさんとバートさんを私に紹介してくれて、力を貸してくれている。そんな出会いを『縁』だなって。だから、それに因んだ名前にしたいんです」

「縁ですか……」

「じゃあ、お店の名前は『エン』になるの？」

そう尋ねるテオに、恵真は少し考えて答える。

「お店の名前は『エニシ』にします。『喫茶エニシ』です……多分「エン」だと、こちらにもある言葉だと思うの」

「あぁ、確かにそうっすね。オレらも使うっす」

「そうですね。私も『エニシ』という言葉は聞いたことがありません」

恵真は、なぜかこちらの言葉を話せ、書くこともできる。

だが、中にはこちらの言葉に訳せないものがあった。

『カンバンネコ』や『マネキネコ』などの言葉がなかったように、『エン』ではなく『エニシ』ならばこの国にはないのではと恵真は考えたのだ。

通常、『エニシ』は男女間での関係で使われることが多い。

だが、スタンテールにはない言葉であること、また人と人との繋がりという側面から、恵真はこの言葉を選んだ。

四人はどう捉えただろうと、恵真はそれぞれの反応を待つ。

「俺はいいと思う！　他にない言葉なんて格好良いし！」

「うん、ぼくもいいと思う。喫茶エニシ、喫茶エニシ、うん覚えた！」

「まぁ、魔獣関連じゃなければ問題ないっす」

リアムはと、恵真が見ると微笑み、頷いている。

皆の反応にホッとしている恵真の足元には、いつの間にかクロがいた。

恵真が抱き上げると、みゃあと一声鳴く。クロを撫でつつ、恵真は周りにいる四人を見た。

ついこの前まで知らなかった人々が、今の恵真には心強い存在になっている。

これを「縁」と呼ぶのだろうと彼らを見つめ、恵真は思う。

この街にこれから、話題となる店ができた。

その店というのが「喫茶エニシ」である。

そこには、美しい黒髪を持つ店主と小さな黒い魔獣がいる。

そんな彼女には秘密がある。

彼女、遠野恵真の家には異世界へ続くドアがあるのだ。

🐾🐾🐾🐾

市場を後にしたバートは足早に大通りを行く。

そんなバートに声が掛けられる。少しハスキーなその声はバートも聞き覚えのあるものだ。

「バート、急いでどこへ行くんだい？」

「アメリアさん！　久しぶりっすね！」

声の主はホロッホ亭の女将(おかみ)、アメリアである。

けたたましく鳴く魔物ホロッホのように、朝早くから開店し翌日の朝まで開けている休み知らずの酒場、ホロッホ亭。

値段も手頃なホロッホ亭は若い冒険者や兵士などがよく通う店だ。

バートも例外ではなく、つい最近まで馴染みの店であった。

「最近、店に来ないじゃないか？　彼女でもできたね、こりゃ」

にやりと笑うアメリアにバートは赤茶の髪を掻く。

まさか、今後ホロッホ亭のライバル店になるかもしれない、恵真の店の準備を手伝っているなどとは口にできない。

「また、仲間連れて行くんでそのときはよろしくっす！　今日はちょっと待ってる人がいるんで！」

そう言ってバートは慌てたように、去っていく。

「なんだい、やっぱり彼女じゃないかい」

バートの背中を見たアメリアは、駆けていくその姿を微笑んで見送るのだった。

冒険者ギルドを訪れたリアムはギルド職員に声をかけられる。

目的の人物も不在であったため、ギルドを去ろうとするリアムに窓口の職員から声がかかる。

「エヴァンスさま、お急ぎでしたらこちらに……」

「いや、急ぎではないし、次回にするよ」

侯爵家で高位ランクの冒険者でもある自分を気遣ったのだろうと、職員の申し出をリアムは断る。

ギルドは独立した組織であり、人種、生まれ、身分を問わず、条件を満たし掟を守れば基本的に誰でも加入できる。

恵真を冒険者ギルドに加入させ、後ろ盾を作りたいリアムは、今後を考えギルド長に尋ねたい点が幾つかあったのだ。

「いや、このあと予定があるんだ。女性が好むものがわからず、時間が少しかかってしまって……待ってらっしゃるかもしれないな。これで失礼するよ」

「……あ、はい。またお待ちしております」

去っていくリアムの広い背中をギルド職員は茫然と見つめる。

「……リアムさんに女性の影……？」

喧噪(けんそう)の中で、彼女の小さな声はかき消されるのだった。

🐾🐾🐾🐾

アッシャーとテオの母、ハンナの体調は最近、安定している。

そのことに一番驚いているのはハンナ自身であろう。

子ども達が喫茶エニシで研修中なのだが、きちんとその対価が雇用主である恵真から与えられ、食事に困ることがなくなった。

今までは十分ではない量を三人で分け合い、ハンナ自身の量を息子達にわからぬように減らしていた。

外で働く育ち盛りの子ども達には、より多くの栄養が必要だと考えたのだ。

今は三人とも十分に食事を摂ることが出来ている。

もう一つは心労が減ったためであろう。

かつては息子達が無事戻るまで、不安を抱き、帰宅を待ち続けた。

息子達は帰ってきても、その表情が優れないこともある。

何も語らない子ども達だが、良くない扱いを受けていることが察せられ、そのような状況にした自分の無力さを痛感し、身を切られるような思いに駆られていた。

だが、今はそのどちらもがない。

すべては息子たちが、黒髪黒目の女性トーノ・エマと出会ってからだ。

「慌てないのよ、二人とも」

「でも、エマさんが待ってるから！」

「行ってくるね、お母さん！」

パタパタと走っていく子どもらしい姿がハンナの目は滲んでよく見えない。

流れる涙を拭うのも忘れ、ハンナは微笑み、見送るのだった。

四人が向かったのは同じ場所、喫茶エニシの開店準備に奮闘する恵真の元だ。

今回は市場調査を兼ねて、マルティアの味覚をそれぞれが選び、買い求めた。

街を知らぬ恵真のためにと自ら選んだ品に、バートは満足げに微笑み、アッシャーとテオは照れくさそうにはにかむ。

リアムはどこか落ち着かない様子で品物を未だ見せない。

テーブルの上にアッシャーが麻の袋に入った果実を置く。

「じゃあ、僕たちが買ってきたのはルルカの実です！」

そう言って取り出したアッシャーの手のひらには、丸いつやつやとした赤い実が乗っている。つるりとした実はミニトマト程で柑橘類のような爽やかな香りがする。

「お母さんがたまに買ってくれるんです。たまにびっくりするくらい酸っぱいものもあるんですけど、香りが良くって美味しいんです。美人の実って呼ばれていて、女性に人気があるんです」

「今回はリアムさんがお金を出してくれたんだ！」

見たことがない果実に触ってみるが、ふにふにと柔らかくどのような味なのだろうと恵真は目を輝かせる。

アッシャーの言葉を補足するようにテオが力を込めて恵真に話しかける。

「大丈夫！　エマさんはもう美人だから。ね、お兄ちゃん」

「え、あぁ、そうだな……」

初めて見る果実、そして可愛い兄弟に恵真は相好を崩す。

そんな中、バートは香ばしい匂いのする料理を取り出した。

「じゃあ、次はオレっすね。自由市でめずらしい料理を見つけたんすよ。最近できた新しい店みたいで、これなんすけど」

「うわ！　お米だ！　マルティアにもお米料理があるんですね」

インディカ米に近いだろうその米は、細長くパラパラとしている。刻んだ野菜や肉と炒めたのか、炊き込まれたのか、恵真は興味深く眺める。

そんな視線に得意げにバートは胸を反らしてリアムをちらりと見る。

「リアムさん、これはオレの勝ちっすね！」

「……今日の目的は、この街の食材や料理をトーノ様に知ってもらうためだと思っていたのだが」

「どんなときでも勝ち負けを競う！　これが冒険者や兵士の心意気っす！」

「いや、お前の周りだけの話だろう」

しかし、恵真やアッシャー、テオも興味津々の様子でリアムの袋を見ている。

リアムは覚悟を決めて、麻の袋に入ったものを取り出した。

「うわぁ！　可愛い!!」

恵真は歓声を上げる。

リアムが取り出したのはピンクのわたあめだ。恵真の知るわたあめとは違い、形がはっきりとしている。それはある動物を模したわたあめだ。

受け取った恵真はもちろん、アッシャーやテオも目を輝かせる。

「クロさまだ！　クロさまの形をしてるね！」

「クロのわたあめなんて、凄いですね！　どうやって作っているんだろう」

思っていた以上に好評なことにリアムは少し安心する。

「風の魔法使いが作っておりますね」

「魔法使い？　魔法使いがわたあめを作るんですか？」

「そうっすよ、屋台でよく見かけるっす。まぁ、貴族や商家の子向けの菓子っすね」

わたあめに使うのはザラメである。砂糖が高価なマルティアでは確かに庶民には手が届きにくい菓子であろう。

アッシャーやテオは目を輝かせて、クロの形をしたピンクのわたあめを見つめている。愛らしい形を崩すのに抵抗がないわけではないが、アッシャーとテオに喜んでほしい気持ちが恵真は勝る。

そっとわたあめを摘まむと、二人に差し出した。

「はい。食べてみよう」

「え、いいんですか？」

「もちろん、これはお菓子なんだもの。はい、テオ君も」

「ありがとう、エマさん」

初めて食べるのであろうテオは恐る恐るわたあめを口に含む。すると、テオの目がパッと開く。

「凄い！　しゅわって口の中で溶けてなくなったよ！　ほら、お兄ちゃんも食べてみて！」

テオに勧められるまま、アッシャーもわたあめを口に含む。アッシャーもまた驚きで目を見開き、テオに頷いた。

「本当だ！　甘くて柔らかくって不思議だな！」

「じゃあ、リアムさんとバートさんもどうぞ」

ピンクのわたあめを恵真に差し出され、戸惑うリアムだが、バートはすっと手に取ると口へ運ぶ。

「懐かしいっすね。オレもたまーに買って貰ったっす。リアムさんは？」

「俺は一度、兄と一緒に買ったくらいだよ」

「あー、高位すぎるとなかなか街を歩けないっすもんね。オレもあんまり縁はなかったっすね」

「甘いものが好きなのに？」

テオが小首を傾げながらバートに尋ねる。そんなテオのふんわりした髪を撫でてバートは笑う。

「まぁ、オレは砂糖よりハチミツ派なんすよ」

「確かにバートはいつもハチミツ入り紅茶だもんな」

バートのここでの定番はハチミツ入り紅茶だ。

開店準備を手伝う皆に、恵真が用意する飲み物でいつもそれをバートは飲む。

ハチミツの方が入手しやすく、貴族であれば砂糖を好みそうなものだが、バートが選ぶのはいつもハチミツなのだ。

そんな話を変えるように、バートはきりっとした表情で恵真を見る。

「で、この三つの中でどれが一番トーノさまは気に入ったっすかね？」

「え！　どれもマルティアの街を知れましたし、凄く嬉しいです。皆が一番です！」

「そんなぁー！　……ま、トーノさまならそう言うと思ってたっすけどね」

いつものように飄々(ひょうひょう)とした態度を崩さないバートは、諦めたように肩を竦める。

どの料理も食材も恵真の知らないものであり、これからこの街で店を開くにあたって刺激となったのだ。

頼もしい協力者達がいることを心強く思う恵真であった。


今日はリアム以外の者が恵真の元を訪れた。

食器を運ぶ練習をするアッシャーとテオは真剣だ。客役のバートはのんびりとハチミツ入りのアイスティーを飲んで座っている。

「そう言えば、バートってリアムさんのことを尊敬してるんでしょ？」

「そうっすよ。オレにとっては兄貴分っすねぇ」

「お貴族さまなのに？」

リアムは侯爵家の生まれである。バートの貴族嫌いに当てはまらないのかと兄弟は思ったのだろう。

そんな二人にバートは大げさに肩を竦めてみせる。

「確かにオレは貴族が嫌いっすけど、身分や肩書だけじゃなくってその人の中身もちゃんと見極めてるつもりっす！」

バートの言葉にアッシャーとテオは顔を見合わせると、くすっと笑う。

「じゃあ、エマさんのことも悪い人だなんてもう思ってないよね」

「ね！　エマさん優しいもん」

その言葉に驚いたのは恵真だ。

「え、そう思われていたんですか！」

「いや、なんていうか！　自分が貴族の生まれだけに貴族の嫌なとこはたくさん見て来たんすよ！　だから、注意深くなるっていうか……。リアムさんのことはもちろん信頼してますし、トーノさまも疑ってないっす！」

そう言ったバートは気まずそうに赤茶の髪を掻く。

その姿に恵真はもちろん、アッシャーとテオもくすくす笑う。

気恥ずかしそうに耳を染めて、バートはそそくさと店を後にするのだった。

大通りを歩きながら、バートは少々反省をする。恵真を疑ったことは、アッシャーとテオの安全のためには必要なことであった。

しかし、バート自身の家庭の事情もあり、先入観なしの判断だったとは言い切れない。バートが貴族を嫌うのは彼が育った環境にある。

子爵家の生まれであるバートだが、母は妾である。当然、格差をつけられて育ったバートではあるが、男児であるためか縁を切られることはなかった。

正妻の子供達と同じ屋根の下で育ったことはバートにとって不運だと言える。

バートの母の実家が商家であり、その支援を支えにしている子爵家だが、そのことを彼らが顧みることはなかった。

夕日を見るとバートは、母と過ごした部屋を思い出す。西日の強い夕暮れ時のその部屋で母とバートはよく紅茶を飲んだ。

実家の商家から贈られた茶葉と購入しやすいハチミツを使ったハチミツ入りの紅茶は、バートにとって思い出の味だ。

その穏やかな時間の中で、母に言われた一言はバートの中で小さな棘（とげ）のように心に引っかかっている。

「よく似ているわ」そう言って母は笑ったのだ。

バートの赤茶の髪は子爵家当主である父譲りのものだ。母は父を愛していたのだろうか。自分は父に似ているのだろうか。

そんな疑問を母に投げかけることもできないまま、母は旅立った。

母の柔らかな思い出と、ちくりと痛む父との共通点、バートは一人で皮肉気に口角を上げるのだった。

再び、恵真の元を訪れたバートは今日もハチミツ入りの紅茶を飲む。

今日も先日と同じアイスティーである。カラカラと氷が鳴る音も涼やかだ。

冒険者であるリアムは街を離れることもあり、代わりにバートが気を付けているのだが、それ以外にもついつい足を運んでしまう。

今日はもう研修を終えるようで、アッシャーとテオは帰り支度をし始めた。

研修中にもかかわらず、賃金の代わりの食事は提供されるようで、アッシャーとテオは嬉しそうに袋を何度も確認している。

母に知らせて喜ばせたいのだろうと、幼い頃の自分を思い出すような気持ちでバートは二人を見つめていた。——そのときである。

恵真が微笑みながら、バートに話しかけた。

「バートさんの髪の毛、おんなじですね！」

その瞬間、バートはひゅっと息を呑む。心臓は早鐘のように鳴り、呼吸も上手くいかない。なぜ、恵真がそのことを知っているのだろうか、父のことも知っているのだろうか。そんな考えが頭に浮かぶものの、不安と疑問で何も言葉にできず、バートは立ち尽くす。

汗が背中を伝うのは、西日の強さだけではないだろう。

母と同じ言葉を微笑みながら言う恵真に動揺し、バートは固まるばかりだ。

恵真の顔にも西日が当たり、眩しそうにこちらを見つめながら微笑んでいる。

「バートさんの髪、今入れた紅茶の色とおんなじです」

「……っ、紅茶っ……」

その言葉にバートは自分の手元に視線を移す。赤みのあるこの色が、自分の髪と同じ色なのだろうかとバートは恵真を見る。

「夕暮れの日が当たって、赤みが増して紅茶色ですよ」

「本当だ！　日が差すと色が紅茶みたいになるんだな」

「ふふ、バートは紅茶が好きだからぴったりだね」

微笑みながら話す三人はバートの髪を見つめる。

その様子はごく自然なもので、他の意図はないだろう。そもそも、バートと母が過ごした時間を恵真が知るわけはないのだ。

少し冷静になったバートは母と過ごした時間を思い起こす。

母も同じ意味で言っていたのだろうか。バートはそっと赤茶の髪に触れる。

二人で過ごすあの時間、母は嬉しそうにバートを見つめ、頭を撫でた。その笑顔と優しい手をバートは今も覚えている。

母が何を似ていると言っていたのか。今では確かめようもない。

だが、あの時間、母の愛情がバートに注がれていたのは間違いない事実だ。

バートは肩を竦めて、冷たいアイスティーで渇いた喉を潤す。

それは彼が抱えてきた小さな棘をさらりと流して溶かす、そんなアイスティーであった。

春キャベツとミネストローネ

その日は、冷たい雨が降っていた。

そのため、少し早めに恵真はアッシャーとテオを帰らせた。

店には恵真とリアムとバート、そしてクロがいる。

喫茶エニシ開店の準備はほぼ終わり、あとはいつ開店するかというところだ。

コトコトと鍋で何かを煮込む恵真に、リアムが声を掛ける。

「トーノ様、開店祝いとして看板を私に贈らせてくれませんか」

「え、いいんですか?」

「もちろんです。立て看板にしてはいかがでしょう。アッシャー達でも運べますし、開店中か閉店しているかがわかりやすいですよ」

「ありがとうございます! 楽しみです」

思ってもみなかったリアムからの厚意だが、恵真は素直に受けることにした。

そんなリアムの提案が初耳だったのは、バートも同じようだ。

「……お、オレはそうっすねぇ。宣伝、そうっすね! ここの良さを宣伝しとくっすよ! まぁ、オレが声を掛ければ客の十人や二十人、あっという間っすよね」

そう言ってなぜか胸を張り、得意気なバートにリアムがぼそっと呟く。

「ここには防衛魔法がかかっているからなぁ、邪な心を持っていては通れないだろうな。お前の知り合いか……果たして一体どれだけの人物が、このドアをくぐれるものか……」

「ぐっ！　……ほら、オレの知り合いっすから！　こう、害意がないのは勿論！　曇りなく穢れなき心の持ち主っすよ！　……多分」

いずれにせよ、害意や敵意のある者は入れないのは確かである。

そういった意味では、ここは非常に安全な場所ではあるのだ。

外はどんどん薄暗くなり、雨は激しさを増す。

ガラスの窓には雨粒が打ち付けられ、音を立てる。

恵真は、コトコトと煮込んでいる鍋を木べらでかき混ぜながら、天候を気に掛ける。

アッシャー達には傘を持たせたが、無事に帰られたのだろうかと。

いつの間にかそんな恵真のカウンター越しにバートがいて、鍋を覗き込んでいる。

「それはなんすか？　この前のチリコンカンに匂いも見た目も似てるっすね」

「あ、見た目は近いですよね。これはミネストローネっていうスープです」

「みねすとろーね……なんか人の名前っぽいっすね」

「意味は『具たくさんのスープ』っていうみたいです。先日、新鮮なキャベツを頂いたので、それを使ったスープなんです。あとは玉ねぎや人参、じゃがいもを入れました。トマトは入れないこともあるみたいなんですけど今回は入れて、あとは健康にいいから豆も入れました！　栄養沢山です」

そう聞いたバートはピンとこないらしい。

恵真の言葉に首を傾げて、コトコト煮込む鍋の中を見つめている。

鍋の中には、丁寧に細かく刻まれた野菜と豆が煮込まれ、食欲をそそる匂いが香る。

「野菜に豆っすか？　肉の方がいいんじゃないっすかねー、栄養には」

「野菜も豆も健康にいいんですよ。明日、アッシャー君達に食べて貰おうと思って豆も入れたんです。育ち盛りの子には栄養が大事ですから」

料理について語る恵真は、本当に楽しそうである。

一方、にこやかな恵真と向き合うバートは真剣な面持ちだ。

そして、恐る恐るバートは鍋を指差し、恵真に尋ねる。

「こ、これはオレの分もあるんすかね……」

ゴクリ、と喉を鳴らしたのは緊張か食欲か、はたまたその両方だろうか。

そんなバートに恵真は笑顔のまま答える。

「はい、もちろん。バートさんとリアムさんの分もありますよ」

「っっっしゃぁー！　今日の夕飯、確保っす！」

「……バート、少しは落ち着け」

「いえいえ、喜んでくれると作り甲斐があるものですよ」

「そうっすよ、リアムさん。女心がわかってないっすね」

わかりやすく浮かれるバートを、リアムは呆れて見つめる。

だが、恵真はと言えば、その言葉通り嬉しそうであり、それ以上、リアムから何か言うこともない。

確かにこの冷たい雨が降る日に、温かい料理は何より嬉しい。

けれど、それを上手く伝えるすべをリアムは持たない。

生真面目で誠実ゆえに、女心がわからないとは言われることがある。

軽口を叩くバートの言葉を否定もできないのだ。

喫茶エニシには、恵真の作ったミネストローネの香りと蒸気が満ちる。

外とは違い、温かく穏やかな時間がそこには流れていた。

だがそれは突如、破られる。

突然の来訪者が現れたのだ。

バタンと大きな音が鳴り、裏庭のドアが開いた。

その音にリアムはすぐ振り向き、腰の剣に手を掛ける。

バートは後ろの恵真を隠すように立つ。

恵真は困惑しながら、裏庭のドアを開けた人物を見つめた。

それは、少し古びたジャケットを頭から被った男であった。

濡れないためなのだろうが、激しい雨でジャケットはびっしょりと濡れている。そのうえ、なぜか
男は体を傾けながら、大切そうにお腹の辺りにカゴを抱えていた。

必死な様子で男は恵真達に話しかけてきた。

「すまない。少しの間だけ、ここにいさせてくれないか」

少し震えているのは、冷たい雨のせいだろうか。

恵真にはその様子は助けが必要に見え、リアムとバートに視線で語り掛ける。

仕方なく、リアムとバートは、突如現れた男の話を聞くことにしたのだ。

🐾🐾🐾🐾

見れば男は、カタカタと震えている。

そんな男をドアの入り口近くに座らせて、その前にリアムとバートが立つ。

恵真はそんな二人から離れた位置にいた。

念のため、キッチンの奥で待機するように二人から言われたのだ。

恵真の近くには護衛のようにクロが座り、リアム達の様子を眺めている。

「あの！」

「なんすか？　トーノさま」

バートが恵真の方に目を向けるが、リアムは黙ったまま、男から目を離さない。

部屋に緊張感が満ちる中、恐る恐る恵真が言葉を続けた。

「えっと、タオルがこっちにあります。こちらを使ってください」

「……トーノさま！」

「はい！　でも裏庭のドアから来られたなら問題ないって、以前、お二人は言ってました！　あと、その方、震えていますし！　……ね？」

「はぁっ……わかったっす。でもタオルはオレが渡すっすよ」

「はい！　お願いします」

恵真はキッチンの棚からタオルを用意し、お湯を沸かし始める。

そんな様子にバートは肩を竦めた。

濡れたジャケットを被り、ぼんやりと恵真を見つめていた男は、ぽつりと言葉を溢す。

「あれは黒髪の女性……？　まさか……あぁ、私は死んだのか。そうか……これをあの子に持って帰ることができなかったのだな……せっかく手に入れたのに」

そう言って、大事そうに抱えているカゴを見つめる。

恵真からタオルを受け取ったバートが、乱暴に男の頭から濡れたジャケットを取り上げ、代わりにタオルを乗せる。

ジャケットをどこにやろうかと見回すバートに、恵真が手招きし、ハンガーを渡した。

突然の来訪者に丁寧な対応をする恵真に、バートは呆れ顔だ。

「ほら、それで拭くといいっす。アンタは生きてるんすよ！　まったく、突然、現れて何を言ってるんすか」

「私は生きている……？　では、あの女性は……黒髪の女性が存在するなんて……」

「……余計なことは言わなくていい。それで拭きながらで構わないから、こちらの質問に答えてくれ。あんたはなんのためにここへ来たんだ？」

そう、喫茶エニシは未だ開店はしていない。

看板すらないのに男はここを訪れたのだ。

いくらあのドアを通り抜けてきたからとはいえ、リアムやバートが警戒するのは当然である。

タオルを頭に乗せたまま、情けない表情を浮かべて男は話し出す。

それでも、その腕には大事そうにカゴを抱えたままである。

カゴには布が掛けられ、中の様子がわからない。

「俺は……卵を買いに行ったんだ」

「卵とはそのカゴの中のものか？」

「あぁ、そうだ。これは俺が大金をはたいて買った大切な卵なんだ」

話を聞いたリアムもバートも首を傾げる。

卵というと、なんらかの動物を飼うのだろうか。

だがそれに大金をはたくなど、聞いたこともない。

一体どんな卵を、この男は手に入れたのだろう。

そんな二人の疑問に男は気付いたのか、大事そうにカゴの布を撫でながら、そっとその理由を打ち明けた。

「これはな、魔物ホロッホの卵なんだ」

男の言葉にリアムもバートも目を瞠る。

近年、ホロッホは家畜として国が目をつけた魔物である。

その鳴き声こそ、けたたましいものの肉は美味なのだ。

人里近い森林に生息するため、魔物の中では比較的入手しやすい部類に入る。

そのため、国が家畜化に力を注ぎ始めたのだ。

もちろん、野生のホロッホもギルドに依頼を出せば入手は可能だ。

しかし、家畜化されたものも野生のものも、それなりの価格になってしまう。

魔物としてはそこまで強くないホロッホだが、基本単独で行動すること、また巣から離れて行動するのが攻撃力の高いオスであることがその理由だ。

卵やメスが入手できるのは稀なため、高額とはなる。

逆に、金さえあれば入手できる素材とも言える。

確かにその卵であれば、男が丁重に扱うのも無理はない。

「ホロッホはその肉に栄養があるだろう。俺の息子は病気なんだ。医者に見せたら、栄養価の高いものを食わせろという。それでなんとか、その卵を売ってくれる男を探し出したんだ。これで息子はきっと良くなるだろう」

「……そうだったんすね」

「急に入ってしまって悪いな。雨が止んだらすぐに出ていく。だから、しばらくここにいさせてくれないか？　金は……その、ないんだ。この卵に有り金のほとんどを使った。代わりになんでもしよう！　どうか、いさせてくれ！　卵を、冷やしたくないんだ……」

そう言った男は大事そうにカゴを抱えながら、深く頭を下げた。

その様子を見ながら、リアムとバートは思案顔だ。

確かに防衛魔法のかかったドアから、こちら側に入って来られた男は、恵真にとって安全だろう。

しかし、敢えてここに置く理由もこちら側にはないのだ。

そんな二人の迷いを、明るい声が打ち消した。

「……いいですよ、雨が止むまでなら」

「本当か！　お嬢さん！」

「トーノ様、よろしいのですか？」

「そのつもりで、もうお湯を沸かしてしまいました」

「……わかったっす」

タオルを用意した恵真が次にしたのは、お湯を沸かすことだ。

つまり、その時点でもう恵真は、男に何かしら温かいものを用意するつもりだったのだ。

こうなっては、もう男を追い出すわけにもいかない。

念のため、男への警戒を保ったまま、リアムとバートも突然の来訪者を受け入れたのだ。

ザアザアと激しく雨は降り続ける。

クロは音など気にならないようでウトウトとしていた。

バートが差し出した湯呑みを男は受け取った。

その中には白湯（さゆ）が入っている。

紅茶にすればおそらく男は気を遣い、口にすることはできなかっただろう。

白湯の温かさが湯呑みから伝わるのか、男は大きな手で包み込むように持っている。

「あぁ……温かい。すまないな」

「……礼なら、こちらの方に言うっす」

「すまない。お嬢さん、あなたの優しさに感謝するよ」

「え！　いえいえ、とんでもない！」

お礼にと言うより、お嬢さんと呼ばれたことに動揺し、恵真はわたわたと手を振った。

恵真は未だ、男から距離を取り、カウンターキッチンの中にいる。

安全のためもあるのだが、煮込んでいる鍋から離れられないのもあった。

コトコトと煮込む鍋からは良い香りが漂い、その蒸気で部屋も温まる。

「俺はルイス、農家なんだ。だから栄養があるものなんて息子に食わせてやれなくってな」

「……」

なぜか、その男ルイスの言葉にリアムもバートも何も返さない。

その様子は恵真の目にはどこか不自然に映る。

先程のバートの会話でもそうだったが、農家であれば、新鮮で体に良い野菜が手に入るのではないだろうか。

だが、この国の常識に疎いうえ、妙に緊張感のあるこの状況だ。

口を挟まぬ方がいいだろうと恵真は判断する。

リアムとバートは恵真の様子も気に掛けつつ、ルイスと名乗るその男と、魔物ホロッホの卵の話をしている。

「この卵があれば、ホロッホが生まれる。オスでもメスでも、肉は栄養があると聞く。きっと息子も元気になるだろう」

「……その卵はどんな男から入手したんだ？　ホロッホの卵なんて、ギルドを介さないと手に入らないだろう。相手は冒険者か？」

「いや、ギルドを通すと金がかなりかかるらしい。今、ホロッホの家畜化に国が乗り出しているだろう？　その関係で伝手があるらしく、手に入ったそうなんだ」

「……そうか」

ルイスの言葉にリアムの表情は曇る。

その様子はどこか彼を案じているように恵真には見える。

バートは赤茶の髪を掻きつつ、ルイスの前にしゃがみ込む。

下から覗き込む形でルイスと目線を合わせた。

「なぁ、ルイスさん。その卵、オレらに見せてくんないっすかね」

「え？　ホロッホの卵をか？」

「バート……だが、もし俺たちの思う通りだったらどうする」

「でもリアムさん、……持って帰って知るよりも、ずっといいんじゃないっすかね」

困ったような顔をして自身を見るバートに、リアムも顎にその大きな手を当て考えている。

二人の表情は深刻なものである。

そんな二人の様子にルイスは戸惑っていた。

「そうだな…お前が正しい。それにまだ俺たちの想像の段階で、そうと決まったわけではない」

「……ん、そうっすね。…そうだといいっす」

「なんだ？　この卵に何かあるってのか……？　あぁ、悪いが譲ってほしいとか、そういうのはなしだ。これは俺にとって息子を救う唯一の方法なんだからな」

慌てるルイスをリアムが宥める。

相手を落ち着かせるように手のひらをルイスに向け、少しゆっくりと話しかけた。

「いや、我々はそんなつもりはないよ。一目、その卵を見せてほしい」

「本当か？」

「もちろんだ。卵には決して触らない。見せてくれればそれだけでいい。なぁ、バート」

「リアムさんの言う通りっす。アンタが持ったままでいいっす。その布をめくって卵をチラッと見せてくれたらそれでいいんすよ。絶対に触んないっすから」

「……わかった。ここに置かせて貰ってるんだ。構わないよ。だが、念のため離れた場所から見てくれ」

そう言ったルイスは裏庭のドアに背中を寄せる。

そして、そっとカゴの布を取った。そこには薄青色の卵が入っている。

だが、ルイスはすぐに布で卵を隠してしまった。

それだけ、彼にとっては大事なものなのだろう。

そして、再び両手と体でカゴを覆い隠す。

「どうだ？　これでいいか？」

「あぁ、わかったよ……十分だ」

そう言ったリアムは凛々しい眉を顰め、眉間に皺を寄せている。バートも赤茶の髪をぐしゃぐしゃと掻き、口をぎゅっと結んだ。

二人とも何か思うところがあるのだが言えずにいる、そんな印象だ。

そんな二人の姿は、ルイスが思っていたものとは違ったようだ。

「お、おい！　なんだよ？　この卵に何か問題があるのか？」

二人の様子に不安に駆られたのであろう。ルイスはリアムに詰め寄る。

それでも、その両手にはしっかりと卵が入ったカゴが抱えられていた。

それを見たリアムは深いため息をつく。

頭一つ分背が高いリアムは、自然とルイスを見下ろす形になる。

だが、その瞳は真剣であり、ルイスを案じているのが伝わる眼差しだ。

リアムの雰囲気に気圧されたのか、ルイスは立ち止まる。

「ルイス、よく聞いてくれ」

「な、なんだ」

一歩ルイスは後ずさる。無意識のうちに卵を守るように腕でカゴを覆った。

そんな彼を見るバートの表情は暗い。

恵真は何が起きているのかわからず、リアムの言葉を待った。

「それは確かにホロッホの卵だ」

「……あぁ！　そうだろ！　そうだよ！　これはホロッホの卵なんだ！　息子のために、俺はこれを買ったんだ」

リアムの言葉にルイスは不安が消えたのだろう。

どこか興奮したように言葉を続ける。

ルイスの様子にリアムは少し目を伏せる。それはどこかいたわり、言葉を選んでいるようであった。

だが、意を決したようにリアムは話しかける。

「だがな、それは無精卵なんだ」

「……は、なんだ、え？」

「俺は冒険者で、ホロッホの卵を何度か見たことがある。卵には二種類あるんだ。それが薄緑と薄青い色だ。野生のホロッホはつがいだから薄緑色の卵を生むことが多い。つがいではないメスも卵を生むがその色は薄青、つまり無精卵だ」

「そんな……じゃあこの卵からホロッホは……」

「……残念だが孵(かえ)ることはない」

その言葉に、力尽きたようにルイスは地べたに座り込んだ。

雨は相変わらず激しくと降り続く。

コトコト煮立つ鍋の蒸気で部屋は暖かい。

その香りが満ちる部屋の中、ルイスは真っ青な顔でカゴの中の卵を見つめていた。

しゃがみ込んだルイスを、見かねたバートが椅子に座るように促す。

だが、力が入らないのか立ち上がることができない。

そんなルイスを、仕方なくリアムとバートが二人がかりで椅子に座らせた。

激しい雨が窓に打ち付けられる音と、コトコトという鍋の音、それだけが部屋に響く。

恵真たちは、かける言葉も見当たらず、彼を見つめた。

そんな中、ルイスが口を開いた。

「は、はは、俺は騙（だま）されちまったのか……」

ルイスが抱えていたカゴをリアムがテーブルに置いた。

だが、もうルイスがそれを守ることはない。

痛々しいその姿を恵真は不安そうに見つめた。

放心したルイスは、ぼそぼそと一人呟く。

「あの子になんて言ったらいいんだ……肉を食わせることができない。……息子に満足に飯を与えられないなんて……」

ルイスの様子をリアムとバートもただ黙って見つめているだけだ。

そんな姿を見かねた恵真は、つい口を挟む。

「どうしても、お肉じゃなきゃダメなんですか？　あの……豆を食べてはどうでしょう」

恵真の何気ないその発言に空気が凍る。

リアムとバートは表情を硬くし、ルイスの顔は青から赤へと変わった。

何か問題があっただろうか——恵真がそう思った瞬間、ルイスが急に立ち上がって恵真に向かう。

それを瞬時にリアムが押さえつけた。

「あんたは！　俺達、農民を馬鹿にしているのか！　農民には肉を食べる価値がないと……そう言いたいのか！」

「え……」

「俺の息子は……息子は……！　肉を食う資格がないと！　そう言いたいのか！」

ルイスの怒声が部屋に響き渡る。

リアムがしっかりと押さえつけてはいるが、自らの言葉が激昂させたと気付いた恵真は驚き、ルイスを見つめることしかできない。

驚く恵真の元にバートがそっと近付く。

「……大丈夫っすか？」

「は、はい。でもどうしてルイスさんは……」

「ん、……あぁ、そっすか。そうっすよね……トーノさまは知らないっすよね」

「え？」

「この国では、農民は階級が下に扱われるというか……だから、あまり裕福ではないんっす。ホロッホの卵が無精卵で打ちのめされてるときに、トーノさまみたいに裕福そうな方に『肉ではなく豆を食え』そう言われっちまったので……きっと、感情が抑えきれないんすよ……」

普段の気さくさとは違い、深刻な表情でバートは恵真に説明をする。

それを聞いて恵真は衝撃を受ける。

悲嘆に暮れるルイスの傷口に、塩を塗るような言葉を掛けてしまったのだと恵真は自身の発言を悔やむ。

しかし、そこには一つ、大きな誤解があるのだ。

だが、その誤解を解くにはどうしたら良いのだろうと恵真は悩む。

今、感情的になったルイスに、恵真が言葉を掛けるのは逆効果になる気がした。

すると、今まで寝ていたクロが起き上がり、ぐっと伸びをする。

「クロ?」

てとてとクロは脚を進め、棚から降りると、ルイスを抑え込んでいるリアムの足元に行く。

「クロさま?」

「っ！　ひ！　魔獣！」

クロの緑の瞳を見たルイスは驚きのあまり、固まってしまう。

そんなルイスをリアムは再び、椅子へと座らせた。

クロはまたてとてと歩き、椅子に腰かけたルイスの前にちょこんと座る。

そして恵真を振り返り、にゃあと鳴いた。

思い切って、恵真はルイスに声を掛ける。

「あの！　お出ししたいものがあるんです。良かったら召し上がってください」

「は？　……アンタ、何を言ってるんだ！　それに、俺には金が……」

「いえ、これは……賄いなので。それよりも、私はあなたに失礼なことを言ってしまいました。私がこの国の状況に疎いため、あなたを傷付けてしまった。……本当にごめんなさい」

そう言った恵真の表情は、座ったルイスからは見えなくなる。

彼女が頭を下げたことに気付いたのは、恵真が頭を上げた後だ。

ルイスより遥かに上質な服を着た女性が頭を下げ、彼に謝ったのだ。

「少しだけ時間をください」

そう言うと女性は何かを始めたようだ。

女性が黒髪であることから、異国から来たことは間違いないであろう。

先程の戸惑った姿や謝罪する様子からも、彼女がルイスの立場を知らなかったことは、嘘ではないかもしれない。

何より、ルイスの目の前には今、魔獣がいる。

そもそも、ここを訪れたとき、ルイスは女性が黒髪であることに気付いていたのだ。

それでも、ホロッホの卵を安全な場所に持って来られた、その安心感のほうが先に立ってしまった。

今、見れば家の様式や置かれた家具にも、質の良いものが目立ち、高級感がある。

雨の中、見知らぬ者を置いてくれただけでもありがたい話なのだ。

魔獣を引き連れた黒髪黒目の女性に、感情的になり、無礼を働いた。

その事実に、ルイスは目の前が真っ暗になる。

そもそも、ホロッホの卵に関してはルイス自身の過ちである。

しっかりとした知識がないまま、大金をはたいてしまった。

その事実もまた、彼女の護衛であろう男達に教わったのだ。

知らずに持って帰っていたら、いらぬ期待をさせ息子を落ち込ませていただろう。

さぁさぁと静かに雨は降る。

恵真は温めた料理を持って近付いてきた。

待たせたその時間はほんの少し、だがルイスには遥かに長い時間に感じられた。


「どうぞ、熱いので気を付けて召し上がってください」

ルイスの前のテーブルには、皿に入ったスープがある。

細かく野菜が刻まれ、よく煮込まれたスープは旨そうな香りがした。

ホロッホの卵を手に入れて、真っすぐ村へ帰ろうとしていたルイスは、昨日から何も食べてはいないことを思い出した。

「あ、あの、でも俺は……」

「冷める前にどうぞ」

そう言う恵真に戸惑い、護衛であろう男達の方を見る。

彼らはルイスに向かって黙って頷く。

これは食べろということだろうか、とおずおずとスプーンを手に取り、ルイスはスープを掬うと口に運ぶ。

「あぁ、旨いな……」

細かく刻まれた野菜は甘く柔らかい。

すきっ腹にも優しく、冷えた体を内から温めてくれるようだ。

ルイスは黙々と胃に納めていく。野菜は普段、ルイスも食べ慣れたものである。

キャベツ、じゃがいも、人参、玉ねぎ、それに肉と豆が入っていた。

高価な肉と安い豆や野菜を同じスープに入れてしまうとは、大胆な料理である。

価値のある肉を豆と煮込むとはと、ルイスは思う。

そこでルイスは気付く。裕福な彼女にとっては、どちらも特別ではないのだろう。

だから高価なものも、安価なものも共に料理に入れたのだ。

おそらくは、先程のあの発言にもそのような事情があったのだろう。

「お口に合ったようで良かったです。お隣の岩間のおば……隣人の方が育てたキャベツと裏庭で祖母が育てている食材を使ったんです。他にも野菜を育てているんですよ」

「え……あなたのおばあさまが……なぜ？」

「えっと……やっぱり新鮮なものが食べられますし、育てるやり甲斐ですかね？　あ、もちろんルイスさんみたいな本職の方を前にして言えるほどじゃないんですけど……！」

慌てたように手をブンブン振る恵真に、リアムが問う。

「先程、トーノ様がこの者に豆を勧めた理由はなんでしょうか。考えてみたのですが、私には思い当たらないのです。確かに安価ではありますが、肉の代わりには到底なり得ないかと……」

ルイスが気になってはいたが、口に出さずにいたことをリアムが率直に尋ねる。

「私が住んでいたところでは、豆は栄養価が高い食べ物とされています。ある種のものは『畑の肉』なんて呼ばれているんです」

「！」

「肉と少し形は違いますが、たんぱく質やビタミンB群が入っていますし、鉄分やカルシウムも豊富なんです。お医者さんが栄養価の高いものがいいと言われたのでしたら、豆でもいいのかなって思って……」

「あ、あの！　それはどういう意味ですか！」

ルイスが興奮し立ち上がる。

そんな姿に驚きつつ、恵真はやっと自分の考えをきちんと説明できることに安堵する。

「えっと、お肉を無理して買わなくっても、普段の生活の食材で栄養は摂れます。特に、豆はお肉の代わりになりますし、ルイスさんが作っている野菜にも目に見えない栄養がたくさんあるんです。豆は消化機能が弱っている方には少しずつ食べて貰ったり、こんな風に柔らかく煮てください。少し、手間はかかるんですが……」

「そ、それは本当ですか……豆ならいくらでも手に入れられます！」

「良かったです。あと……卵にも同じ効果があります。息子さんに食べさせてあげてください」

そう言って恵真は微笑んだ。

ボロボロと大粒の涙を溢しながら、ルイスが恵真の手を握る。リアムが驚き、止めようとするが恵真は首を振った。

恵真の手を握るその大きな手は、荒れていたが力強い。

家族のために働く優しい男の手であった。

薄暗かった窓の外が明るくなりつつある。

どうやら雨は止むようだ。

ルイスの濡れた髪も乾き、濡れたジャケット姿でも少しはマシな様子に見える。

何よりもその表情は晴れやかであった。

支度を終えたルイスは恵真をじっと見る。

「……私は、その男に騙されたのかもしれません。だが、無駄ではなかった。こうしてこの店を知り、あなたに出会えたのだから。得難い知識を私はあなたに頂いた。感謝します」

「どういたしまして、息子さんが良くなることを願っています」

「ありがとうございます！　黒髪のあなたの願いは特別だ。きっと神にも届くでしょう。また、こちらに伺う際は、私の育てた野菜をどうぞ受け取ってください」

「はい！　楽しみにしてます」

深く頭を下げた後、笑顔でルイスは去っていく。

テーブルの上に乗ったカゴの中には、ホロッホの卵がある。

それを興味深そうにクロは前脚を使って、コロコロと転がしている。

せめてもの礼にと、ルイスが置いていったのだ。

リアムは、ルイスに話した恵真の知識に関して尋ねる。

「先程の知識はどういったものでしょうか。恥ずかしながら私は初めて知りました」

「そうですね、料理をしていく中で自然と身に付いたもの、でしょうか……」

知識と言うほど堅いものでもなく、いつの間にか知っていたものだ。

雑学といったほうがいいレベルのもので、恵真は少し気恥ずかしくなる。

そんな恵真とリアムをよそに、バートはホロッホの卵が気になるようだ。

「ホロッホの卵、何にして食べるんすか？　トーノさま、オレの分も……ん？」

「どうした、バート」

「リアムさん……これって何色っすかね……」

そう言って、そっとバートが持ち上げた卵を二人はまじまじと見つめる。

その卵は、間違いなく薄緑色をしていた。

「これは……有精卵の色になっている……？」

「そ、そうっすよね、そうっすよね！　薄緑っすよね！」

「だが、なぜ……」

驚き、卵をじっと見る二人に、恵真が慌てて話しかける。

「か、返しましょう！　メスだったら卵を生みます。無精卵でもいいんです！　毎日卵が食べられるようになりますから！　卵もお肉の代わりになります！」

「オ、オレ、伝えてくるっす！　あの人、呼び戻してくるっす！」

「お願いします！」

そう言ってバートはドアを開け、走り出す。

残された恵真とリアムは卵を見つめる。

リアムの大きな掌の上に、小さな薄緑色の卵が確かにある。

先程、遠目から見た恵真だが、間違いなく薄青色であったはずだ。

理由はまったくわからない。

だが、有精卵であれば温めることで確実に孵化するだろう。

恵真は、ポケットから花柄の大ぶりのハンカチを取り出し、卵をそっと包む。

そのまま、ルイスのカゴの中にあった雨で濡れた布をとり、ハンカチごと卵を戻した。

屋外からはドタバタと大きな足音、そして何かを言い合う男達の声が近付いてくる。

窓から光が差し、部屋の中を明るくする。
どうやら、いつのまにか雨は上がったようだ。
日差しもあるため、このまま気温も上がっていくだろう。
きっとルイスも卵も、冷えることなく帰途に就けるはずだ。
コトコト煮立つ鍋の蒸気で部屋もまた暖かい。
その香りが満ちる部屋の中で、恵真は安堵のため息をついた。

開店日を明日に控えた喫茶エニシ、恵真はアッシャーとテオと準備に勤しむ。

三人を気にかけてか、リアムとバートも顔を出した。

なぜかリアムは、大きな荷物を抱えている。

粗方の準備が済んだところで、休憩にしようと恵真が紅茶を用意し始めた。

いつもの紅茶に、茶菓子として添えたのは、苺のジャムとクラッカーである。

クラッカーは市販のものだが、ジャムは庭で採れた苺を使った恵真のお手製だ。

アッシャーとテオは、クラッカーを嬉しそうに口に運ぶ。バートもいつものようにハチミツを紅茶に落とした。

そんな中、リアムは先日のホロッホの卵への疑問を口にする。

あの日、確かに薄青色のホロッホの卵が薄緑色になったのを三人は見た。無精卵の卵が有精卵となったのは事実だ。

常識ではあり得ない現象を、三人は目の当たりにしたのだ。

「先日の卵ですが、なぜ色が変わったのでしょう」

「うーん、あの日は雨で曇っていましたし。晴れたときと比べたら、同じ色が違って見えたとか……」

「そもそもが、オレらの見間違えだったり？　でも、しっかり薄緑でしたよね」

腑に落ちない表情のリアムに、バートが肩を竦める。

「まぁ、考えても答えが出るわけじゃないっすよ」

「そうですね。でも、無事に卵が孵ってるといいですね」

「……えぇ、そうですね」

あの男ルイスは、病を抱えた息子のために大金を叩（はた）き、ホロッホの卵を買い求めたという。

恵真が豆でも肉に近い栄養を取ることができるという知識を与えたが、それでもホロッホが孵るに越したことはない。

現在、卵は庶民にはやや高めの金額設定となっている。

理由は、家畜としているクラッタが小さめの鳥であり、その卵も小振りなためだ。

そのため、国が新たにホロッホの家畜化に力を注いでいるのだ。

そのことを恵真に話すと、なぜか嬉しそうな表情を浮かべた。

「では、上手くいけばもっと気軽に卵を街の方が食べられるんですね！　卵が広がれば、もっと料理の幅も広がりますし、より栄養価が高い食事になりますね。うん、良いことですね」

「まぁ、そうっすね！　卵料理、旨いっすもんね」

自身には関係のない、庶民の食生活の充実を喜ぶ恵真の視点。

自然に民のことを案じられる素養が恵真にはあるのだとリアムは思う。

ルイスの件で恵真が見せた、食と栄養に関する知識も、リアムにとって興味深いものであった。

それを惜しみなく、雨の中訪ねてきた男に与えてしまう辺りが、どうにも危なっかしく、同時に恵真の人の好さが滲み出ている。

黒髪黒目であり魔獣を引き連れているだけが懸念ではない。

それ以外の点でも、恵真は人からの関心を集めそうに思え、リアムは案じていた。

そんなリアムが、今日訪れたのは準備を手助けするためでもあるが、もう一つ大きな目的がある。

恵真の好みに合うか不安を抱きつつも、それを皆の前に置いた。

「こちらを——お約束していたものです」

「開けてもいいですか」

「もちろんです。どうぞご覧になってください。お気に召す品であれば良いのですが……」

テオの腰と同じくらいの高さの四角い「それ」から恵真は白い布をはぎ取る。

その瞬間、アッシャーやテオ、そして恵真から歓声が上がった。

それは、喫茶エニシの看板である。

店の内装にも似合う、深いブラウンの木で作られた看板は「喫茶エニシ」の名、それと共にデザインされているのがクロである。

右に店名、左にはすっくと遠くを見るクロが彫られていた。

「素敵……凄く素敵です！　いいんですか、リアムさん！　こんな立派な看板を頂いて……」

「そう言って頂けると嬉しいです。トーノ様の御都合が良ければお使いください」

「御都合はばっちりですよ！　ありがとうございます！」

喫茶エニシ

恵真の反応に、リアムは穏やかに微笑む。

アッシャーとテオはしゃがみ込んで、彫られたクロと本物のクロを見比べている。

クロも看板の前に座り、まんざらでもない様子だ。

「どっちも可愛いけど、本物の方が目がくりくりしてるね」

「にゃあ」

「でも、こっちの看板も格好良いぞ。気品があるっていうか」

「みゃう」

「いや、どっちも格好良いけどさ」

いつの間にか、アッシャーたちとクロはかなり親しくなったようだ。

クロと二人の兄弟、可愛らしい光景に恵真は微笑む。

そんな恵真に、バートがなぜか、ちゃんと自分は友人を客として連れてくると力説する。

首を傾げつつも、自分は良い人たちに恵まれたとしみじみ思う恵真であった。


ちょうど時間帯が昼食時なので、恵真がキッチンに立つ。

明日は開店初日である。せっかくなので、アッシャーとテオには給仕をの予行演習をして貰うことにした。

今日、恵真が用意したのはチキンのトマトソース煮込み、スープ、そして、春キャベツのコールスローサラダである。

少し緊張した面持ちのアッシャーが胸を張りながら、リアムたちに食事を運ぶ。

ワンプレートなのでそう気張ることもない食事なのだが、その佇まいからアッシャーの気負いが感じられる。

テオもグラスに水を入れて運んでいる。この国の飲食店では水は有料である。

水は井戸から汲むものであり、その労力、また安全な水の価値が高いためだ。

だが、恵真はそれを無料で提供しようとしている。

しかも、その水には氷が浮かんでいるのだ。

初めて見たときは、リアムもバートも言葉が見つからなかった。

白い冷蔵魔道具で生成した氷だと思うのだが、わざわざ無料の水に入れる意味がわからない。

二人が恵真に尋ねると、お客さまは冷えた水の方が嬉しいだろうから、というなんとも漠然とした答えが返ってきた。

恵真との感覚、環境の違いをひしひしと感じながらも、二人の方が折れる形となった。

食卓には五人分のプレートが揃った。

恵真はあまり食欲がないため、コールスローサラダとスープのみだ。

そんな恵真のプレートを見て、バートが驚く。

「これは……野菜っすね。めっちゃ野菜っす！」

フレンチドレッシングのコールスローサラダを見て、バートが言う。

春キャベツと人参、玉ねぎを千切りにしてドレッシングも手作りしたサラダは瑞々しく、なかなかの出来栄えだと恵真は思う。

バートのフォークは、チキンのトマトソース煮込みばかりに進んでいるようだ。

「バートさん、野菜苦手でしたっけ？　今まで、スープとかに入れてましたけど……」

「いや、生野菜をあんまり食べる習慣がなかったんすよ。スープとかなら旨いと思うんすけど。ほら、生野菜って森ウサギとかが食べるイメージなんすよね」

「ウサギですか……可愛いですよね。育てたりしたんですか？」

こちらの世界にもどうやらウサギがいるらしい。

確かに生野菜、特に人参を馬やウサギが食べるイメージで苦手とする人はいると聞く。

そんな恵真の言葉に、なぜか皆が怪訝な顔をする。

「育てる……？　森ウサギをですか」

「おうちで飼うのは大変だと思うよ。ぴょんぴょん跳ねちゃうし」

「うん、ウチじゃ無理だな」

「あんなもん飼ったら、部屋中が穴だらけになるっすよ？　あいつら大人しい顔してジャンプ力は凄いっすからね。あいつら緑色してるし、畑の野菜食っちまうし、頑丈でジャンプしてぶつかってくるし、できる限り、森でも畑でも会いたくないっす」

「……そ、そうなんですね」

恵真の知るウサギとは、おおよそ違う生き物らしい。

緑色で畑を荒らし、強力なジャンプでぶつかってくる動物、確かに愛らしさとは無縁であろう。

ウサギに可愛いというイメージがないのも無理はない。

バートは生野菜にまだ思い出があるのかぼやき続ける。

「オレも新人の頃は筋肉ムキムキの上官に『オイ、新人！　野菜ばかり食べると緑になるぞ！』そう言われて肉とパンばかり食わされたもんっすよ……肉は旨いっすけど。あれはあれでキツかったっすね。大体、新人の兵士は肉と酒で胃もたれになるんすよー」

「……バート」

「なんすか？　リアムさん。冒険者と兵士の野菜嫌いは定番じゃないっすか」

「バートさんは兵士なんですね」

「は……へっ⁉」

今まで上手く隠していたつもりのバートは、自らの発言に驚き、うろたえる。

わざわざ恵真のところに来るときは、兵服から着替えるまでの気の付けようだったのだ。

だが、リアムは驚かない。

恵真と初めて会ったとき、バートが苗字を名乗った時点で、遠くない時期にこうなることは予測できていた。

何より、恵真が相手の身分や立場を気に掛ける女性でないことも、アッシャー達への態度を通してわかっていたのだ。

「で、どうでしょう」

「はいっ！　な、何がっすか？　あ、やっぱり、軍に関わるオレが出入りするのって他国から来たトーノさまからしたら、気になったりするんすかね……。いや、オレ、誰にもトーノさまのことは話してなかったりするんすよ？　当たり前かもしんないっすけど……」

兵士の中には傲慢（ごうまん）な者もいて、街の人々の中には兵士を避ける者もいる。

しかし、バートは貴族でありながら平民の感覚を持ち、街でも気さくに人々に声を掛ける。

そんな人となりは、恵真にも伝わっているはずだ。

問題は冒険者であるリアムとは違い、兵士であるバートは国に仕える立場なのだ。

恵真の答えをバートは不安気に待つ。

「えっと、バートさんのお仕事に関してはよくわかりません」

「そっすね……」

「でも、バートさんはアッシャー君達にも優しい、気さくな方なんだなと思っています」

「そっすか……！」

誰しも人に嫌われるのは怖いものだ。

いつの間にか、足を運ぶようになっていたこの場所、入れてくれるハチミツ入り紅茶、幼い兄弟達や恵真と過ごす時間はバートにとって必要となっていたらしい。

バートはその表情に安堵の色を浮かべる。

アッシャーとテオも安心したように顔を見合わせて微笑む。

リアムからすると、想像通りといったところだ。

「私が気になることは他にあります」

「……へ？」

そんな中、恵真の一言に皆が固まる。

今の会話やその前後に、重要なことや恵真が気にかけるような話題があっただろうか。

誰にも思いつかない。

「……バートさん」

「ハイ！　ハイっす！」

驚いて変な返事をするバートに、恵真は真剣な顔で詰め寄る。

「冒険者と兵士の野菜嫌いって本当ですか？」

「へ？　あぁ、そうっすけど……」

「食べてください。せめて、バートさんは食べてから嫌いになってください！」

そう言って恵真は、バートの皿を差し出すのであった。


「あ、バートさんもっとありますよ？　食べますか？」

恵真は相好を崩し、バートにコールスローを差し出す。

その向かいには、もしゃもしゃとコールスローを食べるバートがいた。

先程までの言葉が嘘だったかのように、バートは生野菜であるコールスローを口に運ぶ。

「森ウサギが食べるイメージだと言っていたのは誰だったか」

「でも、エマさんが作ると生の野菜も食べやすいよ」

「うん、バゲットサンドの野菜も美味しかったよな」

呆れたようなリアムの隣で、しゃくしゃく音を立ててバートはコールスローを食べている。

確かにテオの言う通り、このサラダはリアムにとっても食べやすいものであった。

野菜を薄切りにしてあることや、手作りのドレッシングも食べやすい理由だろう。

「うん、旨いっす。思ってた野菜の味と違うっていうか……柔らかいし食感もいいし、これ食べやすいっすね」

「それは良かったです！　意外と家でも簡単に作れるんですよ」

すると、話を聞いていたテオが恵真を見て尋ねる。

「エマさんみたいに道具や材料がないと難しいんじゃないかな」

「そんなことないよ。油と塩と胡椒、あとお酢を使うの」

「えっと……胡椒は絶対に必要ですか？」

「あ、なかったら大丈夫だよ？　こっちに来て、今作ってみるね」

キッチンに向かった恵真はボールに酢と塩を入れ、泡立て器でよくかき混ぜる。そこにサラダ油を少しずつ加え、白っぽくなるまでよく混ぜた。

今回、恵真が作ったのはフレンチドレッシングといわれるものだ。コールスローはマヨネーズを使うことが多いが、今日はあっさりとドレッシングで仕上げた。

恵真はスプーンに少し掬い、アッシャーとテオの手のひらに乗せる。

「酸っぱい！」

「でも美味しい。キャベツなら皆が買えるな」

小麦や肉に比べると、野菜はやや価格が低い。

庶民にはじゃがいもやキャベツ、人参、豆は身近な食材だ。

香辛料や砂糖などの調味料は高価であるが、今回、恵真が使ったものは油、酢、塩の三種のみである。どこの家庭でも作ることが可能であろう。

「キャベツってスープとか野菜の付け合わせって思ってて……野菜って栄養がないっていうか、ついつい体動かす仕事してると、肉やパンを中心に食っちゃうんすよね」

「確かにそれはあるな」

バートとリアムの会話に、今までにこやかだった恵真の眉が下がる。

何か不興を買うようなことを言っただろうかと二人で視線で探り合うが、思い当たることがない。

「……ルイスさんが来たときにも話したんですが、皆さん、肉が栄養価が高いという考えがあるんですよね」

そう言われたリアムは、恵真の表情の理由を理解する。

「えぇ、確かにそうかもしれません。そんな考えがあると思います。現にそのとき、トーノ様のお話を聞いていた私とバートも、野菜や豆が良いという発想に繋がっておりませんでしたから……」

「あぁ……本当っすね」

気まずそうなリアムとバートに恵真は手を振って否定する。

恵真としては、二人を非難するつもりなどまったくない。

むしろ、今までの考えと異なる恵真の情報に、耳を貸してくれただけでもありがたいのだ。

ルイスのときもそうだが、今の彼らの生活のすべてを変える力は恵真にはない。

だが、せめて彼らの生活に使える情報ならば、それを役立ててほしいと思っていた。

「例えば、キャベツってあんまり胃に負担をかけない食材なんです」

「だから、エマさんは今日、サラダとスープなの？」

「うん、そうなの。緊張してお腹が痛いとか、食べすぎてお腹が痛いとか、そういうときは食事に気を付けたほうがいいから、消化にいいものを食べたほうがいいの。キャベツは胃に優しい成分が含まれてるんだよ」

テオの言葉に恵真は頷き、説明をする。

明日の開店を前に、恵真は緊張のせいか胃が痛むのだ。

そのため、刺激の強いトマトや油の多い鶏もも肉を控え、サラダとスープを昼食にした。

そうした雑学レベルの知識・感覚が広がればいいと恵真は思う。

そんなことを伝えると、リアムやバートは怪訝な顔を浮かべた。

「ですが、そのような価値のある情報が広がってしまうと、トーノ様の利益を損ねるのではありませんか？　そういった知識をご自身で生かすこともできるのでは」

「そうっすよ。商業者ギルドに登録して、収益を得ることができるっすよ」

そんな二人の答えに恵真は首を振る。こういった知識は恵真独自のものではない。

何より自身のものとして登録しても、それは裕福な者にしか広がらないだろう。

それは恵真の望むものではなかった。

「雑学というか……生活の知恵、ですね。困ってる人に広がったほうがいい知恵です。だから、皆さんも誰かが必要としてたら、教えてあげてくださいね。今の私みたいに、胃が痛いときはキャベツだって、ね」

そう言って恵真はお腹の上あたりを押さえて笑うと、兄弟は元気良く返事をする。

「うん！　わかった！　僕たち、困ってる人に教えてあげるね」

「はい！　そうします」

「あ！　でもお医者さんに診てもらわなきゃいけないようなことはダメよ？　あくまで、ちょっと胃が疲れてるなとかそんなときにね」

「はい！」

二人の素直さに焦った恵真が生真面目に補足する。

そんな三人の様子に、リアムとバートは目を交わし肩を竦めて微笑んだ。

風変わりで人の好いこの女性と、真っすぐな兄弟がこの先も笑って過ごせるように、自分たちは力を貸すこととなるのだろうと思いながら。

「どうしたんすか？　カーシー、食が進まないみたいっすけど」

冒険者や若手兵士達で賑わうホロッホ亭にバートはいた。

もしゃもしゃと皿の料理を食べているバートに声を掛けられたカーシーは、へにょりと眉を下げる。

そんなカーシーの隣に座るダンはエールを飲みつつ、呆れたようにバートを見た。

「どうかしてるのはお前の胃袋だろう。いくらなんでも食べすぎだ」

「いやぁ、カーシーがあまり食べないんで、先輩であるオレが代わりに食べてるわけっすよ」

「いや……俺はちょっと食欲がなくって。どうぞバートさん食ってください」

「ほらぁ、こう言ってるわけっすよ。それに今日はダンの奢りっすからね！」

「最後が一番大きな理由だろ！」

今日の稽古で負けたほうが後輩のカーシーに奢るという勝負、それに勝ったのはバートだった。

普段は拮抗する勝敗だが、ものがかかったときのバートはしぶとい。

ダンは苦い顔でエールをあおりつつ、カーシーを気遣う。

「すまんな、誘ってしまって。逆に疲れさせたんじゃないか？」

「いえ、最近なんか胃の調子が悪くって……」

「あぁ、あれか。新人にやたら肉や酒を飲み食いさせる奴もいるからなぁ……。悪気がないのが逆にタチが悪いというか」

「あはは……」

そんな会話に、今までもしゃもしゃと料理を食べていたバートが口を開く。

「あー、そういうときは消化にいい食べ物がいいらしいっすよ。例えば……キャベツとか」

「は？　キャベツ？」

「そうっす！　キャベツは消化にいいし、胃に優しい成分が含まれているっすからね！」

二人に知識をひけらかしたバートは、満足そうに再び皿にフォークを伸ばそうとする。

そんなバートの真後ろから、聞き覚えのある声が掛けられる。

「へぇ、そりゃいいことを聞いたね」

「アメリアさん！」

「お前たち、ちょいとお待ち！」

そう言ったアメリアは厨房に行き、皿に何かを大盛りにして持ってきた。

ザク切りにされ、大胆に盛られたキャベツである。

ダンはバートの言葉を疑うように、キャベツを見る。

一方、カーシーはそっとキャベツを摘まみ、横のソースにかけて口に運ぶ。

カーシーがシャクシャクと旨そうに音を立てて食べる姿に、ついついダンも手を伸ばした。

「……これは……なかなかいいな」

「はい！　俺みたいに食欲が落ちてる奴にもいいですね！」

「こりゃあ、いいことを教えて貰ったね。やるじゃないか、バート。これは新しいメニューにしても良さそうだね」

「え、あぁ……まぁ、そうっすね！」

アメリアから掛けられた言葉に、バートは微妙な表情と答えを返す。酒を中心としてはいるが飲食店であるホロッホ亭、そこに新しいメニューを加えさせてしまった。それもキャベツが胃に優しいという恵真の知識に基づいてである。

だが、恵真は必要とする者がいたら、広めてもいいと言っていたことをバートは思い出す。

そう、恵真は広めてほしいと言っていたのだ。ならば、きっとこの新メニューも許してくれることだろう。

自分を納得させたバートは、追加の料理とエールを頼むのだった。


リアムを前にしたコンラッドは、兄弟の状況や恵真に関する噂など、現状の報告をする。

恵真に関する噂は、この街に黒髪黒目の女性がいるらしい、また魔獣を操るらしいといったレベルのものである。

現状、アッシャーたちの近辺も特に不審な様子はないと思われる。

「問題が起きるとしたらこれからだな。まぁ、あのドアがある限り、彼女は安全だろうが、アッシャーやテオのことを頼む」

「勿論リアム様の命です。私はそれに従いますが……やはり、その女性の身柄を預かったほうが問題なども起きず、有利に物事を運べるのではありませんか」

ため息をつきながら私見を言うコンラッドに、リアムは笑いながら答える。

「あぁ、お前みたいな考えの奴がいるからな。くれぐれもドアの向こうには出ないように言っておいたよ。そのほうが彼女のためだろう」

「……敢えて問題を起こさせる気ですか？」

「それは勘ぐった見方をしすぎだな。まったく誰がお前をそんな風に育てたんだ？」

そう言って肩を竦めるリアムだが、コンラッドを見つけたのはリアムであり、育てたのはエヴァンス家だ。コンラッドをこんな風に育てた一因にリアム自身があるだろう。

黒髪黒目の女性、国や教会と揉める匂いしかしないのに、なぜエヴァンス家の人間は彼女を見守ろうとするのかコンラッドには理解ができない。

そうぼやくコンラッドに、事もなげにリアムは答える。

「まぁ、国や信仰会に忠誠を尽くす義理もないからな」

貴族であるとは思えないリアムの言葉に、コンラッドは深いため息をつく、無意識に胃を押さえた。

「……コンラッド、胃が痛いときはキャベツを食べたほうがいいらしいぞ」

「は？　今、なんと」

「いや、なんでもない」

そう言って笑うリアムに、コンラッドは目を瞬かせるのであった。


時計は深夜十二時を回った。

煮込み料理を二種類作った恵真はソファーの上で少し休憩をしている。

冷めたら鍋を冷蔵庫に移して、寝るつもりであった。

だが、どうにもソワソワして落ち着かない。

料理をしている間は良かったのだ。

しかし、することがなくなった今、明日への不安が出てきてしまう。

どんな人が来るだろう、どんなふうに接客をすればいいだろう、会計を間違えたりしないだろうか、そもそも黒髪だと皆、驚くのだろうか。

新しい日を前に心配が尽きず、ソファーの上でクッションを抱えてはゴロゴロとする。

そんな恵真の目に看板が映る。

リアムが贈ってくれた喫茶エニシの看板だ。

「喫茶エニシ」という文字に、凛々しいクロの姿が彫られている。

恵真はリアム達の顔を思い浮かべた。

アッシャーとテオがいて、恵真の料理を食べ、喜んでくれた。

誰かのあんな笑顔をみたい、二人と一緒に。

緊張するのは悪いことではないという。それだけ思いがあるからこそ、緊張するのだ。

てとてとと近付いてきたクロを抱きしめる。

みゃう、と鳴いたクロは恵真の頬をちろりと舐めた。

明日、いよいよ始まるのだ。

恵真はクロの香りを思い切り吸い込む。

日向にいるような匂いとクロの温もりに、少し心が落ち着く恵真であった。

香草チキンのバゲットサンド

喫茶エニシはついに開店の日を迎えた。

緊張と高揚のあまり眠れなかった恵真は、アッシャーとテオが訪れるのを待っていた。

時間より早めに訪れたアッシャーとテオは、仕事服に着替え、スカーフを巻く。

恵真は白いシャツにエプロンを着けた。

リアムが贈ってくれた看板をアッシャーとテオが、裏庭のドアの向こうへと持っていく。

恵真は静かにその姿を見つめた。

いよいよこの日が来たのだ。

どんなお客さんが訪れるのだろう。仕込みは万全だ。すぐに提供できるようになっている。

食器もカトラリーも清潔で、テーブルには真っ白なクロスが掛けられていた。

アッシャーとテオも、緊張してはいるが気合十分である。

きちんと準備を整えて、三人は喫茶エニシ、初めてとなる客を待った。

だが結局、誰一人としてドアを開ける者が訪れないまま、その日の営業時間は終了する。

そして誰も訪れないいまま、三日目を迎えたのだ。

「おかしいっすね。場所が場所なら銀貨取れる料理っすよ！　うん、旨いっす」

そう言いながらバートは恵真の料理を食べる。

恵真としても、きちんと作った料理であり、味は問題ないと思ってはいる。

しかし、残念ながら食べて貰わなければ、それも伝わらないのだ。

「前もそう言ってくれましたけど……でも、来客には繋がらないみたいで。何が悪いんですかね？　入りにくいのかな？　あ、お客さんが入りやすいようにドアを開けっぱなしにして、中の様子が見えるようにするのはどうでしょう？」

「そしたら防衛魔法の意味がなくなるじゃないっすか。みーんな、その黒髪と黒い瞳をまじまじ見てくるっすよ？　何よりリアムさんに出るなって言われてるっすよね」

「……はい、そうでした……すみません」

そう言いつつ、バートはもぐもぐと口を動かす。

毎日、きちんと仕込みをしている煮込み料理だが客が来ないため、アッシャーとテオ、そして二人が帰る頃に顔を出すバートに、持ち帰ってもらっている。

初め、アッシャーとテオは仕事をしていないのだから貰えないと断り、説得をするのが大変であった。二人に持たせても余る料理は、バートとお隣の岩間さんにお裾分けしている。

バートはともかく、三日続けて岩間さんにお裾分けをするわけにもいかないだろう。

しかし、なぜ店に客が入らないのか、恵真は頭を悩ませていた。

「うーん。いや、客……というか人は集まってるんすよね」

「え？」

「この店の周りで、ちょいちょい様子を窺ってる人達が結構いるんすよね……あ、服装や雰囲気からしても、普通の街の人っすよ。心配はいらないっす」

「え！　じゃあ、どうしてその人達は入ってこないんでしょう……」

「……気になるが値段もわからず、入りにくいのでは？」

そう言って店に入ってきたのはリアムだ。仕事を終えたリアムは、状況を気にかけて様子を見に来てくれたのだろう。

恵真は彼に椅子に座るように促し、リアムの分の紅茶をカップに注ぐ。恵真に礼を言い、リアムはバートの隣へと腰掛けた。

そんなリアムにバートが尋ねる。

「んー、それなら金持ってる連中は来てもおかしくないんじゃないんすか？」

「……黒髪の女性がいるという噂を聞いて来るような者の来店理由は利己的なものだろう。そもそも店のドアを開けられないだろう」

「あぁ、それはそうっすね。それ、安全ではあるんすけど難しいとこっすねー」

「まぁ、安全であることに越したことはないよ」

なんなら幻影魔法までかかっているドアである。それゆえ、利己的な思いからここへ来ようとする者は、そもそも店に辿り着けないのだ。リアムはそう報告を受けていたが、幻影魔法に関してはまだ恵真達にも伏せている。

防衛魔法と幻影魔法の重ね掛け、今ではその技術を持つ魔術師はいないのが現状だ。

必要以上に情報を知ることが、良い結果を生むとは限らない。

彼らの安全のためにもきちんと状況を把握するまで、その事実を知らせるつもりはリアムにはない。

「あの、リアムさん、アッシャー君達のことなんですが……」

「ご安心ください。以前お約束した通りです。詳細は伏せますが、彼らの安全は保障致します」

「ありがとうございます……！」

アッシャーとテオにはコンラッドに頼み、密かに護衛を付けている。

兄弟を案じる恵真のためでもあり、リアムとしても彼らの安全が気がかりなためだ。

不満を溢していたコンラッドではあるが、リアムの命には忠実である。アッシャーとテオの安全は確かだ。

「そういえば、以前こちらにご関心があったようでしたので持ってまいりました」

「あぁー、それっすか……」

リアムがショルダーバッグから取り出したのは小さな袋だ。それに見覚えがあるのか、バートは何やらしかめっ面になる。

リアムの手元の袋を恵真は見つめる。

リアムから手渡された袋はその見た目より軽い。

一体、何が入ってるのだろうと思いつつ、恵真はリアムから許可を取り、中を覗く。

「……これは、クラッカーですか？」

「以前、トーノ様が気になさっていた携帯食です」

「わぁ！　食べてみてもいいですか？」

「……ええ。ですが、大丈夫ですか？　正直、私としてはあまりお勧めはしませんが……」

「うーん。でもせっかくですし、食べてみたいです」

前にリアム達にクラッカーを出したときに、携帯食の話になった。軍や冒険者が野営の際などに、栄養補給として食するらしいが、その味はかなり不評のようだ。

恵真が出したクラッカーに似ているが、全く味が違うという彼らの話に興味を抱いたのだ。

その見た目は、厚さのあるクラッカーといった様子だ。

茶色い生地に何か練り込まれているのだろう。ところどころに緑色が混じっている。

乾パンに少し似ているが、一見しただけでは普通の栄養補助食品に見える。

袋に数枚入ってるその一枚を恵真は、ぱくっと口に入れた。

その瞬間、ゴリッという音がする。

「硬い！　何これ、硬い！　あ、エグッ！　エグみが後から、ぶわっって来る！　うわっ……ま……」

「そうなんすよ。まっずいんすよねー、これ」

恵真は慌てて水をごくごくと飲み干す。あまり上品な行為ではないが、そんなことは言っていられないほどの味だ。その姿を見たバートが、笑いながら呆れたように言う。

「トーノさま、一口でいくからっすよ。味が悪いし硬いんで、ちびちび食べるのがコツっすね。あとは水を飲みつつ食べることっすかねー」

「……確かにこの味は厳しいですね」

「えぇ……ですが、薬草が数種類ほど練り込まれており、栄養補給や体力回復には良いと聞きます。そのため、多少値は張るものの、兵士や冒険者にとって、安全に任務を終えるために欠かせないものなのです」

「そうなんですね……」

仕事とはいえ、日々こんな食事を摂らなければならないとは、兵士も冒険者もなんと厳しい仕事なのだろうと恵真は思う。

まだ口中に広がるエグみと苦みに恵真は、再び水を口にする。

そのとき、恵真はそのエグみと苦みの奥に覚えのある風味を感じた。鼻に抜ける香りなど、どこかで口にしたことがあるような、そんな気がしたのだ。

「どうしたんっすか？」

「大丈夫ですか？　もしや、この味でご気分が悪くなったのでは……」

「いえ！　違います違います！」

「では、何か気になることでも？」

急に動きを止めた恵真の様子を不安に思ったのだろう。

案じるリアムからの問いに、恵真は小首を傾げながら答える。

こんな強い風味を忘れることはないとも思うのだが、一体どこで口にしたのだろうか。

水を飲んだ後に気付くということは、似た食材はここまで強い風味ではないのかもしれないと恵真は思う。

「……でも確かに、どこかで似たような味を食べた気がするんですよね……」

「これに似たものですか……」

「他にこんな不味(まず)いものあるんすか……世界って広いんすね」

そう言いながらバートはハチミツを紅茶に落とす。

この独特の風味に覚えがあるような気のする恵真だが、今は何よりもこの味から逃れたい。

口直しを兼ね、恵真はカップに普段より多めにハチミツを入れて飲むのだった。


やはり、今日も喫茶エニシには閑古鳥(かんこどり)が鳴く。

まだ開店数日、こちら側の特殊な事情もある。

喫茶エニシを開く前に、リアムが香辛料を少量買い取ってくれた。その資金を開店準備や今後の経営の足しにすることができる。

そのため、焦るほどでもないとは思うのだが、入りにくい店であるというのは目下の課題であろう。

今日は昼前からリアムが訪れた。アッシャーとテオに渡したいものがあるらしい。

その後、昼休憩の時間ということもあり、心配したのか腹が減ったのか、バートも顔を出した。

そんなバートは、煮込んだスープにバゲットを浸して食べている。

今日は鶏もも肉と野菜のミルクスープだ。

アッシャーとテオにも食べさせたいと思っていることや、野菜が手に入りやすい環境のため、ついつい野菜が多めになる。炒めた玉ねぎの甘みと鶏もも肉のジューシーさ、ミルクの優しい風味も良くなかなかの出来栄えだ。

その味をもっと多くの人に知って貰えたならと恵真は少々、残念に思う。

「うん、やっぱこのパン旨いっすね！　スープに浸けなくっても、十分食べられるじゃないっすか！あ、でもスープが染みたパンも旨いんすよね。うん、これはこれでなかなか……」

そう言って、もしゃもしゃとバートは食べ進める。

アッシャーとテオも口に合ったようで、ニコニコと笑顔が零れていた。

そんな様子に恵真も安堵する。せっかく作った料理だ。お客さんの口に入らないのは残念だが、こうして喜んで食べてくれる人がいるのが救いだ。

「こんなに旨いパンなんすから、もっとメインに押し出してもいいんじゃないっすか」

「そうですか？」

「そうっすよ。普段食べてるパンって、もっと硬いし、ぼそぼそして顎が疲れるんす。こういう適度な堅さと小麦の風味のするパンってこの辺じゃないんす。これなら、子どもでも食べやすいっすね」

今日、恵真が用意したのはバゲットだ。

それをカットしてカゴに入れたものを、それぞれ好きな分取る形にした。店でも煮込み料理と共に出すつもりであったが、訪れて貰えないのであれば売りにするのも難しい。

そう思う恵真に、食べ終えたアッシャーが意を決したように話しかけてきた。

「あの……エマさん」

「ん？　何？　あ、お代わりする？」

「ち、違います！　えっと……あの……」

アッシャーはぶんぶんと頭を振って否定したが、言い出しにくいのか言葉を探している。

不思議に思いつつ、恵真がアッシャーの言葉を待つと、おずおずとアッシャーは話し出した。

「…あの、この前の貰ったバゲットサンドってお店で出せないかな」

「え、バゲットサンド？」

「うん、あれならお店の外で売れると思うんだ。お客さんに、お店の中に入って貰えないなら、お店の前で売ってみたらどうかな」

それは発想の転換であった。気後れして入れないのであれば、店に入らない形で料理を体験してもらえばいいのだ。価格と味を知れば、おそらく何人かは店の客となってくれるだろう。

しかし、ドアの向こうでの販売は安全ではないのではと恵真は不安になる。

そんな不安をリアムがすぐに吹き消す。

「あぁ、大丈夫ですよ。この辺はそんな治安が悪い場所ではありません。ドアの向こうに出るのが問題なのはトーノ様の安全を考慮したためです。人の目もある中、子どもたちに白昼堂々何かしてくることは考えにくいです。二人だけでも、ドアの前での販売なら問題はありません」

リアムの答えに恵真は安堵し、アッシャー達を振り返る。

「そうなんですね！　……じゃあ、試してみようかな。ありがとう、アッシャー君」

「いえ！　以前、頂いて美味しかったので…」

「うん！　甘いのもしょっぱいのもどっちもおいしかったね」

「いや、なんでオレは食べてないんすか！　そうだ！　試作品！　トーノさま、まずは試作品作りから始めましょう！　もちろんオレも協力するっす！」

幸か不幸か、未だこの店には誰も訪れないため時間はある。

恵真はアッシャーのアドバイスを受け、バゲットサンドの試作へと乗り出すのだった。


前回作ったのはアッシャーとテオに持たせるためであったので、家族三人で食べられるように新鮮な野菜を加え、そこに鶏むね肉も入れて、比較的ボリュームを出した。

しかし、今回は販売用であり、宣伝も兼ねるものだ。気軽に買えるシンプルなものがいいだろう。

先程、シチューに使った鶏もも肉が、まだ冷蔵庫に残っているため、それを使った香草チキンのバゲットサンドにした。

庭で採れたハーブがあり、それと塩胡椒で風味付けをした鶏もも肉を、恵真はカリッと焼き上げる。

四分の一程にカットしたバゲットにはバターを塗り、ソースや肉汁が染みないようにした。

せっかく新鮮なハーブがあるため、バジルはそのまま挟んで出す。ソースはオリーブオイルやにんにく、塩胡椒などを合わせたオリジナルのものだ。

それともう一つ、ハチミツとバターを混ぜたハチミツバターのバゲットサンドも用意した。

ケーキ用のミンスミートがあったため、ハチミツバターを塗ったバゲットに挟む。

ミンスミートはナッツやドライフルーツを、砂糖やブランデーに漬け込んだものである。イギリスでは保存食の一つであり、パウンドケーキなどによく使われている。

祖母が作ったのであろうミンスミートはスパイスも適度に入り、甘さもちょうどいい。

そうして二種類のバゲットサンドを恵真は完成させた。

それを温かい紅茶と共に、待っていた四人の前に出す。

アッシャー、テオ、バートは食事を済ませてはいたが、試作品に興味津々といった様子だ。

リアムはというと、その眉間に深い皺を寄せ、バゲットサンドの乗った皿を見つめている。

「うん！　このあいだのもおいしかったけど、こっちもおいしいねぇ」

「ほら、テオ！　ソースが口に付いてるぞ」

前回、バゲットサンドを食べた二人には、こちらも好評のようだ。

美味しそうに食べる姿が微笑ましい。

頬張るテオの口元にソースが付いたのを、拭いてやるアッシャー。

兄弟の仲の良さに、温かい気持ちになる恵真の耳に　バートの声が届く。

「なんすか！　なんでこんな旨いものを、オレは食べてなかったんすか！　小まめに顔を出してチャンスはいつでも逃さないようにしていたのに……」

「えっと、お口に合ったようで何よりです。それでどうですか？　販売に当たっての改善点とか注意した方がいいことってありますか？」

「改善点っていうか、幾らで売り出すかが問題っすよね。それ以外は問題ないっす！」

三人からのバゲットサンドの評価に、恵真がホッと息をつきそうになった瞬間、深いため息が恵真たちの後ろから聞こえてきた――リアムである。

何やら両手で肘をつき、紺碧の髪を押さえていた。

バートと比べ、恵真の前で態度に気を付けているリアムとしてはめずらしい。

「……いや、問題はあるだろう」

「え？」

「……はぁ」

リアムからの思わぬ発言に、四人の目はリアムに注がれる。

けれど、一言呟いた後、リアムは深いため息をつくばかりだ。

急に黙ったリアムに、恵真は不安になる。

何か、こちらでは受け入れられない食材などが入っていただろうか。

そう思った恵真が座っているリアムに近付き、様子を覗き込もうとする。

その瞬間、急にリアムが立ち上がり、恵真の肩を両手で掴んだ。

「……トーノ様、一体こちらをどこで手に入れたのですか？」

「ひゃあ！」

リアムが急に立ち上がったことと、肩を掴まれたことに、恵真が素っ頓狂な声を上げる。

「リアムさん！　貴族女性にそれはまずいっす！　無礼！　無礼っす!!」

「あ……あぁ、すまない！　いえ、申し訳ない！」

「いえいえ、大丈夫ですよ」

その言葉にハッとしたようにリアムは手を放し、すぐに恵真と距離を取る。

席を立ったアッシャーが、恵真を守るように前に立った。

そんな小さな紳士の振る舞いに恵真の心は撃ち抜かれる。

実際には肩を掴まれたくらい、どうということのない恵真ではあるが、アッシャーの優しい行動は嬉しいものであった。

テオはただ黙って視線をリアムに送っている。

リアムがさらに謝ろうとするのを、恵真は慌てて止めた。

それよりも気になることが恵真にはあるのだ。

「リアムさん！」

「はっ！」

「この食事、何か問題があるんでしょうか？」

恵真の声にびくりとするリアムに、些か厳しい表情で問いただす。

そう、恵真が気になっているのは料理だ。

いつも穏やかなリアムがこれほど深刻そうな様子なのだ。

この国スタンテールの文化では、バゲットサンドには何か問題があるのだろうか。

恵真の前にはアッシャーが、恵真の後ろには座っているテオが、じっとリアムを見つめる。

そんなリアムをバートは少し困った顔で、同時に面白そうに見ている。

顔色の悪いリアムが、普段より幾らか小さな声で話す。

「……こちらに入っているのは薬草で間違いありませんか」

「薬草？」

バートの言葉に恵真は首を傾げる。

恵真にはまったく心当たりがない。

二種類のバゲットサンドに使ったものはすべて、普段から恵真も使っているものだ。

特別なものは入れていない。

そんな恵真の様子に焦れたのか、リアムが食べていないバゲットサンドを開いて恵真に見せてきた。

「リ、リアムさん！　何してるんすか！」

その行為に驚いてバートが声を上げる。

それは高位貴族として教育を受けてきたリアムらしからぬ行為であった。

だが、リアムは真剣な眼差しで恵真の返答を待つ。

「こちらです。この緑の葉、これは薬草ですよね」

「へ……？」

リアムが指差しているのは裏庭で育てているバジルであった。

以前から料理に風味付けとして粉末を使っていたが、今回は庭で採れたものをそのまま使った。

しかし今まで、アッシャーやバート達に振る舞ったものにも香辛料は入れてきた。

パウダー状ではない香草が、リアムには珍しかったのだろうか。

けれど、バジルは香草であり薬草ではない。

リアムも恵真の表情がピンと来ないのか、戸惑いながら説明をする。

「……なかなかこのように新鮮な状態で入手するのは困難です。どちらでこれを？」

「えっと、こういうのなら他にもありますけど、薬草ではないですよ。香草、ハーブですね。ほら、今までも香辛料としてお出ししてた料理に入れてましたよ？　あ、でも粉末状のものですけど……。この間、リアムさんに買い取って頂いたものも同じものですよ。これは庭で育てているものですね」

「……庭で？　こちらで育てていらっしゃるのですか？　料理には粉末状のもの……もう一度、そちらを見せて頂けますか」

普段と違うリアムの様子を不思議に思いつつも、キッチンに向かった恵真は、今朝採った裏庭のハーブをリアムたちの前に出した。

これも庭で採れたものだ。

それ以外にも、数種類のハーブを祖母は育てているらしい。

粉末状のバジルとそのままのバジルを見たリアムは、驚きの眼差しで恵真を見た。

「……どれも薬師ギルドで見たことがあります。薬師ギルドでこれを薬師達が薬にしているんです。他国では冒険者も仕事で集めたりするのですが……。こういった薬草が携帯食には練り込まれて販売されているんです」

「いや、ハーブは……って携帯食？」

「えぇ、輸入の際に傷んだり、劣化した薬草が携帯食に練り込まれていると聞きます」

それがあの独特の風味に繋がるのかと恵真は納得する。風味を考えず入れたハーブはエグみと苦みに繋がる。恵真がその味や香りに覚えがあったのもそのせいだろう。だが、香草がこちらの世界では薬草というのは恵真には判断が付かない。

瓶に入った粉末状のものと生の香草をリアムは見比べる。粉末状の物の蓋を開け、その香りを確かめているようだ。そしてバートを呼び、

「粉状のものと香りが同じだ。おそらく薬草と香辛料は同一のものなんだろうな」

「え……それってヤバいんじゃないっすか？」

「あぁ、おそらく脱税だ」

恵真達には事情がわからず、深刻そうな二人の顔を見る。脱税という言葉が聞こえたが、それがバジルとどういう関係があるのだろう。そんな恵真に気付いたリアムが謝りつつ、説明をする。

「すみません、バートと確認をしたかったので。トーノ様、こちらは状態が異なるだけで同一のもので間違いはありませんか」

「はい、乾燥して粉状にしているだけで同じものですよ」

「そうですか……これは不勉強でした。乾燥したものを、私やバートは香辛料として認識していました。ですが、こちらの新鮮な状態はこの国スタンテールで、薬草として認識されています」

「え？」

恵真の常識では、ハーブは乾燥する前と乾燥した後で、大きな変化があるわけではない。見た目や質量が変わるだけで、どちらも香辛料だと恵真は認識している。

それを薬草とは、この国の人々は騙されているのではないだろうかと恵真は不安を抱く。

「香辛料とある種の薬草、現状どちらも他国からの輸入に頼っております。この国でも採取できるものはありますが、大部分は輸入されています。問題は掛かる税が違うのです。食料にかかる税の方が低く設定されています。おそらく、香辛料が貴族の中で流行りだしたのは、香辛料が薬草である——その情報が一部では共有されているためでしょう」

それには恵真も得心がいく。

輸入されるものや輸入される国によって税率が変わるのは珍しいことでもない。

何者かが利用して、同じものを違う形で輸入しているのだろう。

「薬師ギルドや商業者ギルドは把握してるんすかね」

「確か、香辛料の輸入はある商家に独占されていたはずだ。未だ輸入量が少ないため、顔が利き、懇意にしている者しか買い取れないという話だ。それが逆に売りにもなっているのだろうが……」

「とすると、少なくとも薬師ギルドは無関係っすね」

「あぁ、むしろ知っていたら積極的に香辛料を買い付けているだろう」

二人の様子に、何やら自分が思っている以上に大きな話であることが、恵真にも伝わってくる。

だが、あくまで恵真にとってはどちらも食品でしかない。この国においても、基本的には香辛料は食品だとは思うが、何よりも恵真が気になるのは、今後、この料理を売り出しても良いかどうかだ。

「えっと、販売する際にはこの葉を挟まずに、売り出した方がいいんでしょうか？」

恵真の問いにリアムが指を顎に付けながら考えている様子だ。

しばらく沈黙したリアムが恵真に尋ねる。

「このような粉状のもの、あるいは乾燥前の状態の香辛料は、これからも伝手を頼って、トーノ様は入手可能なのでしょうか？」

「はい、いくらでも大丈夫ですよ」

「いくらでも、ですか？」

驚きに目を瞠るリアムだが、その後、声を出して笑う。

バートは目をしぱしぱと瞬かせ、恵真を見ている。

祖母の庭にはハーブがたくさん植えられているし、スパイスも様々な種類がスーパーにも売られている。当分、その入手に困ることはないだろう。

「それでは、ぜひ葉を入れて販売してください」

「リアムさん!?　本気っすか？」

「このことを告発するのは俺達の仕事ではないからな。人々がより安価に薬草を手に入る状況を作る方が、彼らの商売を潰すには手っ取り早いだろう。おまけにここには、それを悪用する者は近づけない」

「……それって、エマさんは大丈夫なの？」

アッシャーが心配そうにリアムに聞く。

そんなアッシャーの焦げ茶色の髪の毛を、大きな手でリアムが撫でる。そして、髪と同じ色をしたアッシャーの瞳を見つめた。

「大丈夫だ。決して危険な目には遭わせないよ。このドアの向こう側に行かなければ、彼女は安全だ」

「……わかった。俺たちもここで働くし、何かあったらリアムさんやバートをすぐ呼びに行くよ」

「ぼくもそうする！」

「あぁ、ありがとう」

アッシャーとテオには、コンラッドに伝え、警護を密かに付けさせている。

恵真に関しては言うまでもなく、このドアの向こうに出ないこと、また魔獣であるクロがいることが牽制になるとリアムは考えている。

この薬草、上手くいけば恵真の味方を増やすことができるのではないか。

そんな希望もリアムは抱いていた。

リアムは念のためにパウダー状のものと乾燥前の状態、数種類の香辛料を恵真から預かった。

それを薬師ギルドに持ち込み、鑑定を依頼することにしたのだ。

冒険者であるリアムの来訪に、初めは受付嬢に怪訝な顔をされたが、その話が上に行っただろう。すぐに待合室からギルド長の部屋へと招かれる。リアムは確信した。

やはり、薬草と香辛料は同一のものなのだろう。

その情報を薬師ギルドの上層部は把握しつつあるため、こう反応が速いのだ。

香辛料と薬草の関係性に気付いていなければ、このような反応にはなるまいとリアムは思う。

案内されたのは薬師ギルド長室、おそらくマルティアの薬師ギルド長がいるはずだ。

職員が扉を叩くと柔らかな声がする。

扉の奥にいたのは、上質な服に身を包む柔和な男と眼鏡をかけた大人しそうな男だ。

「……どうぞ、こちらへ。君は……確かエヴァンス家の息子さんだね」

「えぇ、冒険者のリアムと申します」

「うん、そうかい。私はサイモンだ。こちらに座っておくれ」

薬師ギルド長室は、書籍や薬品と思われるものや道具で溢れている。

そこからこの部屋の主は今でも現場で働いていることが推測できた。

リアムが侯爵家の者であると確認しつつ、敬う態度を取らないのは、ギルドに独立した自治が認められているゆえであろう。

侯爵家という地位を前に、公平な立場をとるギルド長に、リアムも冒険者としての名のみを告げた。

ギルド長が名しか名乗らないということは平民の生まれなのだろう。

「さて、君が持ち込んだものに関してだ。……なぜ、君はこれを薬師ギルドに持ち込んだんだい？」

「なぜ、とはどういう意味でしょうか」

「ここで扱うべきでない品も君は受付で鑑定を頼んだと聞いているよ」

「こちらで鑑定できないものがありましたか？」

その答えにサイモンは穏やかな表情を崩さないまま、リアムを連れてきた職員を下がらせた。

部屋に残ったのはリアムとサイモン、そして未だ名乗らぬ眼鏡の男である。男は汗をかき、落ち着かない様子で立ち続けている。

そんな男を放っておいたまま、サイモンは笑顔でリアムを見た。

「うん、鑑定できないものはなかったよ。君が持ち込んだのは全部薬草だったね。こんなに鮮度も高くって良質なものは、なかなかお目にかかれないよ！」

「支部長！　良いのですか！」

「仕方ないよ。彼は知っていて持ち込んでいるんだ。隠しても誤魔化しても無意味だろうね。そもそも、きちんと情報を整理して輸入元の商家を告発すべきだよ。税の問題もあるんだし」

どうやらサイモンはこの街マルティアのギルド長ではなく、この国スタンテールのマルティアを含む中央区域の支部長のようだ。

とすると、隣の大人しそうな男がこの街のギルド長なのだろう。何度か依頼や鑑定で薬師ギルドに足を運んだリアムであったが、この男に会うのは初めてだ。

「で、リアム君。君はこれをどうするつもりだい？」

ヘーゼル色の瞳が、リアムの紺碧の瞳を見つめる。

貴族として生きてきた十数年の中で表情を隠すのに長けているリアムだったが、目の前の温厚そうな男もまた、それに長けているようだ。

この場で感情を露わにしているのは、目立たないこの街の薬師ギルド長のみであろう。

「その問題は冒険者である私には関わりのないことです」

「君がエヴァンス家のご子息であってもかい？」

「えぇ。私は今、冒険者ですから」

「そうかい。まぁ、それはそうかもね」

なぜかつまらなそうな表情に変わるサイモンと、安心したように笑みを浮かべる薬師ギルド長、そこにリアムは、忘れていたことを思い出すかのように付け加える。

リアムには一つ、香辛料と薬草への考えがあるのだ。

恵真が喫茶エニシで香辛料を使うのを止めなかった理由も、そこにある。

「もしも、香辛料と薬草が安価で広まったなら、その商家はどうなるでしょうね。いえ、おそらくそうなれば薬師ギルドも冒険者ギルドも商業者ギルドも大きな変化を遂げるでしょう」

リアムの言葉に、瞳を輝かせたのはサイモンだ。

「――ということは、君が持ち込んだ薬草はこれからまだ確保できるっていうことだよね」

「……さぁ、どうでしょう。あくまで、たとえ話ですからね」

その後、リアムは頼んでいた鑑定を済ませると、薬草の効果効能を情報として得て、薬師ギルドをあとにした。売ってほしいと希望するサイモンと、ひそやかに後を付ける者たちを適当に撒きながら、リアムは恵真たちの元へ帰るのであった。


「本当に、本当に！　大丈夫なんでしょうか……」

「いや、前回オレたちも食ったじゃないっすか」

「それはそうなんですけど……」

恵真が不安そうに見つめるのは、自身で作ったバゲットサンド二種類だ。

前回同様、美味しそうな出来栄えであるが、恵真が心配しているのは香辛料、そう薬草である。

リアムが薬師ギルドに確認したところ、どちらも薬草で間違いないとのことであった。

おまけに、持ってきた薬草を薬師ギルド関係者からは販売してほしいと希望されたらしい。

持ち込んだ薬草の状態が、いずれも輸入されたもの以上に良い状態であったのが理由だという。

そして、リアムは恵真に、バゲットサンドを売り出すことを再び勧めたのだ。

バジルには鎮痛・殺菌の効果があり、他の香草や香辛料にも様々な効能があると言う。

だが、そう言われても恵真は腑に落ちない。

そんな恵真に、リアムは今まで通り食品として扱えばいいと言う。

アッシャーやテオも味を保証してくれたこともあり、二種類のバゲットサンドは販売することが決まった。

今、二人が喫茶エニシのドアの前で、二種類のバゲットサンドを販売してくれている。

二人を気にかけて、恵真はドアに耳をぴったりとくっつけて、少しでも情報を得ようとしていた。

「バートさん！　売れてないみたいです……」

「やっぱ、薬草入り！　っていうのをアピールした方がいいんじゃないっすかね」

「でも、まだ根拠がないじゃないですか！　嘘をつくことになりますよ？」

「薬師ギルドの保証付きっすよ？　根拠はバッチリっす」

「そ、そうなんですけど……」

リアムやバートが恵真の食に関する知識に初めは戸惑ったように、恵真もまた今まで使っていたハーブを薬草だと言われ困惑する。

ハーブや香辛料は恵真の中ではあくまで食品である。

だが薬というのは、人の生き死にを分けることすらある重要なものだ。

実際に、その効果や効能を感じられるまでは、恵真もすんなりとは受け入れられない。

ノックの音がしたため、ドアの後ろに恵真が下がると、アッシャーとテオが顔を出す。

バゲットサンドは売れていないようで、カゴの中にはまだたくさんのパンがあった。

「ごめんなさい。なかなか売れなくって……」

「いいのよ、見たことないものだし、初めはなかなか手が伸びないものよ」

少しシュンとした様子のアッシャーとテオを見て、恵真は用意していた苺のシロップに氷と水を入れる。グラスに入った赤い苺水は涼し気だ。

恵真は椅子に座るように勧め、グラスを二人の前に置いた。

さて、どうしたものかと恵真は考える。

アッシャー達も味は保証してくれた。

こちらの人の味覚に合わないとか、見た目が受け付けられないといった話ではないだろう。

一口食べて貰えれば、と恵真は思う。

「あ！」

「どうしたの？　エマさん」

こくこくと苺水を飲んでいたアッシャーが恵真に尋ねる。

恵真はバゲットサンド二種類を持つと、キッチンへと向かう。

三人が恵真の様子を見ていると、売り物であるバゲットサンドを切り分けている。

一口大に切り分けると、大きな皿二枚に乗せて、こちらに戻ってきた。

「どうしてそんなに小さく切ったんすか？」

「試食です」

「ししょく？　ってなんすか？」

「え、えっと、お客さんに試しに食べて貰って、気に入ったら買って貰う、そういう感じです」

「は⁉　なんすか、そのシステム！」

「えっと……いいんですか？」

バートとアッシャーが驚き、声を上げる。

その姿に、恵真はこちらに試食というものがないことを知る。

せっかく作った料理なのだ、口に合う合わないはあるだろうが、せめて食べてみてほしい。

このままでは、興味を持つ人々も喫茶エニシに足を運ぶことないままで終わってしまうだろう。

「試食……うん、一口分食べてくださいって皆さんにわけてみて。配った後に販売してくれるかな」

「でも、全部なくなっちゃったらどうするんですか？」

「いいのよ、試食だからなくなっても。まず、どんなものか味を知って貰いたいの」

そんな恵真に戸惑いつつも、試食を持ってアッシャーとテオは再びドアの向こうへと出ていく。小さな後姿を恵真は見つめ、恵真はただじっと待つのだった。


「か、完売したの……？」

「うん！　皆、美味しいって！」

「もっと買いたい人もいたみたいです。明日も売るのかって聞かれました」

「う、良かったー！　二人ともありがとうー」

頬を赤く染め、嬉しそうに二人を抱きしめる恵真に、アッシャーは驚き、テオは嬉しそうにニコニコとしている。

試食が功を奏したのだろう。遠巻きに見ていた人々も味を確認した後は、納得して買えたようだ。

しかし、もう一つ恵真には気になることがある。

「買ったお客さんは香草に気付いてたのかな？」

「んー、食べておいしいから買ったみたい。中身まではそんなに気にしてなかったよ？　あ！　大きなお肉が入ってるのと、ハチミツがたくさん入ってるのは喜んでた！」

「はい！　試食で皆、安心して買えたみたいです」

それを聞いたバートは赤茶の髪を掻く。純粋に味のみで評価され完売した――それは喫茶エニシにも恵真にも朗報だ。

味のみでバゲットサンド二種が販売したのなら、薬草の効果を知られたら、一体どうなるのか。

そう予測したバートは、今後の不安を抱いた。

だが、初めての成功に手を取り合って喜ぶ三人の姿に、バートもまた微笑みながら、今日の成功を祝うのだった。

今日の喫茶エニシには、リアムもバートも顔を出している。

薬草入りのバゲットサンドの様子が気になったためのだ。

昨日より多めに用意したバゲットサンドは完売した。特に、香草チキンのバゲットサンドは冒険者たちが買い求め、すぐに売り切れてしまったとアッシャーは言う。

買った者にも買えなかった者にも聞かれたのは、なぜ薬草が旨いのか、また、なぜこの価格で販売できるのかという二点であった。

「それで、なんて答えたんすか？」

バートの質問に、アッシャーとテオは胸を張って答える。

「エマさんが作ったから！　って」

「ゴホッ！」

「……まぁ、ある意味では正解っすね」

予想していなかった答えに恵真は驚き、むせるが、バートはなんということもない様子である。

実際にその答えは当たってもいるのだ。上手く調理できるのも、この価格で販売できるのも、恵真だからである。

恵真本人は相変わらず自覚がないらしく、困惑していた。

バゲットサンドの効果か、店の中に足を運ぶ者も幾人か現れた。

ある者は魔獣であるクロに驚き、またある者は恵真の姿を見て感極まって泣き出した。

そういった混乱は多少あったが、そのうちの何人は食事を摂っていった。

口に合うかと、おそるおそる尋ねたところ、味にも価格にも満足したと言い、皆、笑顔で帰っていったのだ。不安を抱えていた恵真は、彼らの笑顔に安堵した。

「トーノ様。実は、冒険者ギルドと薬師ギルドから話が来ております」

「なんでしょう」

「薬師ギルドからは、こちらの薬草を卸してほしいとのことです。まぁ、もう少し回答を待たせても良いでしょう。冒険者ギルドからはバゲットサンドに関してですね。バゲットサンドを冒険者ギルドに卸してほしいそうです。……これは悪い話ではないと思います」

「冒険者ギルドにですか？　えっと、悪い話ではないというのはどういうことでしょう」

恵真としては、マルティアの人々が薬草だと認識している状況で、香草や香辛料を販売するのは抵抗がある。やはり、実際に効能がわからないものを販売するのはフェアでない気がするのだ。

食品としてバゲットサンドを販売するのとは、また別問題である。

現在、バゲットサンドは、アッシャーとテオが開店と同時に販売を始めている。

恵真としてはそれで十分な気もするのだ。

「冒険者ギルドで販売すれば、冒険者の多くは冒険者ギルドで買うでしょう。この店で販売すれば、一般の方にも手に取って頂きやすくなりますよ。現在は完売してしまい買えない方もいらっしゃるようですから」

「そうですね……冒険者の方が早くからいらっしゃるみたいで先に買われています」

恵真としては、並んで待ってくれる人々に十分な量を用意できないのは心苦しい。

もっと数を増やそうかとも思うのだが、実際に増やして売れるのかという不安もある。

何より販売するのは恵真ではなく、アッシャーとテオだ。まだ不慣れな二人の負担を、増やしたくはなかった。

「もちろん、数を作る必要がでてきます。……開店間もないため、販売を急ぐ必要はないでしょう。この件もまた、回答は今すぐではなくとも構わないかと思います。私の方で上手く言っておきますね」

「ありがとうございます！　色々と頼ってしまって、申し訳ないです…」

「いえいえ。私にできることであれば、協力は惜しみません」

そんなリアムと恵真の会話を聞きながら、バートは一人納得していた。

なぜ、リアムが恵真に薬草入りのバゲットの販売を勧めたのか、ずっと腑に落ちなかったのだ。

却って、面倒事に恵真が巻き込まれるのではないかと、バートは危惧していた。

だが、リアムはその先を見ていたのだろう。

ギルドは独立した組織であり、時には国や教会とも対立することを辞さない。

希少な薬草を提供することで、そのギルドにとって恵真を必要な存在にする。

リアムは恵真に後ろ盾を作るつもりなのだ。

おそらくは薬師ギルドと冒険者ギルドの反応は、リアムの想定の範囲内であろう。

何事もないかのように、恵真とにこやかに会話をしているリアムを見て、バートは敵わないと笑いながら首を振るのであった。

だが、この薬草問題をきっかけに、一部の者が恵真を黒髪の聖女として崇めだすとは、リアムもバートもこの時点では想像できなかったのである。

初夏のジャムと果実のシロップ

この日、リアムは冒険者ギルドを訪れていた。

先日、ギルド長にここへ尋ねてきたことを伝言するように頼んでおいたが、街でギルド職員に捕まった。どうやら詳細な内容はその職員も知らされていないが、リアムと出会ったら冒険者ギルドに連れてくるようにと上から強く言われているらしい。

同行するよう願い出る職員に、リアムもギルドへ向かうことを了承した。

それはリアムにとっても都合が良いことであったのだ。

冒険者ギルド長の話は十中八九、恵真の作るバゲットサンドに関してであろう。

バゲットサンドを冒険者ギルドへ卸してほしいという話は、恵真にも伝えてある。

買いに来た冒険者を牽制する意味もあり、最近、アッシャーたちが販売する際に、リアムも顔を出すようにしていたのだ。

その情報から、売り手と面識があると冒険者ギルドも把握したらしく、バゲットサンドを販売してほしいと打診があったのだ。

そこには冒険者ギルドに所属するリアムであれば、話もスムーズにいくだろうという打算もあるはずだ。

「それで、薬草入りのパンを卸す件、その店主はなんと言っているんだ?」

単刀直入に尋ねてきたのはマルティアの冒険者ギルド長セドリックである。

冒険者上がりである彼は、いつもこうした直接的な物言いをする。

上に立つ者としては迂遠に話す技術も必要だろうが、率直であるからこそ冒険者達の信頼を集めているのだろうとリアムは思っている。

「まぁ、否定的ではなかったな」

「リアム、はぐらかさないでくれ」

「いや、あの方には事情があるんだ」

「……お前がそんな言い方をするだけの立場の方か。確かに、あの状態の薬草を入手できる方だ。それなりの立場であられるのだろうな」

そんなセドリックの言葉を、リアムは否定しない。

「バゲットサンドを卸すのであれば、それなりの条件が必要だな。あの価格で薬草を含む食品だ。携帯食に替わる可能性がある。何より味も素晴らしい、他にはないだろうな」

「あぁ。今、携帯食とあのパンで、回復の速度と程度を比べている。結果はまだ出とらん。だが、価格は比べ物にならんし、味は言うまでもないな」

そんなセドリックの言葉に、リアムは笑みを浮かべる。

一方のセドリックはしかめっ面だ。相手が高位の立場であれば、こちらがいくら金を吊り上げても動くことはないだろう。リアムと懇意であるならば、彼に対する優遇も選択にあるが、この男もまた金銭目的で冒険者に身を置いているわけではない。

冒険者ギルド側に、交渉を有利に運ぶための材料が見当たらないのだ。

セドリックは観念した。

「……ダメだ、俺にはこういうやりとりは向かん。リアム、そちらの条件を言ってくれ。できる範囲で対応しよう」

率直なセドリックの言葉に、リアムはつい吹き出してしまう。

そういう男だからこそ、リアムとしても、まず冒険者ギルドに話を持ち込む気であったのだ。薬草に関しては薬師ギルド、商売として考えれば商業者ギルドに話を持ち込むのが通常だ。

しかし、リアム自身がセドリックを信頼できると判断したからこそ、一番先に冒険者ギルドを選んだのだ。

「その方のギルド登録、それを俺が代行したい」

「な！　なんだと」

「安全のため、彼女はこちらに足を運ぶことはできない。俺が責任をもってあの方の身元を保証しよう。確かルール上、それも認められているはずだろう」

「だが、もう一人はどうするつもりだ」

リアムの言う通り、高ランクの冒険者が身元を保証し、その者の行動に責任を持つことで代理登録は可能である。ただし、二名以上の冒険者の保証が必要となる。

リアムだけでは条件を満たさないのだ。

そんなセドリックの問いに、リアムは穏やかで美しい笑みを浮かべ、答える。

「セドリック、あなたがいるだろう」

セドリックは絶句した。そう、ギルド長となった今でも、彼が高ランク冒険者であることは変わりないのだ。

できる範囲で対応しよう、そんな自分の言葉を舌の根も乾かぬうちに、後悔することになったセドリックは、ただ回答を次回に延ばすことしかできなかった。

だが、リアムは確信している。

良質な薬草が含まれ、味が良く、価格も安価なバゲットサンドなのだ。

その日限りの仕事ならば、皆こちらを買い求めるはずだ。

高価なため、携帯食が買えない冒険者もいるのだ。

そういった状況を知るセドリックは必ず、リアムの申し出を引き受けるだろう。

🐾🐾🐾🐾

「はぁ、そりゃ気の毒な話っすねー……」

「平和な交渉だろう」

リアムの話を聞いたバートが、開口一番そう言う。

そんなバートの反応に、気を悪くした様子もなくリアムは笑う。

恵真には特殊な理由があるのだ。

できる限り、優位に話を進めたいリアムとしては仕方のない判断である。

二人はこれから喫茶エニシに向かおうとしている。

今日は定休日であるが、バゲットサンドの件もあり、情報交換と恵真の周囲に問題が起きていないか確認のために足を運ぶ。

休日に店に行くのは、リアムやバートにも少々の心苦しさがある。

けれど、内容は恵真の今後にも関わるのだ。

二人は報告と周辺の様子を把握した後、すぐ帰るつもりであった。

恵真の店、喫茶エニシがある場所は比較的治安も良い。

喫茶エニシが一際、造りが良く目を引くが、それ以外の住居や店舗も安定した状況にあることが一目でわかる街並みである。冒険者や兵士が多いマルティアの街の中では落ち着いた地域であった。

そのため、今日も穏やかな雰囲気が漂っている。

念のため、リアムもバートも、辺りの様子に注意を払いながらドアをノックする。

「おはようございます。リアムです。お約束通り、バートと共に参りました」

「バートっす！」

すると中から、恵真の明るい声がする。

「おはようございます！　今、鍵を開けました。どうぞお入りください。試作品ができたのでぜひ、試食をして頂きたいんです！」

「試作品！　それは協力しないとっすね！」

恵真の声に、わかりやすくバートは表情をぱぁっと明るくする。

リアムはバートの様子に、困ったように笑う。

一方でいつの間にか、恵真の料理を楽しみにしている自分自身にも気付くリアムであった。

慎重に店内に入ると、恵真は何やら色鮮やかな小瓶や大きな瓶をカウンターに並べている。

透明度の高い瓶はどれも涼し気で美しい。

それを嬉しそうに恵真が一つ一つ紹介していく。

「ブルーベリー、甘夏、苺。頂いた果実や庭で採れたものをジャムとシロップにしたんです。ジャムはパンやクラッカーに塗ってもいいし、シロップは水で薄めて果実水にしてもいいと思います。試食してもらってもいいですか？」

「勿論っす！　ぜひ！」

バートは既に、カウンター越しの椅子に座っている。

恵真は平皿にクラッカーを並べ、三つのココット皿にそれぞれのジャムを入れた。

バートはワクワクした様子を隠しもせず、恵真が用意するのを待っている。リアムは恵真に断りを入れて、バートの隣に座った。

既にバートは、クラッカーにバターナイフでジャムを塗っていた。バートがまず塗ったのは、ブルーベリージャムだ。粒が残る程度に煮込まれたジャムを塗ったクラッカーを口に入れる。

「んっ、果実の粒々の触感がいいっすね！　酸味も残ってて、甘みとのバランスがいいっす。次はこっち、柑橘系っすかね。おおっ、甘酸っぱい！　これもこれでいいっすね、爽やかな味っす。最後はこれ、苺系っすね。あぁ、いいっすね！　ゴロッとした食感と粒がいいアクセントになってるっす！　うん、この三つどれも旨いっすね」

「あぁ、わかってくれます？　流石、バートさん！」

「勿論っすよ！」

以前も見たような光景が今日も広がる。

作った恵真が喜んでいるため良いことだと、リアムは思う。ジャムの味に関しては、旨いとしか答えられないリアムなので、味を確かめつつも、その評価はバートに任せていた。

リアムが気になったのは、入っている瓶とジャムの甘さだ。

密閉度の高そうな瓶とジャムのしっかりとした甘さ、長期の保存も可能なのだろうかと、ついそちらに気が向く。これだけの甘みならば、果実の甘みは勿論、砂糖も大量に使用しているはずだ。

これは他ではなかなか真似できまい。

不評な薬草入り以外の携帯食が広まらないのには、薬草の回復効果は勿論だが、腐敗や携帯性の問題がある。

喫茶エニシのバゲットサンドは味や薬草の効果はあるが、日持ちはしない。

相変わらず、不味い携帯食は遠征となれば必須であろう。

そんなことをリアムが恵真達に話すと、バートが予想外のことを言う。

「じゃあ、携帯食にこういうジャムとか塗ったらどうっすかね」

「え？」

そういうと、バートはポケットの中から、携帯食を取り出し、ジャムを塗る。

ゴリッという鈍い音と共に、バートがそれを噛み締めた。

その味を知っているリアムと恵真は、思い切り口にしたバートを、心配そうに見つめる。

「こ、これは！　食べられるっす！　決して旨くはないっすけど、激マズが不味いくらいに緩和するっす！」

「本当か、バート！」

「はい！　あのエグさも苦さも緩和するっす！　もちろん、不味いことには不味いっすけど‼」

そんな二人の会話に、恵真はかなり微妙な表情を浮かべた。

「……私としてはせっかくの料理なので、食べた方が笑顔になれるもの、喜んでくれるものが作りたいですね……」

ずんと暗くなった恵真の表情を前に、リアムとバートが焦って弁解をする。

恵真の言うことはもっともである。

そもそも、ここまで砂糖を使ったジャムを多くの者は買えないだろう。

こうして、微妙な空気のまま、休日の試食会は終わったのだった。

🐾🐾🐾🐾

翌日、気まずさを抱えたバートは、再び喫茶エニシに足を運んだ。

恵真の顔を見るまで、どんな態度で迎えられるか、不安になっていたバートだが、恵真はと言えば特に気にした様子も見せない。

ホッと息をはきつつも、カウンター越しに見えるジャムと果実のシロップに、バートは少し胸が痛む。


バゲットサンドは開店早々売り切れたため、相変わらず店には客がいない。

最近は恵真の風貌にも慣れたのか、ワンプレートの食事を楽しむ人も僅かながらいるそうだ。

今は昼下がり、半端な時間でもあり、客がいないのはどの店も同じだろう。

今日のメニューはミートボールと野菜をコンソメで煮込んだものだ。

初めは二種類用意していたが、訪れる人数も考えて現在は一種類にしている。

いつもの通り、もしゃもしゃと食べながら、バートがふと疑問を口にする。

「そう言えば、この店ってエールは置かないんすか？」

「エール？」

「このあたりで好まれる酒っす。大体の店はこの酒を置いてるんすよ。軽食を出す店でも、エールは結構置いてるんで、トーノさまはどうするのかなって」

バートの質問に、恵真は食器を洗いつつ答える。

アッシャーとテオはテーブルを拭いてくれていた。

特にお客さんがいないときは、少し休んでくれて構わないのだが、気付くと彼らは自分達で仕事を見付けてしまう。

そのため、恵真が積極的に声を掛け、休憩を促していた。

「うーん、ウチは私とアッシャー君達だけなので。安全のためにも、お酒は今のところ出す予定はないですね」

「そうっすか。うん、それでいいと思うっす。安全が一番っすね。あ、そういや、ホロッホ亭でも最近はエールもなかなか出ないみたいなんすよね」

「どうしてでしょう。最近、暖かくなりましたし、お酒が出てもおかしくないんですけどね」

女性と子どもしかいない喫茶エニシだ。

酔客の相手をする気がないため、恵真は酒類を置くつもりはない。

飲食店という点を考えれば、酒は売り上げに大きな効果があるはずである。

暖かくなってきたこの時期に、それが売れないとはなぜだろうと恵真は不思議に思う。

「昔からの馴染み客には相変わらず人気みたいっすけど、どうやら若い客にはあまり人気がないみたいなんす。酒が売れないと、料理もなかなか売り上げが上がらないみたいで、アメリアさんもめずらしく弱音を吐いていったすねぇ」

「そういう理由なんですね。エール以外にお酒ってあるんですか？」

「うーん、強めの蒸留酒しかないんで若い人は好まないっすね」

「そうなんですか……」

恵真の住む世界でも、若者のビール離れがあるらしい。

かく言う恵真も、あまり酒を好まないほうである。

バートの話から、ホロッホ亭は大規模な居酒屋といった店舗なのだと恵真は想像する。

そこで酒が飲まれないのは、売り上げに大きく響くだろう。

喫茶エニシは幸いにも、バゲットサンドでそれなりに利益が出ている。

それは初めに、バゲットサンドを出すよう、勧めてくれたアッシャーのおかげでもある。

二人に休憩するように声を掛ける恵真は、何か彼らにそのお礼を渡さなければと考えるのであった。

🐾🐾🐾🐾

「うわぁ、きれいだねぇ」

「凄い！　これも全部エマさんが作ったんですか？」

並べられたジャムとシロップの瓶は、窓からの光を受けて、さらに涼し気である。

ブルーベリー、甘夏、苺、それぞれの異なる色合いもまた鮮やかで美しい。

瞳をキラキラと輝かせ、アッシャーとテオはその瓶を見つめていた。

この前は苺水を出したが、ブルーベリーと甘夏は作ったばかりだ。

ブルーベリーはスーパーで購入したもの、甘夏は岩間さんに頂いたものを使っている。裏庭に置いている鉢にもブルーベリーが植えられているが、こちらはこの夏に収穫できるだろう。

ジャムも果実水も休憩を兼ねて、二人にも試食してもらうつもりだ。

小さなグラス六つにシロップを注ぎ、氷を入れ、水も入れる。

それをマドラーで混ぜると果実水の出来上がりだ。

ブルーベリー、甘夏、苺、三種の果実水がアッシャーとテオの前に並ぶ。

二人は三つのグラスを交互に見比べている。

「どうぞ、飲んでみて。それぞれ違う果物で作っているの。二人の意見も聞かせてね」

「はいっ！」

こくりとテオが苺水を飲むと、その表情はぱあっと明るくなる。

前回飲んだときとは違い、氷も入れたため、少し蒸し暑くなる今の時期にはちょうどいい。

アッシャーは甘夏の果実水を飲んだようだ。

その甘酸っぱさに驚いたようだが、テオ同様、嬉しそうに再び口をつける。

そんな様子をなぜか羨ましそうにバートが見ていた。

「バートさんも飲みます？」

「い、いいんすか⁉」

「もちろんですよ」

瓶から果実のシロップを掬い、グラスに移す恵真を見ているバートの表情からは、喜びが見て取れる。アッシャーとテオはバートを見て、クスクス笑いながら果実水を飲み比べた。

「あ、いいっすね！　ジャムも旨かったっすけど、シロップも旨いっすねー」

「ふふ、ありがとうございます」

「氷でひんやり冷えてて甘みもしっかり、贅沢な果実水っすね」

以前、リアム達と訪れた市場でも果実水は売っていた。

だが、果実そのものの風味を生かした素朴なものが多い。

恵真が作った果実水は、どれも砂糖が入れられており、おまけにグラスには氷まで入っている。

なかなか庶民には手が出ないだろうと、バートは考えを伝える。

「と、いうことはお店では難しいですかね……」

「一応、リアムさんに要相談っすかね……バゲットサンドでもう注目浴びているっすから」

「うーん、でもジャムもシロップも保存が利くので。だから、まだまだ大丈夫です」

「あぁ、じゃあ良かったっす」

煮沸消毒もしっかりした瓶に入れたジャムとシロップは保存が可能だ。特に、シロップは密閉式のガラス瓶に入れている。冷暗所で少し時間を置けば、味の馴染みが良くなるだろう。

ジャムの方は開封したものは早めに食べる必要があるが、シロップは保存が可能である。

そのため、どちらも急いで店に出す必要はない。

「砂糖って、一般的には高価なんですか？」

「そりゃ、そうっすよー。だから、庶民は自然の甘みを楽しむことが多いっすね。市場で売られてる果実水も果実の味そのままっすよ」

「そうなんですね。お店ではどうしていけばいいのかな」

「あぁ、それは悩むところっすよね」

恵真が出したバゲットサンド二種は、鶏もも肉とバジルのサンドと、ハチミツバターとミンスミートのサンドだ。

肉が入った前者が体を動かす冒険者には人気が高いが、ハチミツバターのものは一般の人々に人気が高い。子連れの女性や老人が嬉しそうに買っていくと、アッシャーとテオから恵真は聞いている。

恵真としては喜ぶ人がいるのであれば、甘味も出していきたい。

しかし、薬草と同じく、周囲への影響も考え、頃合いを見る必要がありそうだ。

アッシャーとテオの前には空になったグラスがある。

三つの果実水は、どれがどう美味しかったのかを二人は熱心に話し合っていた。

そんな様子に恵真は、ジャムの方も味見してもらおうと、さっそくクラッカーを用意するのだった。


夜、祖母の家一帯は静かである。

風呂上がりの恵真はのんびりと椅子に座っていた。

なんとなく、恵真は裏庭へと続くドアをぼんやりと見つめる。

ドアには鍵がかかっているが、それ以外の対応はもうしていない。

初めは夜、キッチンに近寄らないようにしていたし、慣れてからもドアの前には、一人掛けのソファーを置くなど、恵真は用心していた。

今ではそのドアからは、頻繁にアッシャーやテオ、そしてバートやリアムが訪ねてくる。

恵真にとって、いつのまにか、裏庭のドアは恐ろしいものではなくなっていた。

なんだかんだ人間とは慣れる生き物だ。

今では彼らと過ごす日々が、恵真にとっては当たり前の時間になりつつある。

リアム達に店をやりたいと打ち明けた日の夜――あのときと今夜は似ていてどこか少し違う。

そんな状況は少し不思議で面白い。

自分で店の名にもしたが、これも「縁」なのであろうか――恵真にはそんな風にも思えてくる。

「みゃあ」

「クロ、おいでー」

てとてと歩くクロを、恵真が立ち上がり、抱き上げる。

柔らかく温かいクロの匂いを思い切り吸い込むと、やはりどこか落ち着く。

恵真は安心感に包まれ、ソファーにどさりと座り込んだ。

そのとき、横になった恵真の視線の先に、冷蔵庫とカウンターの果実シロップが目に入る。

そういえばと恵真は思い出すのは、あの日アッシャー達が飲んでいた果実水だ。

果実のシロップを使えば、それを作ることができるのではないかと。

最近は日差しも強くなってきた。

意外にも紫外線が強いこの季節、恵真はしっかりと日焼け対策をしてから玄関を出て、自転車に乗る。

今日、クロは家で留守番だ。そもそも、猫は自由な生き物だ。

なぜか常に恵真の傍らにいるクロであるが、いないときは自由に過ごすだろう。

今、恵真は近所のパン屋からの帰りだ。

いつも用意しているバゲットは、そのパン屋で買ったものだ。

天然酵母を使ったパンらしく、地元でも評判の店だ。

恵真のエコバッグからは、紙袋に入ったバゲットが見えている。

休日である今日は、こういった買い物や掃除、明日の仕込みなどで時間を使う予定だ。

それほど、ゆっくりできるわけでもないが、それなりに充実して過ごせていると恵真は思う。

次に恵真が向かうのは、地元のスーパーだ。

地元で採れたての新鮮な野菜や果物が多く、恵真も足を運ぶことが多い。

唯一の欠点は早めに行かないと、売り切れるものもあることだけだ。

おそらく、この時期ならばまだ恵真の探しているものが手に入るはずなのだ。

自転車を止め、自動ドアをくぐると袋入りの様々な野菜が棚に並んでいるのが見える。

最近ではどこのスーパーにもどこの誰が育てたか、そんな画像が張られた野菜があるが、ここには地場野菜コーナーもある。

同じ野菜が並んでいても、それぞれ違う農家が育てたものなのだ。

恵真はキョロキョロと辺りを見ながら、目的のものを探す。

新鮮な野菜も気になるが、今日恵真が探しているのは果物だ。

甘夏も良いのだが、もう少し酸味が強くすっきりしたものが今回は欲しい。

「あ、あった！　あった！」

目当てのものが見つかった。

それを数個手に取った恵真は、嬉しそうにレジへと向かうのであった。

🐾🐾🐾🐾

夕暮れの喫茶エニシには、恵真とクロ、そしてリアムとバートがいた。

日が暮れる前に、恵真はアッシャーとテオを帰途に就かせている。

そのため以前よりも、二人は母と過ごす時間が増えたと嬉しそうに語っていた。

今日は試作品があり、アッシャーとテオに声を掛けていたのだ。

恵真が昨日、スーパーで買い求めたものもそれに関係している。

「どうぞ、座ってください」

「トーノさまに言われてたもの、用意してきたっすよ！　で、これ、何に使うんすか？」

「ありがとうございます！　私じゃ、こちらのものは買いに行けないので、助かります」

カウンターキッチンにバートが、買ってきたものが入った袋を置く。

それを袋から取り出した恵真は、中身を確認している。

リアムは知らなかったようで、袋から取り出すものをじっと見ている。

出てきたものは、以前食べたルルカの実と液体の入った小瓶だ。

そのラベルを見たリアムが不思議そうに尋ねる。

「そちらは蒸留酒ですか？」

「はい、色の薄いものを選んで買ってきて貰ったんです」

小瓶の中身は透明な蒸留酒である。

バートに頼んで、ルルカの実と共に市場で買ってきて貰ったのだ。

けれど、買いに行かされたバートも何に使うかは知らされておらず、首を傾げている。

「でもこの前、トーノさまはこの店では酒を出さないって言ってたっすよね」

「はい、その予定です」

そう、恵真は前回バートにそう話したばかりである。

だが、恵真にはどうしても作ってみたいものがあった。

そしてそれは、すべてこの国、スタンテールで入手できる材料で作る必要があるのだ。

ルルカの実を選んだのは、恵真が唯一知る、こちらの果物だからだ。

この実は甘みも強く香りも爽やかで、皮ごと食べられるので、今回作るものに合うだろう。

恵真が昨日、スーパーで買い求めたのは国産レモンだ。

甘夏でも良かったのだが、それでは甘みが強い。

マルティアの街で、そこまで甘みが強い果実が手に入るかわからなかったため、酸味と香りが強いレモンにした。国産のレモンが買える、ギリギリの時期が初夏だ。

今回は皮もすり下ろして使うことを考え、国産レモンにした。

まず、恵真は皮をすり下ろす。すると、辺りには爽やかな香りが広がっていく。

その実を半分に切り、搾り器でぎゅっと瑞々しい果汁を搾る。

「良い香りですね。大丈夫ですか？　力仕事ですから、お手伝い致しますが……」

「いえ、意外と力も要らないんですよ。こういう柑橘類っていうか……酸味と香りが強い果物ってこの国にもありますか？」

「いくつかあるっすよ。酸味と香りが強い果物なら。これはまだ食べてないんで、味はわかんないっすけど」

そんなバートの目は興味津々といった様子でレモンに注がれている。

「ふふ、酸っぱいのでそのままではお勧めできません」

「そうなんっすか……」

「でも、料理やお菓子に使うと、その酸味や香りが凄くいいんです。これから作るものにも凄く合うと思います」

がっかりとした様子のバートに、恵真は笑いながら答える。

搾った果汁を置いて、恵真はルルカの実をフォークで潰す。

なるべくその食感が残るように、完全には潰さない。

たまに驚くほど酸味が強いものがあると、アッシャーが言っていたが、それも潰すことで軽減されるだろう。

ルルカの実を程良く潰した恵真は、グラスを四つ用意する。

リアム用とバート用、それぞれに潰したルルカの実と搾ったレモンの果汁を入れた。

そこに蒸留酒を入れ、よく冷やした水を注ぎ、マドラーで混ぜる。

そう、恵真が作ったのは果実のサワーだ。

本来は炭酸水があると良いのだが、まだこちらで手に入るかわからないため、冷水を使った。

先日作った果実のシロップでも作れるのだが、マルティアの街では砂糖が高価だと聞いたため、実際に果汁や果実を入れる形にしたのだ。

カウンターに並べられた赤いグラスと黄色いグラスは、どちらも涼やかで爽やかである。

「いいっすよね？　仕事も終わってることだし！　味見は俺とリアムさんにしかできないっすからね！」

なんだかんだと理由をつけつつ、嬉々としてバートはグラスに口をつける。

その瞬間、バートの表情が変わる。

爽やかな飲み心地と自然な甘みは、今までなかったものである。

その涼し気な見た目も相まって、これからの時期には好評となるだろう。

リアムもまた、その味を楽しんでいるようだ。

「こちらに炭酸水ってありますか？」

「タンサンスイっすか？」

「えっと、水に気泡？　シュワシュワと……発泡？　している水ですね」

炭酸水をどう説明したら良いのか恵真は言葉を探す。

知っているものでも、それを表現するとなるとなかなか難しいものだ。

懸命に考える恵真だが、どうやらリアムはそれに思い当たるものがあるようだ。

「酒風水のことでしょうか。確か、そちらを作るのも、風の魔法使いが行っていますね。力の弱い魔法使いは戦闘には向かないため、魔法を活かし、一般的な仕事をすることが多いんです」

「あぁ確か、わたあめも風の魔法使いが作っているんですよね。そっか、炭酸水はあるんですね。じゃあ、酒風水で作ったほうが良いって伝えてください」

「……ん？　誰にっすか？」

飲み比べていたバートもリアムも、不思議そうな顔で恵真を見る。

そんな二人に、恵真は笑顔でその相手を伝えた。

その相手を聞いた二人は恵真の人の好さに呆れつつも、きちんと伝えることを約束したのだった。


「へぇ、こりゃあいいじゃないか！」

「サワーっていうんすよ！　他の果物でも作れるっす」

テーブルに置かれたのはグラスにルルカの実を潰したもの、もう片方にはこの国スタンテールで採れる酸味の強い果実トルートの実の皮と果汁を使っている。

勿論、どちらにも酒風水と蒸留酒が入っている。

赤いルルカの実、黄色いトルートの実、どちらも色合いが涼やかで美しい。

これから暑くなる時期に、見た目から涼しくなれる酒だ。

アメリアはグラスを持ち上げ、ルルカサワーとトルートサワーを見つめている。

「あぁ、確かにこれは新しいな。果物の自然な甘さや香りがあって、酒にあまり強くない者も楽しめるだろうな。何より見た目がいい」

「はい！　俺みたいに、酒があんまり強くない奴にもいいですね」

ダンにもカーシーにも好評のようで、バートは鼻高々といった様子だ。

そんなバートに、アメリアが普段ではあり得ないほどにこやかに優しく声を掛ける。

「で、これは誰のアイディアだい？」

「へ？」

アメリアは呆れたようにため息をつく。

最近、エールの売れ行きが悪い。

酒を中心として販売しているホロッホ亭では、売り上げに大きな影響を与えていた。

それをバートに話したのが数日前、そして今日、バートが新しい酒を考え、持ち込んできた。

キャベツの件もそうだが、アメリアにはバート一人の考えとは思えなかった。

「このまえのキャベツ、今回のこの酒、どう考えてもあんたの発案じゃないだろう？」

アメリアの言う通り、どちらも恵真のアイディアであるが、それを伝えるべきか否かバートは悩む。

恵真からは、それを伝えなくてもいいと言われている。

そもそも、誰から聞いたかを説明すると、恵真についても少しは語る必要がある。

リアムには恵真が目立つのを避けるため、バートの考えだと伝えておけば良いと言われた。

だが一方で、アメリアには既にバートの考えではないと気付かれている。

どうしたらいいかとバートが悩んでいると、アメリアが何かに気付いたかのようにハッとする。

「あれか……あんたの彼女かい！　そういや言ってたねぇ、料理上手の彼女ができたって！」

「いや！　それは……」

以前、喫茶エニシの開店で忙しくなり、ホロッホ亭に来なくなった理由を適当にぼかしたことがある。その結果、アメリアはバートに彼女ができたと思っているのだ。

今、これを否定すれば、ではその着想は誰のものなのかという話になるだろう。

バートは曖昧に笑うことしかできない。

「先輩に彼女が……」

「そういや、最近付き合いが悪いもんなぁ。そうか、バートに彼女か」

しみじみ呟く二人に、何も言えないバートはただエールを飲み干すのであった。

🐾🐾🐾🐾

「あらぁ、いいの？　恵真ちゃん」

「いえいえ、この前の甘夏のお礼です」

「まぁー、ありがとう。ブルーベリーと苺ね。トーストにもいいし、ヨーグルトにもいいわね。最近、ウチの人ったら朝はパンだから助かるわー」

「甘夏ありがとうございました。たくさんあったんで、ジャムとシロップにしたんです」

「あら、そうなの！」

恵真は隣の岩間さんの家へ、甘夏のお返しとして瓶に詰めたジャムを持参した。

甘夏のジャムはこちらから頂いたものということもあり、今回は持ってくるのを控えた。

岩間さんは、恵真から受け取った瓶を嬉しそうに見たあと、恵真に玄関でこのまま待つように伝えて家へと戻る。

しばらくして戻ってきた岩間さんは、何かを持っていた。

「これね、頂いたものなの。恵真ちゃん使えるかしら。もし無理なら、お母さんに持っていって。漬けてもいいし、シロップにもできるのよ」

そう言って岩間さんから渡されたのは青梅だ。

小振りな青梅がカゴいっぱいに入っている。

梅酒にしても梅シロップにしてもいいだろう。

祖母の家にも果実のシロップとジャムがまだまだある。

これから楽しめるであろう初夏の味覚に、恵真が笑みが零れるのだった。

じゃがいもの価値と可能性

今日、喫茶エニシでは小さなトラブルが起きた。

と言っても暴力的なものではなく、また誰かがケガをしたわけでもない。

だが、それは恵真にとって今後を考えさせる——そんな出来事となる。

最近、喫茶エニシ周辺には開店前に人が集うようになった。

その大きな理由が、恵真の作るバゲットサンドである。

片方には鶏もも肉とバジルが、もう片方にはハチミツバターとミンスミート、少量のシナモンが入っている。

特に、冒険者達にはバジルが入ったものが人気である。

販売を任されているのは、アッシャーとテオだ。

子どものみという点が気になっていた恵真だが、周辺の治安は良いこともあり、二人に任せても問題ないようだ。

以前、リアムが二人の販売に付き添ったことが数度あった。

それを冒険者達は覚えているのか、幸いなことに今のところ購入の際に混乱は起きていない。

しかし、バゲットサンドの数量は限られている。

今回、最後の一つを巡って、ちょっとしたトラブルがあったのだ。

「じゃがいも？」

突然、会話の中で飛び出した言葉に、恵真がアッシャーに聞き返す。

アッシャーは困ったような表情で頷いた。

今、店内に客はいない。

いつも通り、バゲットサンドが開店早々売り切れた後は、静かな喫茶エニシである。

たまに店に顔を出す人もいるのだが、恵真の風貌を見て、まず驚愕する。

その後、たじろぎながらも食事をして、そそくさと帰っていく。

不快に思われてはいないようで、皆がチラチラとこちらを見る視線を恵真は感じていた。

けれど、恵真が視線を合わせ、笑顔を向けるとサッと視線を外してしまう。

どことなく、寂しい思いもある恵真だが、慣れるまでは仕方のないことなのだろう。

アッシャーが話しているのは今朝、バゲットサンドを売ったときのことだ。

「うん。その人がお金の代わりに、箱いっぱいのじゃがいもを持ってきてたんだ」

どうやら、持ち合わせのないその男性は物々交換を求めたらしい。

だが、それを認めては他の人々に示しがつかないとアッシャーは断った。

そして、最後のバゲットサンドは他の者の手に渡り、その男性は肩を落とし帰っていったという。

そう話すアッシャーとテオはなぜか悲し気である。

恵真としては二人の行動が間違ったものとは思えない。

もし、それを受け取ってしまったら、他の者にも同じことをしなければならなくなってしまう。

二人の選択は勇気のいるものだったであろう。

恵真は率直な気持ちを二人に伝える。

「アッシャー君もテオ君も、お店のためにそう言ってくれたんだよね、ありがとう。二人で大人に言うのは勇気がいったよね。もし今度、判断に悩むことがあったら、すぐに私に相談してね」

「…………はい」

恵真の言葉にアッシャーは小さな声で返事をする。

テオもどこか沈んでいる様子だ。

アッシャーもテオも優しく真っすぐな気性の子だ。

きっと、男性が買えなかったこと、それを断ったことに心を痛めているのだろう。

そう思った恵真はそれ以上、その話をせずにいつも通りの対応を心掛けたのだった。


夕暮れ過ぎに喫茶エニシに訪れたリアムとバートに今日の件を話す。

同時に、アッシャーとテオの様子が気がかりであることに触れると、二人は複雑そうな表情を浮かべた。

恵真がその理由を尋ねると、リアムが言葉を選ぶように話し出す。

「おそらく、アッシャー達は自分たちの境遇と重ねたのでしょう」

「え？」

「今、二人はこちらで職を持ち、対価として食事を得ています。そのため、日々の食事に困ることはなくなりました。ですが、その男性を見て、かつての自分達の状況と重ねたのだと思います」

「それは……あの子達に悪いことをしました。きっと、断るのも辛かったはずです。私が出られたら良かったんですが……」

そういった理由ならば、アッシャーもテオも断るのは辛かったであろうと、恵真は二人の気持ちを慮る。

恵真としては、対価が食材でも困ることはない。

雇用対価が物資で可能なら、物々交換も可能なはずだ。

ただ、こちらの基準や価値がわからない状況では対等な取引にはならない恐れがある。

実際にまた同じようなことが起こった場合、どうするのが良いのだろうかと恵真は二人に尋ねる。

「物々交換っすか……まったくできないわけじゃないっすけど。トーノさまが言った通り、公平な交換になるかの問題があるっすよね。特にバゲットサンドは人気っすから」

「アッシャー達が相手と思って、強引な交換を申し出る者もいるかもしれません。そう言った点を考慮すると、現時点では物々交換は難しいかと思います」

「そうですか……。そうですよね」

二人の考えも恵真と同じものであった。

やはりトラブル防止のためにも、物々交換は控えたほうが良いだろう。

実際には普段、お隣の岩間さんと頻繁に料理と食材を交換している恵真としては、じゃがいもとバゲットサンドとの交換には抵抗はあまりない。

こちらの貨幣を得たい理由は、アッシャーとテオに、今渡している食事以外に対価を渡したい点と、いざというときに備えてだ。

箱いっぱいのじゃがいもとなら、交換しても良いのではないかと恵真は思ってしまう。

だが、それを二人に伝えると、リアムもバートも驚きの表情を浮かべた。

「じゃがいもっすよね？　薬草入りのバゲットサンドと交換するには、かなり微妙なとこじゃないっすか？」

「だって、箱いっぱいですよ？　じゃがいもは使い道が幅広いですし、お店の料理でも出せるじゃないですか」

そう答える恵真に、またも二人は微妙な表情を浮かべる。

じゃがいもは甘みもあり、メインにもサイドメニューにも使える便利な食材だと恵真は思う。

苦手な人も少ないため、店の食材としても使い勝手が良いと考えたのだ。

しかし、そんな恵真の考えに二人は難色を示す。

「じゃがいもはあまりこの国では好まれませんね。どちらかというとその……庶民の味と言いますか、豆もそうなのですが、敬遠する者も多いかと思いますよ」

「そうっすよね。貴族なんかは絶対口にしないっす。小麦やパンが買えない家庭では、主食になることが多いんすよ。そんなイメージもあって、不人気で市場でも安く買い叩かれるみたいっすよ」

「え！　でも私、前にミネストローネを皆さんにお出ししましたよ？　ポトフにもじゃがいもを使ってたし、チリコンカンにも豆をたくさん使ってたじゃないですか？」

リアムとバートの言葉は恵真にとって予想外のものであった。

以前、恵真が料理を作ったときには、豆もじゃがいもも入れている。

どちらも恵真の世界では一般的な食材であり、特に不人気ということもなかったのだ。

豆は健康に良いし、じゃがいもはその味と使い勝手の良さから人気が高い。

そのため、恵真としてはそれらの食材を使うことを特に意識はしていなかった。

けれど、二人はそれぞれ違うことを思っていたらしい。

「そうっすね。味も旨かったっす！　何よりも貴族に敬遠される食材と、貴族が好む香辛料を一緒に使うなんて……。最高に皮肉が効いてていいなって思ったんすよ！」

「私は敢えて庶民的な食材を使うことで価格を落とし、周りの店との兼ね合いを考慮なさったのかと……。香辛料を使えば価格は上がってしまいますから」

確かにあのとき、バートは恵真に「スパイスが効いている」と言った。

恵真は文字通り、香辛料が料理に効いている――そう捉えたが、まさかそんな意味合いが含まれていたとは。

確かに恵真にとっては身近な香辛料だが、こちらの世界では高価になる。

どうやらそれが行き違いを生んでいたらしい。

だが、じゃがいもがそこまで人気がないというのが、どうにも恵真は腑に落ちない。

そこまで苦手意識を持たれるような苦みやクセはないのだ。こちらの世界ではどのような調理をされているのだろうと恵真は気になり、二人に尋ねた。

「んー、やっぱり茹でることが多いっすよね。あとはそのまま煮る？　で塩をかける感じっすかね。トーノさまが作ったみたいに、スープに入れるのはあんまりないっすよ。あくまで主食って食べ方っすね」

「確かに素材のまま頂くことが多いと聞きますね。それも不人気な理由かもしれません」

じゃがいもの種類によってはその食べ方でも美味しいだろうが、飽きもくるうえ、味気ないだろう。じゃがいも本来の旨味がしっかりとあるものであれば良いのだが、不人気であるじゃがいもが品種改良されているとは思えない。

それでは、じゃがいも本来の魅力がここではしっかりと伝わってないということになる。

恵真はそのことに憤りを感じる。

きちんと手間暇をかけて育てられた食材が、軽んじられて良いわけがないのだ。

そして今、恵真は目の前の二人に行動として示そうとしている。

「お二人とも、少しお時間よろしいでしょうか！」

「えぇ、問題ありません」

「ハイっす！　問題ないっす！」

なぜかわからないが、恵真が機嫌を損ね、何かに対して怒っているのが、リアムにもバートにも伝わってくる。

だがこの話の流れから考えると、自分達に対しての怒りではないだろうと二人とも推測する。

風変わりだが人の好い女性、恵真の印象は変わらない。しかし時折、彼女は妙に頑固である。

こういったときは、静かに様子を見守るのがいいというのが二人の判断だ。

そんな二人をてとてとと歩いてきたクロが、「お前達もわかってきたじゃないか」そんな風にチラリと見て、トン、トン、とキッチンテーブルに飛び乗った。

クロとリアムとバートの視線の先には恵真がいる。

きりっと真剣な表情の恵真だが、手に握られているのはじゃがいもである。

それを手に、恵真は断言する。

「私が……じゃがいもの価値を私が変えてみせます」

それは謙虚で控えめな印象の恵真としてはめずらしい強い言葉、だがそこには確固とした意志と願いが感じられる。

普段とは異なる恵真の様子にリアムとバートは息を呑む。

そして、そんな恵真の行動が、この国スタンテールに小さな変化と大きな変化をもたらすことを、まだ誰も知らない。


トントンとじゃがいもを切る、心地の良い音が響く。

恵真は数個のじゃがいもをくし切りにして、ボウルに入れた水にさらしておく。

もう何個かのじゃがいもは洗った後、皮を付けたままラップで包み、レンジで温めた。本来は茹でるのだが、今回は時間短縮もあり、恵真は電子レンジを使った。

その間に玉ねぎをスライスし、こちらも水にさらして置く。

人参をいちょう切りにきゅうりは半月切り、人参は茹でてきゅうりは軽く塩を振った。

レンジで加熱したじゃがいもを取り出し、皮をむいたら温かいうちにボウルの中で少し潰しておく。全部潰さず、ゴロゴロとした食感が残るようにするのがコツだ。

粗熱を取るため、しばらくそのまま置いた。

くし切りにして水にさらしておいたじゃがいものボウルの水を切り、クッキングシートを使い、水気をしっかりと取る。油を揚げ物用の鍋に注ぎ、温めていく。

菜箸を刺し、温度を確認した恵真がくし切りのじゃがいもを油の中に落とす。数分揚げたじゃがいもを一つ取り出し、竹串を刺し、すっと通るのを確認したら少し油の温度を上げ、カリッとした揚げ具合にする。

それをキッチンペーパーに広げ、油分をある程度落としたら、塩胡椒を全体にまぶす。

そう、恵真が作った一品目はフライドポテトだ。冷めないうちにそれを皿に移し、二人の目の前に出した。

「どうぞ、冷めないうちに召し上がってください」

「……素手でいいんすか？」

「はい、素手でいっちゃってください！」

「あちっ、あ、外側はカリカリっすね。中は……あ、ほくほくっす！　外側の塩っ気とじゃがいもの甘みがいいっすね！　こりゃ、エールが進む味っす！　……ここに酒がないのが残念っすねぇ」

「あぁ、これは酒に合いますね。調理法を変えるだけでまた違うものになるのか……興味深いな」

バートにもリアムにも味は好評のようだ。

それを確認した恵真は、もう一つの調理を進める。水にさらした玉ねぎと塩を振ったきゅうりはしっかり水分を切っておく。

潰しておいたじゃがいもに塩胡椒を振り、玉ねぎやきゅうり、そして人参を加える。そして恵真は冷蔵庫からマヨネーズを取り出した。

そう、もう一つのメニューはポテトサラダだ。

恵真はボウルに入ったじゃがいもなどにマヨネーズを加え、よく混ぜて味を確かめる。

それを小鉢に盛ってフォークと共に二人に差し出した。

「これがじゃがいもなんすか？　見た目からしてイメージが変わるっすね」

「確かにこうすると前菜の一つに見えますね。色も鮮やかですし、じゃがいもを冷菜として食べる発想は今までありませんでした」

「味はどうでしょう」

恵真が気になるのは、やはりその味がこちらの人々に受け入れられるかどうかだ。じゃがいもの料理として人気のあるフライドポテトとポテトサラダだが、そのままの味を生かしたフライドポテトに比べ、ポテトサラダは調味料の味が受け入れられるかが大きいだろう。

そんな恵真の不安をバートとリアムが打ち消す。

「ん、これは新しいっすね！　クリーミーなのにゴロッとした芋の食感があるっす！　シャキッとした玉ねぎに瑞々しいきゅうり、なのに濃厚な味わいが満足感高いっす！」

「えぇ、そのままの風味を生かした先程の料理とは違い、手間をかけてそれぞれの風味を生かしていますね。どちらも既存のじゃがいものイメージを壊す、新しい味わいです」

「本当ですか……！」

バートとリアムの反応の良さに、恵真は安心する。

じゃがいもの調理法は様々あるため、安価で手に入りやすいのであれば、それは庶民の味として広がっていく可能性が高い。

そうすることで、じゃがいもを育てる人々の環境もまた変わっていくのではないか。

恵真はそんな希望を抱く。

だが、リアムの言葉で現実へと引き戻される。

「ただ、残念ですが、庶民にはこの調理法は広がらないかと思います」

「どうしてですか？」

「まず、最初の料理では油を多く使います。油も大量に使うならば、安価ではありませんし、普段、じゃがいもを主食としている者には不向きなのです。もう一品は特有の調味料を使っているとお見受けしました。それも庶民が手に入れるのは難しいかと思うのです」

「そうっすね。めちゃくちゃ旨いんで、勿体ないんすけどね」

リアムの話はもっともであると恵真は思う。

二人の話から考えると、フライドポテトとポテトサラダは、こちらの世界で多くの人が食べられる、そんな形にはなりにくいだろう。

広めたいと思うばかりに、恵真はじゃがいもの味の良さを認めて貰うことにこだわりすぎていた。

本当にこの世界で広めたいのであれば、庶民が自宅で調理しやすく、なおかつ味が良く安価でできるものでなければならないのだ。

「わかりました……また違う形で考えてみますね。そのときは、またお二人に試作品を食べて貰ってもいいですか？」

どうやら恵真は諦めずに、この国で受け入れられるじゃがいもの新しい調理法を探るらしい。

何が恵真を駆り立てるのかは、リアムにもバートにもわからない。

しかし、じゃがいもが多くの人々に受け入れられれば、育てる農家も生活が潤うだろう。

リアムもバートも、恵真の提案を快く受け入れたのだった。


今日、喫茶エニシは定休日である。

そのため、恵真はこの前お隣の岩間さんから頂いた青梅の処理を進めていた。

ダイニングテーブルでカゴに入った青梅と恵真は向き合う。

水の中で傷つけないように洗った青梅は、昨日のうちにしっかりと乾かしておいた。

その青梅のヘタのところを竹串を使い、丁寧にとっていく。

作業をしながら恵真の頭に浮かぶのは、じゃがいもの料理である。味に関してはリアムもバートも問題ないと言ってくれたため、普段の恵真の料理でも良いのだろう。

問題はその調理方法だ。気軽に作れ、調味料も油も多く使わない、そんな庶民に合う料理を恵真は考える。

昼過ぎにリアムとバート、そしてアッシャーとテオが訪ねてくる予定だ。昨日はいなかったアッシャー達にはバートが昨夜、声を掛けると言ってくれた。

この国の常識や感覚は、恵真だけでは判断できないこともある。

四人にその料理を食べてもらい、調理法と合わせて、この国で受け入れられるものかどうか、意見を聞かせて貰う予定なのだ。

恵真が、彼らと関わっていく中で知ったのは、こちらの世界では香辛料は勿論、砂糖は高価であること、また卵も値段は高めであることだ。一方で、牛乳などは庶民でも買えると言う。

それを踏まえると、じゃがいもの料理の選択もある程度は絞られる。

主食として扱われるじゃがいもは、茹でるか蒸すくらいの調理法しか試されてはいない。

ならば、それ以外の調理法を使うことで既存のじゃがいものイメージを変えることができるはずだ。

残念だが、昨日のような形では、その調理法は広がらない。

あくまでも庶民が、普段の食事として楽しめるものでなければならないのだ。

「簡単で材料が少なくって、皆に好まれるじゃがいも料理を作らなきゃいけないんだよね」

「みゃうん」

「いくつか考えてあるけど、この国の感覚でどうかが問題だよね、やっぱり」

「みゃあん」

今日、朝早いうちに、恵真はじゃがいもを買いに行った。

今回は数種類のじゃがいも料理を作るため、三袋分を買ってきた。

昨日の残りを入れても、十分な量がある。

じゃがいもの価値を変える――そう豪語したのは自身を奮い立たせるためでもあった。

黒髪黒目で、この世界の人々からは特別な目で見られることが多い恵真だが、今の彼女に何か特別な力があるわけでもない。

だがそれでも、恵真は何もしないでいられる程、器用な性分でもないのだ。

味や調理法が広まれば、それを食べる人が、肩身の狭い思いをすることがなくなるだろう。

そして、なぜかこの世界では評価されない農家という職業、それもまた恵真には納得できないことである。

せめて料理という形で、自分も何か力になれないかと恵真は思うのだ。

もう少しすればリアム達が来るだろう。これから来る四人にじゃがいもの料理を楽しんでほしい。

今回は温かいメニューが多いため、調理はリアム達が来てからのほうがいいだろう。

だが、その前に下準備をしておきたい。

エプロンのひもをきゅっと結び、恵真は気合十分、キッチンに立つ。

「頑張らなきゃね」

そんな恵真を見つめるクロが応援するかのように、みゃうんと鳴いた。

🐾🐾🐾🐾

キッチンに立った恵真はまずじゃがいもを洗う。

今回は皮つきで使うものもあり、より丁寧に洗っておく。

まず数個は皮付きのまま乱切りにして、小鍋で茹でておいた。

じゃがいもは、切ってそのまま放置すると変色してしまう。そのため、下準備はじゃがいもを茹でておくだけである。

そしてもう一品分のじゃがいもは洗ったあと、皮付きのままくし切り、こちらも小鍋で茹でる。

温かいまま食べてほしいことや調理法を見てほしいこともあり、それ以外の準備は今はまだできないのだ。

そろそろ昼になるので、リアム達が訪れるだろう。

そう思ったとき、裏庭の窓をノックする音が聞こえる。

キッチンから恵真は急いでドアに駆け寄ると、ノックを返す。そして恵真はサッとドアが開く方向に下がる。

　これが最近決まった喫茶エニシで、四人が訪れたときの対応方法である。

　ドアの前に立って出迎えてしまうと、その姿が目立つと彼らは案じているらしい。

　別段、恵真としては気にしていないのだが、興味本位で恵真を見る者がいるのを彼らは不快に思っているようだ。

　そんなに気になるなら堂々と入ってきて、料理を注文し、代金を支払うべきだというのが彼らの弁である。

「今日はお招き頂き、ありがとうございます。これはこの国スタンテールで一般的に食べられるパンです。今後の経営の参考になれば良いのですが」

「わぁ、ありがとうございます！　リアムさん」

　花や装飾品など女性が好むものでなく、料理が好きな恵真に合わせた手土産を、リアムは用意した。それも高価なものではなく、庶民が食べているものである。

　おそらく、恵真にはそういったものの方が喜ばれるだろうとの推測だったが、反応を見るに正解であったようだ。

　リアムの横にはアッシャーとテオがちょこんと立っている。

「エマさん、お招きいただきありがとうございます」

「ありがとうございます」

「いらっしゃい。アッシャー君、テオ君」

テオの手には、小さな野草の花束が握られている。

それを少し照れながら、テオは恵真へと渡す。

二人の可愛い小さな心遣いに、恵真は胸をときめかせる。

小さな野草のブーケはさっそく、グラスに飾られるだろう。

最後に顔を出したのはバートである。

なぜか困った顔をしているバートは、以前にも聞いたようなことを恵真に力説する。

「オレは宣伝担当っすから！　喫茶エニシの良さをバッチリ広げますんで！」

「えぇ、ありがとうございます……こちらの都合で急に集まってくれたんです。十分嬉しいんですよ！」

「そうっすよね！　オレもそう思うっす！」

一人手ぶらのバートは安心したように同意する。

調理を待つ間に四人に何も出さないのも、と恵真はクラッカーを用意した。

今回はじゃがいも料理ということもあり、麦茶とクラッカーという軽めのものだ。四人に麦茶を出すのは初めてだったが、香ばしく苦みのない風味は受け入れやすいものだったらしい。

暑さが厳しくなるこれからの季節、アッシャーとテオには、カフェインの含まれない麦茶を出そうと恵真は思う。

「さて、準備に取り掛かりますね！　皆さんはそこで待っててください」

恵真は再びキッチンへと向かう。

まだ温かいじゃがいもの皮をむき、ボウルに移したら、その中で潰していく。ここで重要なのが、丁寧に潰すことだ。

綺麗に潰したら牛乳を加え、なめらかにし、塩を加えて味を調える。それをココット皿に盛って完成となる。

恵真が、まず最初に作ったのはマッシュポテトだ。

そして恵真は次のじゃがいもの皮をピーラーで剥く。今度はじゃがいもを千切りにしていく。本来はスライサーを使えば楽なのであるが、こちらに同じような調理器具があるとは限らない。恵真は敢えて手間のかかる包丁での千切りを選んだ。

千切りにしたじゃがいもは水にはさらさず、塩を振って味をなじませる。

フライパンを温め、サラダ油を入れて、適温になったところでその千切りのじゃがいもを全体に広げる。パチパチとしっかり火が通るまで、これを数分焼き上げる必要がある。

その間、くし切りにしたじゃがいもの両面の水分をきっちり取っておく。

恵真はもう片方のコンロでフライパンを予熱し始めた。

サラダ油をフランパンになじませ、くし切りのじゃがいもを、こんがりと両面焼いていく。すでに火を通してあるため、カリッと焼き色を付けるだけでいい。

上から塩を振り、完成したのはフライパンで作るベイクドポテトだ。

本来はオーブンで焼き上げるのだが、家庭でも作りやすいようにフライパンを使った。

隣でパチパチと音を立てるフライパンのじゃがいもを、ひっくり返してまた焼く。こちらも両面にこんがりと焼き目をつけるのが、美味しさの秘訣だと恵真は思う。

焼いている間に、恵真はベイクドポテトとマッシュポテトを四人に出す。

「最後の一品はもう少し時間が掛かるので、先にこの二品からどうぞ。こちらのお皿に入っているのがベイクドポテト、ココット皿に入っているのがマッシュポテトです」

「このまえのと見た感じは似てるっすけど、調理法が結構違うんすね」

「そうなんです。そこがちょっとポイントですね。どうぞ、召し上がってみてください」

恵真に促され、それぞれフォークを手に取り、口に運ぶ。

アッシャーが最初に口にしたのはベイクドポテトだ。パリッと焼き目を付けたじゃがいもは見た目からも香ばしさがわかる。

アッシャーは黙々と口を動かしていくが、その表情はどんどん明るくなっていく。

隣に座るテオも同じようにベイクドポテトを選んだが、一個食べ終わったらもう一個と口に運んでいるため、テオに感想を聞くのは難しいだろう。

そんな様子を嬉しく思いながら、恵真はアッシャーに感想を尋ねる。

「味はどう？」

「美味しぃ！　美味しいです、これ！　外側がカリカリしてるし、中はほくほくで甘いんですね！　これって本当に塩だけなんですか？」

「うん、油と塩しか使ってないの。これなら作れるご家庭も多いんじゃないかな。ベイクドポテトっていって、本来は違う形で作るんだけど、この作り方ならフライパンとかお鍋で作れるでしょう」

そう、前回のフライドポテトでは油を大量に使うという問題があった。

それを茹でた後に焼き上げるという形に変えたことで、油も少量で済むのだ。

フライドポテトほどではないが、香ばしくパリッとした表面と、中のホクホクとした柔らかな食感は食べやすく、また油を控えたことで胃にも負担が少ない。

年齢問わず食べやすい一品だ。

恵真はそろそろ良いかと、フライパンで焼いているじゃがいもの様子を確認する。

大きな皿に移すと、こちらもこんがりと全体的に焼き目がついている。

出来上がった円形のじゃがいもを、恵真は放射状に切り分けていく。

「こちらはなんという料理ですか」

「じゃがいものガレットです。こちらもじゃがいもと塩と油しか使いませんし、お鍋やフライパンで作れますよ。もし、物足りないときはチーズも一緒に焼くと、更に美味しくなるんです。どうぞ、召し上がってみてください」

「ありがとうございます」

「楽しみっすね！」

リアムとバートがガレットを口にする。

ガレットというとそば粉のものがそう呼ばれることが多いが、こちらのじゃがいもを焼いた物もまたガレットと言う。

ベイクドポテトと同じように、表面のパリッとした食感と中のほっくりとした食感が味わい深い。

調理時間は少しかかるが、じゃがいもを煮る時間を考えればさほどのものでもないだろう。

何より、こちらも調味料は多く必要ない。

広く様々な状況の人が調理できるという点で、ベイクドポテトもガレットも基準を満たしているのではと恵真は、この二つの料理を選んだ。

リアムとバートは味に納得したかのように頷いている。

そんな二人にも恵真は味の感想を求める。

「味はどうでしょう？　お口に合いましたか」

「合うっす、バッチリっす！　いいっすね、これ。今までの食感と違って新鮮っす。今までは芋は酒には合わないなーなんて思ってたんすけど、これはどっちも合うんじゃないっすかね」

「あぁ。今まで主食として食べていたその概念が変わるな」

リアムとバートの意見に、恵真は笑顔を見せる。

前回の二人の意見で表れた問題は、「普及可能な調理法・安価な調味料」である。

今回の料理は、どの家庭でも調理しやすく調味料も高価でないものを選んだ。

アッシャーとテオも「パリパリしてる」「中はもちもちしてる」などと、二人で確かめながら食べ進めている。

恵真には、もう一つ四人に確認したいことがある。

ベイクドポテト、ガレットは塩と油以外は使用していない。

だが、マッシュポテトには塩以外に牛乳が使われている。

以前から、恵真が使っていても皆が驚かないことや、庶民でも買えるという情報から作ったが、こちらも他の二品と同じように、一般の家庭でも調理可能なのだろうか。

そんな恵真の問いに、リアムが穏やかに答える。

「問題ありません。この三品ともすべて一般の家庭で調理可能です」

「良かった……」

恵真は大きな安堵の息をつく。

今回の料理の目的は恵真が料理をし、誰かを喜ばせることではない。

この国スタンテールで安価な食べ物と軽んじられるじゃがいもに、新たな価値を見出すことだ。

そのため、使用できる調味料も調理法も限られている。

「何よりその調理法が画期的です。茹でる、煮る、それ以外の調理法が、こんなに味や食感を変えるなんて思ってもみませんでした。調理法もすべて一般の家庭でも可能です。確かにこれはじゃがいもの価値が変わっていきますね」

「はい、これが受け入れられていけば、育てる農家の方の努力や手間も認めて貰えますよね」

そう言った恵真の表情をリアムは穏やかな瞳で見つめると、吹き出して笑う。

そんなリアムに、アッシャーとテオは目を瞬かせ、バートは目を丸くする。

リアムは冒険者であるが、その素振りからは自然と育ちの良さが滲み出て、高貴な印象と共に庶民の出の者からは少し遠く感じられる存在だ。

リアムが自然に振る舞う姿は三人にとって新鮮なものである。

笑っていたリアムは、真摯な表情で恵真を見た。

「そうなるように、私どもも努力いたします。……私が言うことではありませんが、誰かのために料理をする。そこにはトーノさまの御心が反映されていると思います」

「……っ」

無事に料理が受け入れられた安堵もあったのだろうか。リアムの言葉に、恵真はぽろぽろと涙を流す。

突然の恵真の涙にリアムは狼狽え、アッシャーは心配そうに見つめる。テオはハンカチを差し出し、バートは赤茶の髪を掻きながら、慰めの言葉をかけた。

クロはそんな彼らの様子を呆れたように見つめ、ソファーに寝転ぶ。

恵真が誰かのために作った料理、それがこの国スタンテールに小さな変化を起こしていこうとしているのだ。


ホロッホ亭は、今夜もなかなかの賑わいを見せている。

活気ある店内では、冒険者や若い兵士がテーブルを囲み、酒を飲み交わしていた。

一般的に兵士と冒険者の関係は悪いため、それぞれが集まる店も自然と分かれている。でなければ血の気の多い者がいて、酒の席ということもあり、いざこざが起こってしまうのだ。

だが、ここホロッホ亭では一切見られない。

そのようなことに囚われない者が集まるともいえるが、それ以上にこの店の女将アメリアの強い方針がある。

この店で何か揉め事を起こせば、すぐに彼女が出てきて、その問題を強引に解決する。

そんなホロッホ亭において、争いはご法度なのだ。

さて、そのホロッホ亭にリアムとバートはいる。

目的は二人で酒を飲み交わすことではない。この店の女将アメリアに相談があったためだ。

早朝から翌日の早朝まで店を開けているホロッホ亭ではあるが、やはり夜が最も人出が多い。

リアムとバートは、敢えてその時間帯を狙って店を訪れた。

二人を見たアメリアは、笑顔で手を上げる。

「おや！　バートに坊ちゃんじゃあないか！　バートはともかく坊ちゃんは久しいねぇ。元気にしてたかい？」

「……坊ちゃん？」

「あぁ、俺のことだな」

「へっ、マジっすか！　リアムさん、ぼ、坊ちゃんすか！　ぷっ！　こんなデカいのに！」

バートの軽口に表情一つ変えず、リアムはアメリアの元へと歩みを進める。

そして彼女にその大きな手を差し出し、握手を求めた。リアムの手をしっかりと握ったアメリアは彼の顔を見て、満足そうに頷く。

バートはきょとんとそんな二人を見つめる。

「お久しぶりです、マダムアメリア。お世話になったまま勇気が出ず、こちらになかなか伺うことができなかった私をお許しください。あの頃同様、ここは活気がありますね」

「アタシをマダムなんて呼ぶのは、あの頃も今もあんたぐらいだよ、坊ちゃん！　……あぁ、この呼び方はやめた方がいいかい？　こんなに立派な青年になったんだからね」

「いえ、いつまでもそう扱ってくださる方がいるのはありがたいことですので」

「ははっ！　そう思えるあんたなら、もう一人前だと思うけどねぇ」

そんな二人のやり取りを黙って見つめていたバートだが、その親しげな様子に首を傾げる。

今までアメリアからもリアムからも、特に親しいという話を聞いたことがない。会話の中で、マルティアでは名の知られた二人の名が会話に出ることはあった。

しかしそれも一般的なレベルのものだ。

この様子は、古くからの知人なのであろう。

蚊帳(かや)の外に置かれていたようなバートを、リアムが呼び寄せる。

そう、リアムとバートは、ホロッホ亭の女将であるアメリアに相談したいことがあるのだ。

アメリアも二人で訪れたからには何か理由があると思ったのだろう。じっと二人を見比べる。

「で、どうしたんだい。バートはともかく、坊ちゃんまで顔を出すってことは何かあるんだろ？」

「はい。マダムのご推察通りです。あなたにお願いしたいことがあって参りました」

「そうなんす。アメリアさんの力を貸してほしいんすよ」

そんな二人の様子に、アメリアはからからと笑う。

仕事柄、兵士や冒険者に相談されたり、愚痴を聞かされることの多いアメリアだ。二人の話にも動じた様子がない。

そんなアメリアにリアムは言葉を続ける。

「こちらの店で出してほしい料理があるんです」

「このホロッホ亭でかい？　まぁ、良いアイディアなら聞かないこともないよ？　で、どんな料理なんだい？」

アメリアの問いかけにバートは少し眼を逸らす。

これから口に出す食材は、あまりこの国では良い評価を得ていないのだ。それをメニューに加えてほしい、そうアメリアに面と向かって言うのはなかなか勇気のいることである。

だが、バートが戸惑うのをしり目にリアムは人好きのする微笑みを浮かべ、アメリアにはっきりと言う。

「じゃがいもです」

「は？」

「このホロッホ亭で、じゃがいも料理をメニューとして出してください」

久しぶりに会ったかと思えば、突然笑顔で不人気のじゃがいもをメニューに加えろと言うリアムにアメリアは驚き、目を見開く。

アメリアをにこやかに見るリアムに、もう少し良い伝え方や交渉法があるのではと、バートは赤茶の髪を掻くのだった。

偶然空いていた店の丸テーブルに備えられた椅子に三人は座っている。

アメリアは眉間にくっきりと皺を寄せて、腕組みをしながら足も組んで腰掛ける。その様子から伝わってくる空気に周囲の客は座席をそっと離れ、別の席に座る。

バートは赤茶の髪を掻き、ふぅとため息をついた。

一方のリアムはと言えば、笑顔を崩さずニコニコと席に腰かけている。

「で、どういうことだい」

先に口を開いたのはアメリアだ。

その表情は、明確に不機嫌であることを相手に伝えるものだ。けれど、向かい合うリアムはまるで天気の話でもしているかのように動じない。

丸テーブルに三人という状況のため、バートの左ににこやかなリアム、右には不愉快そうなアメリアという構図だ。

挟まれたバートとしてはたまったものではない。

「先程、お話しした通りです。ホロッホ亭でじゃがいもを使った料理をメニューとして加えてほしいのです」

「じゃがいもは人気がないことを、あんたもわかって言ってるのかい？」

「存じています」

「だったら……」

「そのうえで、その評価を変えたいと思っております」

「……変える？　なんのためにだい？」

アメリアの問いは当然のものだ。彼は冒険者であり、その生まれは侯爵家である。

じゃがいもの評価がどうであろうと、リアムには関係のないはずだ。

なぜ、この店のメニューに加えてほしいとリアムが頼むのか、アメリア以外の者にも気になる点であろう。

「……それを望まれている方がいます」

「なんでまたそんなことを……」

じゃがいもが広まることで利益を得る者がいるとしたら、農家ぐらいだ。

だが、そのためにリアムが動くとも思えない。首を傾げるアメリアに、リアムは笑みを溢す。その笑みはごく自然なもので、アメリアは眉を少し上げる。

「その方は些か風変わりでして、既存の価値観に囚われないというか……自らの利益になるかどうかなどは気に留めません。私はその方に協力すると誓いましたから、そのお約束を守るだけです」

「…………」

しばらくの間、リアムとアメリアは黙って相手を見つめ合う。

その様子を同じテーブルで、息を殺しながらバートは見守る。いつの間にか、そんな三人のテーブルを周囲の客もまた店員も気にかけ、自然と注目を集めてしまっていた。

するとリアムはバッグの中から何かを取り出し、テーブルの上に置き始める。

それは三つの箱のようなものだ。怪訝な顔をするアメリアにリアムが、蓋を開けて中を見せる。その中には、何やら見たことのない形状のものが入っている。香りからすると、おそらくは料理であろう。少々気を引かれるアメリアだが、そうと知られるのは癪だ。

そんな素振りを、リアム達には見せぬようにする。

「どうぞ、こちらをお召し上がりになってください」

「……ウチは持ち込み禁止なんだがね」

「客が食べるわけではありません。マダムに確かめて頂きたいんです」

「味をかい？」

アメリアの問いにリアムは口角を上げる。

その紺碧の瞳は楽しそうですらある。

「いえ、この料理の価値と可能性をです」

そんなリアムの答えに、アメリアは目を瞠る。

だが、その言葉は彼女の関心を買うのに十分だったようだ。アメリアもまた口角を上げ、挑戦的な瞳でリアムを見る。

リアムとアメリアに、バートも周囲の者達もひやひやしながら様子を窺う。

「面白いじゃないか。誰か！　皿とフォークを持っておいで！」

「はい！」

アメリアの声に従業員がパタパタと動き出し、取り皿を何枚かとカトラリーを持ってきた。リアムが予想していたよりずっと良い形で話が進んでいる。

リアムは静かに笑みを深めるのだった。

🐾🐾🐾🐾

テーブルに並んだ料理は、恵真が作ったじゃがいも料理三点である。

ベイクドポテト、ガレット、マッシュポテト、それぞれをタッパーに入れ、持ってきたのだ。

アメリアはその器も興味深いのだろう。しげしげと見つめている。

リアムが皿にそれぞれを取り分けて、アメリアへと差し出した。

「これ、じゃがいもなのかい？　形が随分違うけれど」

「えぇ、どれもじゃがいもを使っています。どうぞお召し上がりください」

眉間に皺を寄せたまま、アメリアはベイクドポテトを口に入れる。

すると驚きで眉が上がり、眉間の皺が消えた。その表情を見たリアムは満足気に笑う。

リアムの顔を軽く睨み、アメリアは次のガレットを食す。冷めてはいるがその味は変わらない。

アメリアは一切れを食べ切ると、次のマッシュポテトへとフォークを進めた。

三品を口にしたアメリアは、深く息をつく。

周囲の客も自分のことのように緊張しつつ、アメリアの返答を待つ。

アメリアはじゃがいも料理から、リアムへと目を移す。

「で、これは誰が作ったんだい」

「それはまだ言えません。ですが、以前こちらにサワーを紹介した方といえばマダムもおわかりになるのでは」

アメリアは腕を組みながら、軽くリアムを睨む。

けれど、その表情は先程とは違い、笑みも交じる。

「噂のお嬢さんかい。サワーだけじゃないね、確かキャベツの件でも世話になってるじゃあないか。坊ちゃんも人が悪いね。先にそれを言ってくれりゃあいいのに」

「それでは正確な評価になりませんからね」

「……まったく、成長したって言えばいいのか小憎らしくなったと言えばいいのか」

「両方でしょうね。それでマダム、料理の味の方はいかがですか」

リアムの言葉にアメリアは肩を竦めて答える。表情も空気も柔らかく、むしろ楽しげな様子さえ漂う。それは彼女の答えを表していた。

「問題ないね。これなら、文句なしに店に出せる……それで調理法は教えて貰えるのかい？　それにいくらぐらい払えばいいのさ。サワーの分だってあるだろ？」

「調理法は勿論、お教えします。料金は求めないそうです」

「は？」

「先程、申し上げましたが、その方は少々風変わりでして。自らの利益になるか気に掛けないのです。あくまで、じゃがいもの普及が目的だそうですよ」

リアムの言葉にアメリアは目を丸くした後、店中に響くような大きな声で笑う。

まさか、リアムの言った通り、本当にじゃがいもの普及のために、農家でもなんでもない女性が腕を振るうとは思いもしなかったのだ。

この店を長年営むアメリアにはそれなりの矜持(きょうじ)がある。この店で出すメニューにだって、アメリアのこだわりがあるのだ。

そこに名を載せても構わない料理を、ただじゃがいもの普及のために考えた。

料理と食材に愛情を持つ、その女性にアメリアは好感を抱いた。

そもそも、このホロッホ亭のためにキャベツ、サワーとアイディアをくれたにもかかわらず、見返りすら求めてはいない。

リアムの言った通り、風変わりで既存の価値観に囚われない女性なのだろう。

立ち上がり、タッパーを手に取ったアメリアは、それを店の客に差し出す。

「ほら、皆、これを食べてごらん。これからこのホロッホ亭で出す料理だ！　じゃがいもの新しい料理を自分の舌で確かめてごらん！」

「おぉ、女将がこう言うんだ！　皆、食ってみようぜ」

「へぇ、めずらしいなぁ。こんなん食ったことがないや」

アメリアのその言葉に、遠巻きに見ていた客が寄ってきて、タッパーを回す。それぞれにフォークを伸ばしたり、皿に移し替えて味を確かめているようだ。

その表情と声には料理の味への驚きが満ちている。

それはリアムの狙い通りである。

最も混雑するであろう時間帯を狙い、敢えて訪れた。ここ、ホロッホ亭には兵士も冒険者もいる。

そこで評判が良ければ、その意外性から自然とじゃがいもの話も広がっていくだろう。

アメリアが、もしメニューに入れることに納得せずとも、その味を考えれば、客に振る舞えばある程度の効果はあるとリアムは踏んでいた。

無論、メニューに加えてくれたのは大成功である。ここホロッホ亭は歴史も古く客は勿論、周辺の店からの信頼も厚い。

そのホロッホ亭で使われたなら、徐々にじゃがいもの味や調理は広まっていくだろう。

アメリアは客たちの様子を見つめつつ、ぽつりと言葉を溢す。

「このアタシに貸しを作るなんてさ。坊ちゃん以来だねぇ」

「……できればマダムには、あの方の味方になってほしいと思っております」

「そうさね、いつかその子に会ってから考えるよ。何せ、バートの彼女なんだろ？」

「は？」

突然のアメリアからの言葉にリアムの表情が固まる。

そんなリアムの後ろでバートがブンブンと首と手を振る。

振り返ったリアムからは、哀れな者を見る眼差しがバートに注がれる。

「違うっす！　リアムさん！　色々言えないことが多すぎて起こった、悲しい事件なんす！」

「あぁ、そうだな。確かに今、俺はお前を気の毒に思っているよ」

「そうじゃないんす！」

「あぁ、そうかい。それじゃあ、バートの一方通行なんだね。諦めず頑張るんだよ」

「いや、だーかーらー！」

ホロッホ亭は今宵もなかなかに騒がしい。

そして、今この場所で少しずつじゃがいもの評価も変わっていっている。身近で調理しやすいじゃがいもは今後、庶民の食卓において重要な価値を持つようになる。

今日がその始まりであることにどれ程の人々が気付いているだろうか。

ゆっくりとだが、確実にじゃがいもの価値と可能性は、その料理の味と共に伝わっていくことになるのだ。


「本当ですか？　本当にお店で出すとおっしゃったんですか！」

「えぇ、メニューに取り入れてくださるそうです」

「良かったっすねぇ」

あの後、ホロッホ亭では恵真の作ったじゃがいも料理を皆が食べた。茹でて食べるそのイメージと違い、酒のあてとしても良いということも評価され、タッパーはすべて空になった。

そう伝えられると恵真は満面の笑みを浮かべる。

そんな恵真の様子にリアムもバートもほっと胸を撫で下ろす。

急にすべてを変えることは難しい。

しかし、恵真の料理とじゃがいもの味、その評価は少しずつ広がっていくだろう。それは蒔いた種が芽を出すように、ゆっくりと確実に育っていくはずだ。

それは他の誰でもなく、リアム達の目の前で相好を崩す、黒髪黒目の女性トーノ・エマの功績なのだ。

喫茶エニシにはこの時間、客がいない。

アッシャーとテオはコップを一生懸命に拭いている。

恵真はと言えば、大きな器に沸かした茶を、リアムとバートのためにグラスに注いでいる。

透明なグラスに氷が入り、カラリと音を立てた。

以前も飲んだその飲み物は麦茶というらしく、香ばしさと癖のなさが特徴で、どうやらこの季節の飲み物らしい。

小さなレースのコースターの上にグラスが置かれ、茶菓子と共に差し出される。

カウンターキッチンに添えられた椅子に座ったリアムとバートは、勧められるまま、そのグラスに口をつける。

少し蒸し暑さの出てきたこの季節によく合う風味に、リアムはふぅと息を付く。

隣のバートは茶菓子を黙々と食べている。喫茶エニシで出る菓子もまた、この辺りでは手に入らない美味なものなのだ。

今日、リアムが恵真の元を訪ねてきた理由は、じゃがいもの件以外にもある。ちょうど、客は今いないため、その話をしても良いだろうとリアムは判断した。

「トーノ様、以前お伺いした冒険者ギルドへのバゲットサンドを卸す件ですが……」

「そのお話、受けます！」

「えぇ……はい？」

「ふぇっ！」

リアムの問いに、食い気味に答えた恵真に、リアムもバートも驚く。

以前からバゲットサンドに関しては、受けたほうが良いのではないかと伝えてはいたが、恵真は急に積極的な反応を見せた。

冒険者ギルドへの登録は恵真の後ろ盾の布石となるだろうと、リアムとしては勧めていた。

けれど、開店間もない喫茶エニシだ。

恵真の負担も考え、様子を見ていたのだが、ここにきて急に恵真が意欲を見せる。

「大丈夫っすか？　無理してるんじゃ……」

「あ、えっと違うんです。なんていうか……今回の件で色々考えたんです」

「今回の件……じゃがいものことっすか？」

バートの問いかけに、恵真がこくりと頷く。

今回のじゃがいもとバゲットサンド、どのような繋がりがあるのかとバートは首を傾げる。

きっかけはバゲットサンドを買い求めに来た客が、箱いっぱいのじゃがいもと交換してほしいと頼んだことだ。

そういった意味では関係があるとも言えるが、その件とバゲットサンドをギルドに卸すのとは微妙に繋がらない。

横のリアムの表情にも疑問が浮かんでいる。

そんな二人の表情を見た恵真は、困ったような笑みを浮かべた。

「……私には特別な力があるわけではありません。黒髪黒目で目立つけど、それだけなんです。すべての人に何かできるほどの力を持っていたなら、多くの人を救えます……でも、そうじゃない」

その言葉にリアムとバートだけではなく、アッシャーとテオも恵真を見つめる。

この国において、恵真の外見は特別な意味を持つ。

だが、特別な存在として注目を集める彼女が、何らかの力を求められても、力を行使できるわけではないのだ。

突然の恵真からの言葉に、誰もが言葉を失い彼女を案じる。

しかし、次に恵真から出た言葉は彼らが予想していたものと異なっていた。

「だから、せめて自分にできることならしたいんです。特別な力が今の私にあるわけじゃないけど、困ってるのに何もしないで見てはいられないし……。香草が広がれば、助かる人がいるんですよね。それなら、私はバゲットサンドを作ります。香草を卸す件も……前向きに考えていきます」

「……わかりました」

恵真の言葉には迷いはない。その表情にも曇りがないことから、その決断は確かなものだろう。

リアムは先程の恵真の言葉を思い返す。

恵真は自分にできることなら何かしたいと語った。

ただ、そのように見返りを求めずに動ける人間は決して多くはない。

恵真は特殊な力がないにもかかわらず、誰かのために行動を起こすことができる。

そのような人間もまた少ないのだ。

風変わりで常識に囚われない恵真であるが、何よりもその気性は温厚で寛大である。

今回の判断も、恵真のその性質ゆえのものだろう。

バゲットサンドを冒険者ギルドに卸すことによって、恵真にはこの国においての後ろ盾ができる可能性が高い。輸入に多くを頼るこの国で、良質で新鮮な薬草が入手できるようになるのだ。

薬師ギルドも冒険者ギルドも、そこに強い関心を抱いている。

多くを望まない恵真のこの判断は、この国にゆっくりと、だが確実に大きな変化を生じさせていくのだった。

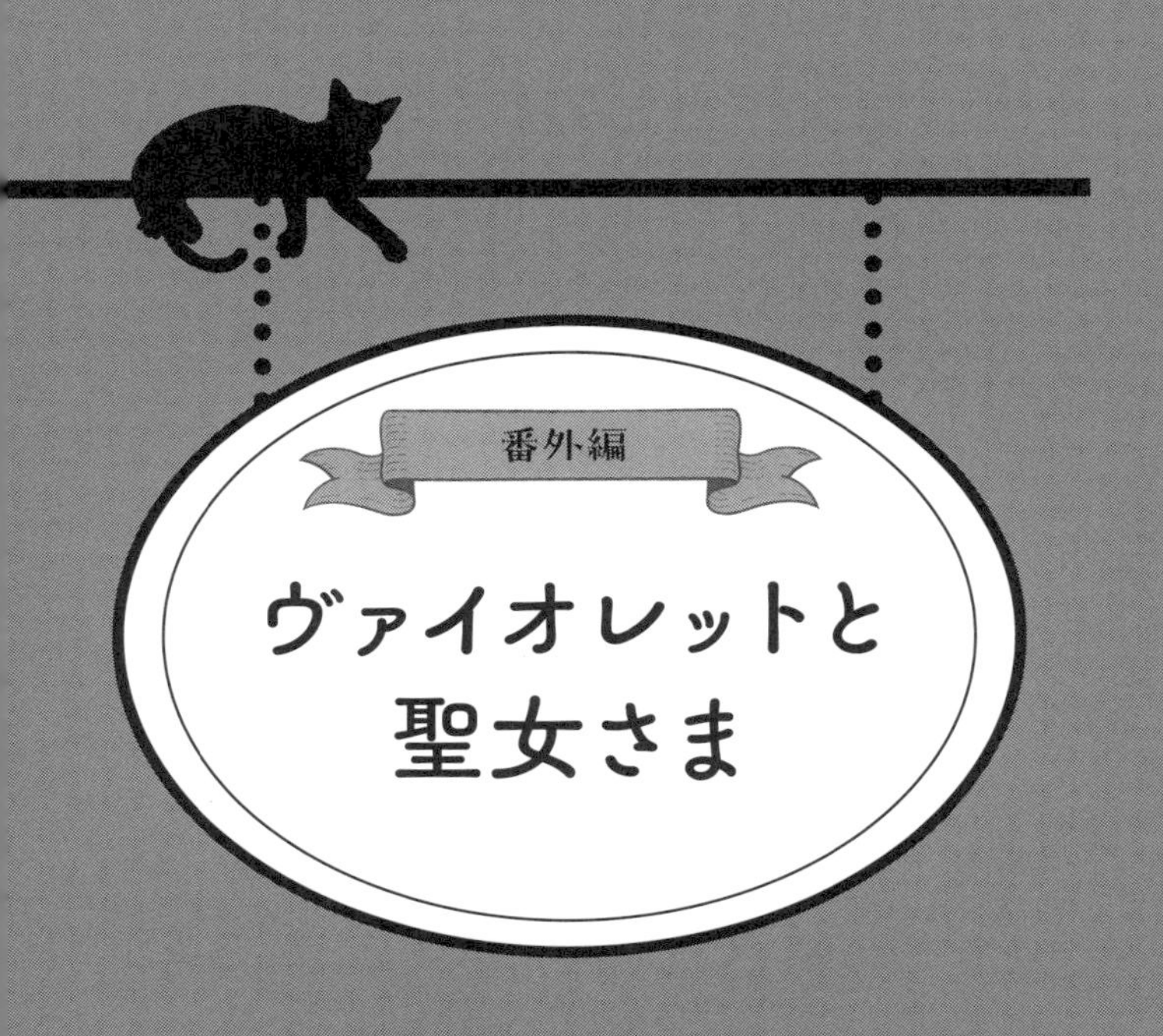
番外編
ヴァイオレットと
聖女さま

その日、喫茶エニシ最初のお客さんは小さな女の子であった。

ドアを開き、まず恵真を見たその子は目を輝かせる。

「……聖女さま？　あなた、聖女さまなのかしら」

「えっと、いらっしゃいませ。お客さま」

「黒髪黒目は聖女さまだって、本で読んだのです！」

突然訪れた小さなお客さんは、恵真の姿に紫色の目を輝かせる。黒髪黒目の聖女の話は教会や乳母がしてくれたことがあり、彼女も知っていたのだ。

小さなお客さんはきょろきょろと店内を見回すとクロを見つけて、歓声を上げた。

「まぁ、聖女さまは魔獣を飼っているのね！」

当然、彼女に続いて誰か大人が入ってくるだろうと思っていた恵真だが、一向に誰も訪れない。彼女のペースでどんどん進んでしまう中、恵真は重要なことを尋ねる。

「その……えっと、ご家族は一緒なのかな？」

「いいえ、一人で参りましたわ。聖女さま」

「はぁ、えっと、私は聖女では……。いえ、それより本当に一人なの？」

「はい。私、最近はお姉さんになったと皆に言われておりますわ。弟がおりますし、色々とできることも増えましたの！」

どう見てもテオよりも小さいのだが、しっかりとした受け答えをする子だ。

ふんわりとした金の髪にリボンを付けた女の子が一人で訪れたことに驚く恵真だが、とりあえず席に着かせる。彼女はふわふわのソファーに満足したようだが、アッシャーとテオも自分達より小さなお客さんに目をぱちぱちと瞬かせた。

そのとき、今日二人目のお客さんが喫茶エニシに訪れる。足を踏み入れた二人目の客に、恵真はホッとした表情を浮かべた。

「リアムさん、いらっしゃいませ。来てくださって良かった……」

「何か問題でも起きたのですか？」

恵真の言葉に何事かあったのかと、リアムの表情が厳しいものになる。首を振った恵真がちらりと視線を送るのは小さなお客さんだ。リアムもまた少女へと視線を移す。ソファーのふわふわ具合を確かめる女の子の服装を確認したリアムは、視線を恵真に戻した。

恵真が頷くと、リアムも頷き、小さなお客さんの元へと彼が歩き出す。

「初めまして。私は冒険者のリアムと申します。小さなレディのお名前をお尋ねしてもよろしいでしょうか？」

「よくってよ。私はヴァイオレット、そう呼んでくださいな」

「素敵なお名前ですね。瞳のお色から来ているのでしょうか」

「えぇ、お父さまがつけてくださったそうなの。亡くなったおばあさまと同じ瞳の色だっていつも褒めてくださるの。皆は私のことをヴィーと呼びますのよ」

ソファーに座っても床に足がつかない女の子はヴァイオレットというらしい。リアムに向かって微笑むと、嬉しそうに名づけの詳細まで教えてくれた。

「今日はなぜ、この街にいらしたのですか？」

「お忍びで参りましたの！　お父さまが薬師ギルドに行っている間、街を見て回って良いことになったのです。でも、私はもっと違うものを見たくなって、一人で歩いていたらこの店に辿り着いたのです」

「そうでしたか……。ご注文はお決まりでなければ、甘いものと飲み物をご注文してはいかがでしょう。よろしければ、私が店主に伝えてまいります」

その言葉にヴァイオレットが微笑んだのを確認し、恵真の元へと戻ってきたリアムは深刻な表情を浮かべている。

注文をする素振りを見せながら、リアムはそっと恵真に告げた。

「これは……困ったことになりました」

「迷子ですよね。でも、名前もわかりましたし、お父さまが薬師ギルドにいらっしゃるのなら、安心ですね」

「いいえ、問題は紫の瞳です。あのお嬢さんはローレンス公爵家のご息女です。おそらく、皆が必死で捜していることでしょう」

「……公爵令嬢の迷子、ですか」

驚いた恵真はソファー席に座る小さなヴァイオレットを見つめる。確かに服装や言葉遣いは一般的な子どもとは異なるヴァイオレットだが、はぐれたにしては落ち着いている。それが貴族としてのものか、彼女自身の気性によるものかは判断がつかないが、ヴァイオレットは初めて訪れた喫茶エニシに興味津々の様子だ。

こちらを見たヴァイオレットは小首を傾げて恵真に尋ねた。

「ねぇ、聖女さま。飲み物はまだかしら？」

「はい！　今、何かお持ちしますね」

落ち着き払った堂々たる迷子のヴァイオレットだが、喫茶エニシのお客さんには違いない。さて、この小さなお客さんに何を出したらいいのかと考え出す恵真なのであった。


グラスに入った水に浮かぶ氷に、ヴァイオレットは目を輝かせる。貴族であれど、氷をこの季節に見ることは滅多にない。魔術士を使えば可能であるが、そのようなことに魔力を使うのは贅沢でもある。

そんなヴァイオレットを見つめた恵真にリアムが教えたのは現状だ。

「公爵家の者が捜しているかと思いますが、お忍びの場合、大々的には行えません。そのため、この国の兵を頼ることはないでしょう。おそらく、冒険者ギルドを頼るかと思います。私がギルドに確認に行って参りますので、その間、外に彼女が出ないように見守っていて頂けますか」

「はい、もちろんです。よろしくお願いします」

「トーノさまやアッシャー達はここにいて、いつも通りに接客を行ってください」

公爵令嬢であるヴァイオレットの保護が必要であり、恵真たちに託せば安心して、リアムは冒険者ギルドへと向かえる。

リアムの後姿を見送った恵真は、早くヴァイオレットの安全を周囲に伝えられることに安堵するのだった。

冷たい水を出したもの、公爵令嬢に一体何を用意したらいいのかと恵真は考える。なぜか周囲からは他国の貴族と思われている恵真だが、一般的な貴族が何を食べているのかは全く想像がつかない。

そんな恵真に聞こえてきたのはアッシャーとテオ、そしてヴァイオレットの会話である。自分より小さなヴァイオレットに、アッシャーもテオも面倒を見なければと思ったようだ。

「あなた方はご兄弟なの？」

「はい、そうです。テオは僕の弟ですよ」

「ねぇ、弟って可愛い？」

「え、その……まぁ、そうかもしれません」

率直な質問に驚きながらも、アッシャーは客であるヴァイオレットにきちんと答える。その横で何やらテオは、にこにこと自信ありげに微笑んでいる。

「ふふ、可愛いんだって」

「……テオ！　まぁ、ずっと一緒にいると自然とね。ほら、弟だし！」

照れくささを誤魔化すためか、敬語がなくなったアッシャーはよくわからない答えを返す。しかし、ヴァイオレットは複雑そうな表情を浮かべた。

「私は可愛くないわ。ジェイドなんて……お父さまもお母さまも弟のジェイドのことばっかり。私がいなくなっても誰も困らないわ、きっと」

ヴァイオレットの言葉には寂しさが滲む。

慌ててアッシャーとテオがそんな彼女のフォローをし始めた。

「小さい子はできないことが多いから、目が離せないんじゃない？」

「うん。ぼくはもう大きいけど、近所のエイダさんのとこはちっちゃい子がいて大変なんだって」

そんなアッシャーとテオの言葉に、ヴァイオレットは首を振る。

「うちには乳母もいるし、メイド達もいるもの。弟はもう歩けるようになったし、これからは一緒の時間も増えるんですって。そうしたら、私ももっとジェイドと仲良くなれるのかしら。……ジェイドのこと、嫌いになりそうで怖いの」

子どもの会話なのだが、公爵家で後継ぎである男児が生まれ、周囲が喜ぶのは知識のない恵真にも想像できる。だが、それ以上にヴァイオレットの心境の方が、恵真には共感しやすい。

まだ幼いヴァイオレットが環境の変化に戸惑うのも無理がないのだ。

「弟さんはもう歩ける年齢なのね。じゃあ、ヴァイオレットちゃんに作るお菓子は卵を使ったあれにしよう」

恵真ができることは、小さなお客さんに喜んでもらえる料理を提供することくらいである。さっそく恵真は調理に取り掛かるのだった。

恵真は卵白二個に砂糖を加えて、ふんわりと泡立ててメレンゲにする。卵黄一個と牛乳を混ぜて、そこに振るった薄力粉とベーキングパウダーを加えて、しっかりと混ぜ合わせた。

その生地に、先程のメレンゲを少量加えて混ぜた後、メレンゲをすべて入れて混ぜ合わせる。出来上がった生地はふわふわしている。それを油を薄く引いて熱したフライパンで焼いていく。恵真が作っているのはスフレパンケーキである。

焼いている間も生地はふわっと膨らみ、アッシャーやテオも興味深そうに眺める。

「ホットケーキと違うの？　エマさん」

「基本は同じよ。でもこっちはふわふわに仕上げるから食感がだいぶ違うのよ」

「そうなんだ……！」

ぽってりとした生地が膨らんで来たのを、恵真はそっとフライ返しで掬うと、皿に乗せていく。皿の二つのスフレパンケーキに粉砂糖を振って完成だ。

アッシャーがプレートにスフレパンケーキの皿とカトラリーを乗せ、そっとヴァイオレットへと持っていく。歩く度に揺れるスフレパンケーキに、ヴァイオレットの目は釘付けになる。

「どうぞ、スフレパンケーキです」

「スフレパンケーキ……」

そっとフォークとナイフを入れたヴァイオレットはその柔らかさに驚く。しかし口に運んだヴァイオレットはさらに驚くこととなる。

「凄い……甘くてふわふわなのに、しゅわって溶けたわ！」

泡立てたメレンゲが膨らませた生地は、口に含めばしゅわりと消える。後に残って広がる甘さに、もう一口とフォークをパンケーキへと伸ばしてしまう。

不思議な食感と優しい甘さにヴァイオレットは紫色の瞳を輝かせる。

「こんなお菓子、うちの料理長でも作れないんじゃないかしら！　流石、聖女さまね！」

「ありがとう。喜んで貰えたら嬉しいわ」

恵真は聖女ではないのだと否定するより先に、感謝の言葉が出てしまう。やはり、喜んでくれると作った甲斐があるものなのだ。

だが、恵真はもう少し何か彼女にしてあげられないかと考えている。今は嬉しそうにスフレパンケーキを頬張るヴァイオレットは、家に帰れば当然叱られるだろう。

何より、弟ジェイドのことで悩むヴァイオレットをほんの少し、応援したい気持ちが恵真にはあるのだ。

「卵黄が一個余っているし、小さなお客さんにお土産を持たせてあげないとね」

ヴァイオレットはまだスフレパンケーキに夢中である。恵真は後片付けをしつつ、彼女が食べ終えるまでにもう一品何か作り始めるのだった。

卵黄一個をほぐした中に、砂糖を加えて混ぜ合わせる。その中に振るった片栗粉を加えて混ぜ合わせる。牛乳を少量加え、滑らかになったら生地の完成だ。

恵真は小さくころんとした丸い形に成形していく。出来上がった丸い生地を蓋をしたフライパンでじっくりと焼き上げる。これでこのお菓子は完成だ。

ちょこんとした可愛らしい形が懐かしい卵ボーロである。そっと口に含めばとろりと溶けていく味わいは優しく素朴なものだ。

出来栄えに満足して微笑む恵真に、アッシャーの声が聞こえた。

「あ！　リアムさん。おかえりなさい！」

急いで来たのだろうリアムは少し息を切らせているが、その表情は先程とは異なり、穏やかである。どうやら、冒険者ギルドでヴァイオレットの情報を共有できたのだろう。安堵がその表情から滲んでいる。

「トーノ様、ご心配をおかけしました。無事に連絡を取ることができまして、私が冒険者ギルドにヴァイオレット様をお連れすることで話をつけております」

「そうですか。きっと皆さん、ご心配していらしたでしょうね」

「えぇ、こちらに使用人と同行したいという公爵を説得するのに、少々時間がかかりまして……」

どうやらヴァイオレットを心配した公爵は喫茶エニシまで訪れる気だったらしい。しかし、恵真の外見上の特徴や魔獣であるクロを見られることを望まないリアムとセドリックは、必死になって説得したのだ。

そのため、少々時間がかかってしまったのだが、結果的にヴァイオレットはスフレパンケーキを食べることができて、恵真は彼女のお土産用の卵ボーロを作る時間も得られたのだ。

「ヴァイオレット様、お父さまがお待ちです。私と共に参りましょう」

「えぇ、わかりましたわ。聖女さま、美味しく頂きましたわ！　でも、お代は今は持っておりませんの。どうしましょう……」

リアムの言葉を了承したヴァイオレットだが、支払う金銭を持っていないことに気付いたらしい。幼い子どもが金銭を持っていないのは当然のことである。当然、ヴァイオレットもいつもはお付きの者が対応するのだが、今日の彼女は迷子である。

そんなヴァイオレットに恵真はある提案をする。

「では、いつかまた訪れたときに、お代を頂くということでいかがでしょうか？」

「まぁ、よろしいの？」

「えぇ、ヴァイオレットちゃんがまた来てくれたら、私は嬉しいですから」

「ありがとうございます！　聖女さま。私、きっとまた来ますわ！　このスフレパンケーキを今度はお父さまにもお母さまにも召し上がって頂きたいの。もう少し、大きくなったらきっとジェイドも食べられるもの！」

ヴァイオレットが嬉しそうに語る姿に、アッシャーもテオも少しホッとした表情へと変わる。どうやら、ヴァイオレットも弟ジェイドを可愛いとは思っているようだ。だが、話題の中心がいつも弟になってしまうのが、どうにも寂しく感じられるのだろう。

そんなヴァイオレットに恵真が卵ボーロとそのレシピを書いた紙を渡す。恵真が書いた文字はこちらの世界の人々にはなぜか読めるのだ。どんな力が働いているかはわからないが、こんなとき非常に助かると恵真は思う。

「こちらは私が作ったお菓子の卵ボーロです。こちらは作り方と材料です。私の国では小さなお子さんでも召し上がるんですよ」

「まぁ！　聖女さまのレシピを教えて頂けるんですの！　これは料理長に教えなければなりませんわ！　きっと喜びますわ、早く戻らなきゃ！」

紫の目をキラキラと輝かせたヴァイオレットは受け取った袋とメモを抱きかかえる。大事な物を受け取った責任感と嬉しさがヴァイオレットの顔に浮かぶ。

早く知らせたいとヴァイオレットは話すが、きっと公爵たちも彼女の無事を今すぐに確かめたいことだろう。

リアムに手を引かれ、喫茶エニシを後にするヴァイオレットは恵真たちに声をかける。

「ありがとう、聖女さま、小さな従業員さん。また来ますわね！」

笑顔で去っていくヴァイオレットに喫茶エニシは安堵の空気に包まれる。しかし、テオは少々頬を膨らませる。何か気に障ったのかと思う恵真だが、アッシャーがくすくすと笑って教える。

「そうだな、テオはもう小さくないもんな」

「そうだよねぇ。ぼくは小さくないのに」

子どもの心は繊細なのだ。笑いを堪えながら恵真は、今日の賄いにはスフレパンケーキはどうだろうと考えるのだった。

🐾🐾🐾🐾

「最近、ジェイドはふっくらとしてきたな」

「えぇ、あまり食が進まなかったのですが、間食をするようになったのです」

「間食というと、あのヴィーが持って来た菓子のことか？」

「えぇ、料理人がその調理法で作った菓子をよく食べているそうです」

食事中の父と母の会話にヴァイオレットは嬉しそうに微笑む。

聖女さまから貰った菓子のレシピはローレンス公爵家の料理長に渡され、ジェイドの間食として活躍している。

離乳食に移行したジェイドだが、食が細く成長に影響するのかと、公爵家では案じていた。ヴァイオレットがジェイドばかりに皆が関心を持っていると感じたのには、そんな事情もあったのだ。

しかし、ヴァイオレットがもたらした卵ボーロはそれを変えた。ジェイドは間食として卵ボーロを食べるようになると、料理人たちが試行錯誤し、野菜を加えるなど栄養を摂れるようにしたのだ。

「やっぱり、あの御方は聖女さまなのよ！」

「……そうね。ジェイドもヴァイオレットも元気になって、きっとその方は聖女さまなのだとわたくしも思うわ」

黒髪黒目の聖女さまに会った――そう娘が話すのを公爵は本気にしなかった。

そのような存在がいれば、王都に報告に上がるはずであるし、騒動となっているだろう。リアムのように紺碧の髪を持つ人物を室内で見て、黒髪だとヴァイオレットは思い込んだのだろう。そう公爵は考えた。

エヴァンス侯爵家の令息リアムと冒険者ギルド長であるセドリックの存在もまた、公爵が深く追求しない理由にもなった。信頼できる彼らが虚偽の発言をするとは思えなかったのだ。

「では、聖女さまに感謝せねばな。ジェイドもヴァイオレットもこうして無事に育っているのだから」

何よりもヴァイオレットが無事に見つかったことに喜び、公爵は聖女を深く追求しなかった。彼にとって大事なことは娘の安全だ。

マルティアを訪れたのは、冒険者の多い街には薬師ギルドもより多くの薬草が流通しているためだ。食の細いジェイドに良い薬草があればと訪れたのだが、ヴァイオレットを見失い、公爵は血の気が引く思いであった。

だが、ヴァイオレットが得た菓子が、ジェイドを救っていると思うと、聖女という存在を信じたくなる。

娘が本当は寂しさを抱えていたことを二人は知っている。ジェイドの健康の心配があったため、時間が取れずにいたのだ。

幸い、ジェイドの健康問題は解決した。これからはヴァイオレットとも過ごせる時間が増えるだろう。

小さな娘がもたらした聖女の奇跡に、公爵家は和やかな時間が流れるのだった。

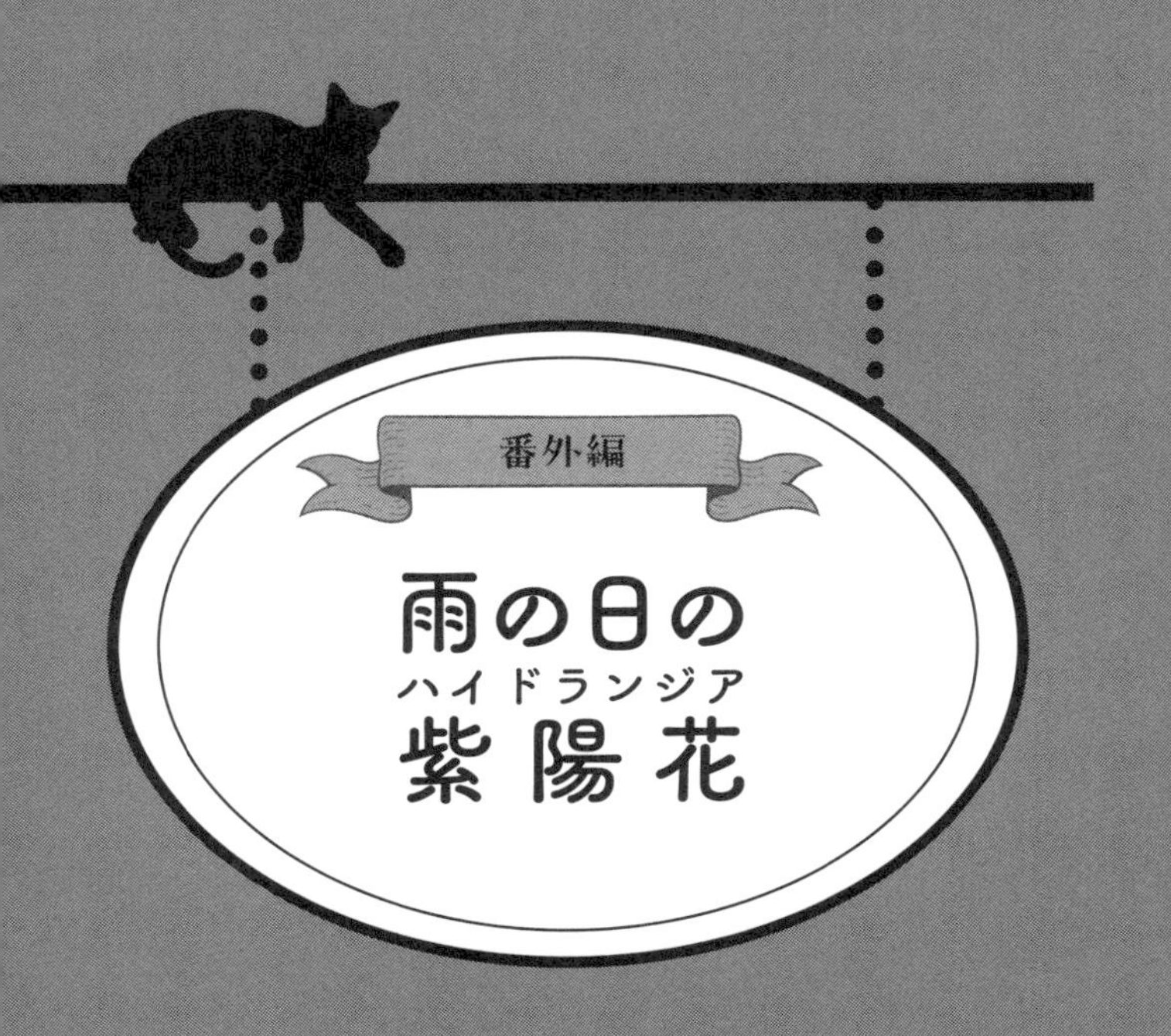
番外編
雨の日の
ハイドランジア
紫陽花

バゲットサンドの販売を終えたアッシャーとテオが慌てて、店内に駆け込んで来たことに恵真は驚く。

頭の上に両手を置くテオと、カゴを胸に抱え込むアッシャー、その姿から恵真は急な雨が降って来たことに気付く。慌ててタオルを二人に渡すと、わしゃわしゃと乱暴に拭く二人だが、どうやらそれほど濡れてはいないようだ。風邪を引く心配はないだろうと安心する恵真だが、今日は少々暇になることだろうと窓の外を見つめるのだった。

やはり、一向に客足は伸びないため、恵真は二人に菓子を用意する。

隣の岩間さんに頂いたカステラと紅茶を用意し始めたところに、ドアが開いて誰かが駆け込んでくる。

「あ、リアムさんとバートだ！」

「いやぁ、急に降って来るんすもん！」

「こちらで少し休んでいっても構いませんか？」

アッシャーとテオは自分が使っていたタオルを二人にも手渡した。歩いている途中で雨は降り出したようで、そこまで濡れていないのは幸いである。兄弟が渡したタオルで十分乾かせるだろう。

「もちろん構いませんよ。ちょうど、頂き物のお菓子がありますし、紅茶も入れたところなので」

ぱあっと表情を明るくしたバートはわかりやすい。さっそく、椅子に座るバートはハチミツ入りの紅茶を注文する。呆れたような表情を浮かべるリアムがその横へと座った。

恵真としては雨で来客が見込めない中で、よく知る二人が来てくれたのは嬉しいことだ。さっそく、恵真は人数分のカステラと紅茶を用意するのだった。

「止まないっすねぇ……」

雨は変わらず降り続ける。そんな雨を見て、バートは憂鬱そうに呟いた。

恵真が暮らす世界では雨が降っても人々の生活は変わらない。大人も子どもも普段と同じ生活をするだけだ。

だが、このマルティアの街では違うのだろうかと恵真は思う。

「冒険者は雨が降ると活動が制限されますし、今日はなかなかこちらへと足を延ばす者が増えないかもしれませんね」

「確かに、冒険者の方は急務でなければ、活動は控えるのかもしれませんね。兵士の方はどうなんですか?」

「そうだよ。バート、仕事はどうしたの?」

恵真の質問にハッとしたようにアッシャーがバートを軽く睨む。どうやら、ずる休みをしたのだと判断したらしい。テオも同じような表情でバートを見る。

そんな二人の表情に慌ててバートが説明する。

「違うんす! 今日は休日に任務を行ったんで振り替えての休日っす! ……まぁ、雨が降っちゃったんっすけどねー……」

なるほど、それは憂鬱にもなるだろうと思う恵真の前で、バートはハチミツ入りの紅茶とカステラに満足そうに口角を上げる。

アッシャーとテオも同じようにカステラを味わい、顔をほころばせた。

「頂いたお菓子なんですけど、皆さんが来られたのでちょうど良かったです」

恵真の言葉に、リアムとバートはやはり彼女は高位貴族なのだと実感する。

卵と砂糖をふんだんに使っているだろうこの菓子を、人から贈呈される身分であることを恵真は普通のことのように話す。そのうえ、その菓子をこうして皆に提供するのだから、高位貴族であることに違いはないだろう。

「こちらの花も頂いたんですよ。紫陽花（あじさい）という花で、雨が降る時期に綺麗に咲くんです」

恵真が目を向けた先には、花瓶に入った大輪の花がある。この国では見ることがないその花は青と紫が入り混じった複雑で繊細な美しさだ。大輪に見えたが良く見ると、小さな花弁が集まった不思議な形の花なのだ。確かにこの色合いには雨が似合うだろうとリアムは思う。

「実はこの花に見えるのは花じゃないんです」

「え、そうなんすか？」

「でも、エマさん。お花の形をしてるよ？」

「うん。それはガクが変形したもので、中央にあるのが花なんですって。この花が面白いのは場所によって色が変わるんです。これは青紫なんですけど、場所によっては赤紫とか赤に染まるんですよ」

紫陽花の小さな花弁に見えるものはガクが変化したものなのだ。だが、それが美しく見え、人々は紫陽花の色合いを楽しむのだろう。花の色合いも地質が酸性であるかアルカリ性であるかで変わる。

その情報はアッシャーたちにとっては驚きだったようで、しげしげと見つめた。

「すごいね！　魔法の花をエマさんは貰ったんだねぇ」

「うん。そんな花、聞いたことないもんな！」

「確かにそのような花は聞いたことがありませんね」

科学的な根拠があるため、恵真はそれを不思議に思うことはないのだが、魔法があるこちらでは不思議に感じられるのだろう。

恵真としては魔法があり、冒険者がいることの方が不思議なのだが、それは文化の違いとも言える。

「花言葉は『移り気』と『辛抱強さ』なんですって。全く反対の意味の言葉なのが面白いですよね」

「花言葉っていうのがあるのですね。正反対の言葉を持つのは不思議ですね」

「ふふ、そうですね。でも、矛盾する気持ちもあるじゃないですか。甘いものを食べた後にはしょっぱいものを食べたくなるし、しょっぱいものを食べたら甘いものがほしくなる！　……みたいな」

「それは違うと思うっす」

「わかるよ。雨は嫌だけど、雨は必要だもんね」

少々ズレた恵真の言葉をテオがフォローする。納得できたような、できないようなパートだが、流石にそれ以上追求する気持ちもないようだ。

テオの賛同を得られた恵真は更にポジティブな発言をする。

「そう！　雨の後には晴れて虹が見えるかもしれないしね！」

「トーノさまは前向きなんすねぇ」

「……どうでしょう。ちょっと違う気がします。変わったんだと思います。私も、皆さんに出会って」

咲く場所によって花の色を変える紫陽花のように、人もまた周囲の人や環境で変わっていく。そんなことを恵真は彼らと出会って実感している。

たまにはこんな日があっても良い。

雨は上がり、窓からの光を受けた紫陽花もまた綺麗なものだ。

美味しそうにカステラを食べるアッシャーとテオ、ハチミツ入りの紅茶を飲みながら口元が緩むバート、目が合ったリアムは穏やかに微笑む。

雨の日の今日、来客が少ないと捉えるのではなく、リアムたちとゆっくり会話できて良かった――今の恵真はそう思えるのだ。

《了》

あとがき

この度は、『裏庭のドア、異世界に繋がる』を手に取ってくださり、ありがとうございます。著者の芽生と申します。

この作品は、Ｗｅｂサイトで現在も公開中です。今、このあとがきを読んでくださっている方の中にもそのことを知っている方は多いかと思います。いつも読んでくださり、また応援してくださったことが書き進める力となりました。

あらためてこの場で感謝をお伝えしたいと思います。

もちろん、書籍となったことで初めて知ってくださる、幸いにもそんなご縁を頂いた方もいらっしゃるかと思います。そのご縁にも深く感謝しております。

作品を書き続ける力は、作者一人ではままならぬこともあります。読んでくださる皆さんがいること、その応援の言葉が書き進めていく力となっております。

『裏庭のドア、異世界に繋がる』そのタイトル通り、この作品では恵真という女性が裏庭のドアを通し、異世界の人とかかわりを持っていきます。

言語が通じ、文字も互いに認識できる点以外、恵真は現状特別な力を持っていません。今まで恵真が培ってきた経験や思い、好きなものが恵真の未来を変えていきます。

作品を書くにあたって、そのことを意識していました。

異世界で特別な力を得て、活躍するのではなく、今のまま認められる。恵真は新たな力を得ることもなく、今までの経験を力にしていきます。内面も本質的な部分は変わっていません。

ですが、環境の変化や人とのかかわり、好きなことを思いだすことが恵真の日々を変えていきます。

裏庭のドアが異世界に繋がる……かどうかはさておき、今とは異なる環境や人々と交流を持つことは皆さんにも起こり得ることではと思うのです。

異なる世界との繋がりは意外と身近に潜んでいるような気がしています。

私自身、小説サイトを知ったのち、自身でも書こうと一歩踏み出したことがきっかけで皆さんとの出会えることが出来たのですから。

そんな皆さんとのご縁を大切に、今後も書き進めていけたらと願っております。

『裏庭のドア、異世界に繋がる』こちらは皆さん、そして一二三書房さまとのご縁で書籍化することが出来ました。その幸運と御力添えに深く感謝しております。

また花守さまの素敵なイラストが、恵真たちをより一層身近に感じられるものへと変えてくださいました。本当にありがとうございます。

この本をお届けするにあたり、携わってくださった全ての方に感謝をしております。

改めまして、皆さま本書を手に取ってくださり、心より感謝しております。

どうかまた皆さんにお会いできることを願って。

芽生

元農大女子には
悪役令嬢はムリです！
早田結
ill. 桶乃かもく
婚約破談から始まる
何も知らない
転生リケジョと
ベタ惚れ
残念王子の
溺愛ロマンスファンタジー！
1～2巻発売中！
©Yuu Hayata

我輩は猫魔導師である
～キジトラ・ルークの快適チート猫生活～
1～3巻好評発売中！
猫神信仰研究会
nekogami sinkou kenkyuukai
ill ハム
転生したらチートな猫でした！
目指せ！三食昼寝付きのペットライフ！
©nekogami sinkou kenkyuukai

唯一無二の最強テイマー
～国の全てのギルドで門前払いされたから、
他国に行ってスローライフします～
原作：赤金武蔵　漫画：田村紘一
キャラクター原案：LLLthika
異世界還りのおっさんは
終末世界で無双する
原作：羽々音色　漫画：ダンタガワ
ジャガイモ農家の村娘、
剣神と謳われるまで。
原作：有郷　葉　漫画：たぢまよしかづ
キャラクター原案：黒兎ゆう

転生貴族の異世界冒険録
～カインのやりすぎギルド日記～
原作：夜州
漫画：香本セトラ
キャラクター原案：藻
レベル１の最強賢者
原作：木塚麻弥
漫画：かん奈
キャラクター原案：水季
我輩は猫魔導師である
原作：猫神信仰研究会
漫画：三國大和
キャラクター原案：ハム

裏庭のドア、異世界に繋がる１
～異世界で趣味だった料理を仕事にしてみます～

発　行
2024 年 10 月 15 日　初版発行

著　者
芽生

発行人
山崎　篤

発行・発売
株式会社一二三書房
〒101-0003　東京都千代田区一ツ橋 2-4-3 光文恒産ビル
03-3265-1881

編集協力
株式会社パルプライド

印　刷
中央精版印刷株式会社

作品の感想、ファンレターをお待ちしております。
〒101-0003　東京都千代田区一ツ橋 2-4-3 光文恒産ビル
株式会社一二三書房
芽生 先生／花守 先生

Printed in Japan, ISBN 978-4-8242-0310-6 C0093
※本書は小説投稿サイト「小説家になろう」（https://syosetu.com/）に
掲載された作品を加筆修正し書籍化したものです。